BEATE BAUM

Ruchlos

Kriminalroman

GMEINER SPANNUNG

Besuchen Sie uns im Internet:
www.gmeiner-verlag.de

Im Ehnried 5, 88605 Meßkirch
Telefon 07575/2095-0
info@gmeiner-verlag.de

2. Auflage 2015

Lektorat: Claudia Senghaas, Kirchardt
Herstellung / Korrekturen: Katja Ernst / Susanne Tachlinski
Umschlaggestaltung: U.O.R.G. Lutz Eberle, Stuttgart
unter Verwendung eines Fotos von: © Albrecht E. Arnold / Pixelio
Druck: CPI books GmbH, Leck
Printed in Germany
ISBN 978-3-8392-1020-8

Personen und Handlung sind frei erfunden.
Ähnlichkeiten mit lebenden oder toten Personen sind rein zufällig und nicht beabsichtigt.

1. KAPITEL

Der Kaffee schmeckte seltsam. Ich stellte den schweren Steingutbecher ab und bemühte mich um ein Lächeln.

»Es scheint uns zu gehen wie den zehn kleinen Negerlein«, sagte ich, traf den Blick von Simone Rendille, der dunkelhäutigen Praktikantin, und spürte, wie mir ein Hitzeschauer über den Rücken lief. »Ich meine dieses Kinderlied«, stotterte ich.

Die junge Frau mit den entstellenden Aknenarben über den feinen Gesichtszügen nickte.

»Also, heute Nacht hat es Andreas erwischt.«

Ein Aufstöhnen ging durch die Lokalredaktion. Seit Wochen grassierte ein aggressives Magen-Darm-Virus in Dresden, vor einigen Tagen hatte es die Redaktion erreicht und nun war Andy bereits das vierte Opfer im Team. Rechnete man die zwei Kollegen hinzu, die freihatten, mussten wir mit weniger als der halben Besetzung unsere Seiten machen. Und ich fand mich in der Chefposition wieder, etwas, was ich nie gewollt hatte und wofür ich mich – so fand ich – überhaupt nicht eignete.

»Könnte Martin nicht aus dem Urlaub kommen?« Hans stellte die Frage in der für ihn typischen, besonnenen Art.

Dennoch durchzuckte mich der Gedanke, ob er darauf hinweisen wollte, dass Martin sich als Redaktionsleiter besser machte als ich. Ich schüttelte den Kopf.

»Martin kommt erst am Sonntag aus Italien zurück. Ich rufe gleich oben an und frage, ob wir von irgendwoher eine Aushilfe bekommen können. Aber lasst uns erst einmal die morgige Ausgabe ohne solchen Luxus planen.«

Wir schafften es, die anstehenden Termine abzudecken; darüber, wann die Texte geschrieben werden sollten, wollte ich lieber nicht nachdenken. Ich hatte noch eine Viertelstunde Zeit, bevor ich das erste Mal weg musste, und ging in Andreas' Büro.

Den Hörer in der Hand, saß ich da und starrte durch die schmutzigen Fenster in einen strahlend blauen Himmel. Ich war so müde, ich hätte mit offenen Augen einschlafen können. Bis drei Uhr früh war Andy ständig zwischen Bad und Schlafzimmer unterwegs gewesen, dann hatte ich den Notarzt angerufen. Als der Wecker klingelte, hatte ich das Gefühl, gerade erst eingeschlafen zu sein.

»Frau Bertram, in den anderen Redaktionen sieht es doch nicht anders aus«, beantwortete der Chefredakteur meine Bitte um Unterstützung. »Dieses Virus grassiert doch überall.« Wenigstens klang seine Stimme mitfühlend. »Vielleicht können Sie einen freien Mitarbeiter überreden, für ein paar Tage im Haus mitzuarbeiten?«

»Nach der letzten Honorarkürzung sind die guten Leute abgesprungen«, erinnerte ich ihn.

»Holen Sie sie zurück. Sie sind jetzt die Chefin, Sie müssen das regeln.«

Ich zwang mich, tief einzuatmen, bevor ich Müller darauf hinwies, dass in meinem Vertrag nichts von stellvertretender Redaktionsleitung stand und ich dafür auch nicht bezahlt wurde.

»Gut, ich merke mir das mal vor.«

»Das brauchen Sie sich nicht vorzumerken – stocken Sie den Honorartopf auf, damit ich Aushilfen bekomme!«

»Wenn ich Ihren Etat aufstocke, sind Sie gerade so im Soll. Herr Rönn überzieht doch ständig, egal, wie die Vorgaben sind.«

Es war nichts zu machen. Schließlich bot er mir an, einen weiteren Praktikanten zu schicken. Wohl wissend, dass uns damit kaum geholfen war, stimmte ich zu. Unzufrieden schaute ich auf die Uhr. Ich musste zu dem

DREWAG-Termin, bei dem der lokale Energieversorger eine Stellungnahme über seine Verbindungen zu der russischen Gasprom abgeben wollte. Ich hatte keinerlei Hintergrundwissen dazu – mit dem ganzen Komplex hatte Andreas sich beschäftigt. Außerdem bekam ich plötzlich Hunger. Morgens war mir ebenfalls übel gewesen, sodass ich dachte, es sei nur noch eine Frage der Zeit, bis ich mich ins Bett legen müsste. Also war ich ohne Frühstück los. Jetzt öffnete ich Andys Schreibtischfächer auf der Suche nach etwas Essbarem – und musste laut lachen, als ich sah, dass mein Freund, der ständig jammerte, er wäre zu dick, Schokolade, Kekse, Salzgebäck und sogar einige Minisalamis in der untersten Schublade bunkerte. Heißhungrig brach ich einen Riegel von der Vollmilch-Sahne-Tafel ab, aß danach noch einen Cracker und ein Würstchen.

*

Als ich von der DREWAG zurück war, saß der neue Praktikant bei Ingeborg im Sekretariat und trank Kaffee. Er war Mitte 20 und trug eine locker sitzende schwarze Jeans und ein leuchtend blaues Hemd. Die kurzen Haare wiesen jenen Rebellenlook auf, mit dem sich in jüngster Zeit auch FDP-Anhänger so gern schmückten. Dabei war die Frisur sorgsam mit Gel fixiert. Er stand auf und bemühte sich, den Blick durch seine schwarze, rechteckige Brille nicht allzu frustriert wirken zu lassen, während er mir die Hand entgegenstreckte:

»Jonas Michaelis.«

Er benutzte ein herbes Eau de Toilette. Obwohl der Duft dezent war, löste er bei mir Übelkeit aus.

»Kirsten Bertram. Ich bin sozusagen die Übergangschefin.«

Ich ging mit ihm in Andreas’ Büro, registrierte, wie er die

Einrichtung mit dem wuchtigen Holzimitat-Schreibtisch und den wackeligen Bücherregalen beäugte.

»Sie sind jetzt also hier ins Lokale verdonnert worden?« Ich ließ es wie eine Aussage klingen und deutete auf den Besucherstuhl vor dem Tisch, hinter dem ich mich niederließ.

»Nun ja, verdonnert …« Jonas Michaelis setzte sich lässig und lächelte gewinnend.

Mein Postfach zeigte 15 neue Mails an.

»Ich nehme doch an, eigentlich machen Sie Ihr Praktikum im Politik- oder Wirtschafts-Ressort.«

»So ähnlich. Ich schreibe meine Master-Thesis über den Umbau der konventionellen Mantelredaktionen zu Newsrooms. Deshalb begleite ich diesen Prozess hier. Herr Müller hat mir versichert, dass ich auch an den Tagen, an denen ich Sie unterstütze, oben auf dem Laufenden bleibe.«

Das Telefon klingelte. Ich entschuldigte mich und hob ab. Es war Andreas. Er hörte sich fürchterlich an.

»Andy, fünf Minuten, dann rufe ich zurück, ja?« Ich legte auf und wandte mich wieder Jonas Michaelis zu. »Das lässt sich bestimmt einrichten. Haben Sie denn schon mal ›konventionelle Redaktionsarbeit‹ geleistet?«

In seinem ersten Semester habe er für ein Lifestyle-Magazin gearbeitet, sich dann allerdings eher auf die theoretische Seite des Journalismus verlegt.

Er hatte Glück, dass ich hier saß und nicht Andreas, dachte ich. Der hätte ihn wahrscheinlich mit einem Rechercheauftrag zur städtischen Mülldeponie geschickt, damit er den praktischen Journalismus wirklich kennenlernte.

»Sehen Sie, ich habe das Problem, dass wir mit extrem knapper Besetzung sechs Zeitungsseiten füllen müssen. Ich schlage vor, Sie nutzen Ihre Erfahrungen mit den bunten Blättern«, bei dem Ausdruck verzog er das sauber rasierte Gesicht, »und machen mir eine schöne Geschichte über den strahlenden Herbstbeginn in Dresden. Spazieren Sie über die

Elbwiesen, sprechen Sie die jungen Leute an, die dort den Tag genießen, und scheiben Sie 100 Zeilen dazu. Die Fotos liefert ein Fotograf.« Ich würde ein Bild über die halbe Seite ziehen und seinen Text darunter stellen. Zwei weitere Fotos, ein paar Meldungen, und die Vier war fertig …

Herr Michaelis schien kurz zu überlegen, ob er noch etwas sagen sollte, dann nickte er jedoch nur kurz zum Abschied und ging. Ich fand, ich hatte ihm einen Sechser im Lotto beschert, an solch einem herrlichen Tag dienstlich herumspazieren zu können.

Andreas ging es noch immer miserabel. Er hatte nichts bei sich behalten, noch nicht einmal die Kochsalz-Zucker-Lösung, die der Arzt gegen Austrocknung empfohlen hatte.

»Das schmeckt schon so ekelhaft, dass mir gleich wieder schlecht wird.«

»Lieber ein kaltes Bier, was?«

»Hör bloß auf. Wie läuft es bei dir? Ich wollte dir doch noch etwas zu dem DREWAG-Termin sagen.«

»Zu spät. Mach dir keine Sorgen, ich hab alles im Griff.«

Ich versprach ihm, so bald wie möglich wieder anzurufen, begann dann, während wir uns verabschiedeten, bereits mit dem Layout der ersten Seiten. Kurz darauf musste ich schon wieder aufbrechen. Im Uniklinikum sollte eine neue Lasertechnologie vorgestellt werden, deren Kosten – so viel hatte ich zum Glück schon am Vortag recherchiert – in keinem Verhältnis zum nachgewiesenen Nutzen standen. Bevor ich ging, warf ich einen Blick in das Großraumbüro, in dem Christina, eine nette Kollegin in meinem Alter, wie wild auf ihre Tastatur einhackte. Ich weihte sie in die Situation mit unserer Aushilfe ein und sie versprach, ein Auge auf den jungen Mann zu haben, wenn er von seinem Bummel zurückkehrte.

»Keine Angst, wir kriegen schon eine Zeitung zusammen.« Aufmunternd lächelte sie mich an.

»Ist ja noch jeden Tag eine erschienen, nicht wahr?« Ich

legte den Fotografen einen Zettel mit meinen neuen Wünschen hin und stürmte aus der Redaktion.

*

»Der Woba-Termin ist geplatzt«, beklagte sich Mario, kaum, dass ich am Nachmittag wieder zur Tür hereingekommen war. »Was soll ich jetzt machen?«

Ich hatte in der Uniklinik keine zufriedenstellende Antwort auf meine Frage nach der Effektivität der neuen Technologie bekommen, der Fotograf war nicht erschienen, sodass ich mich gleich um ein Bild von einer Agentur bemühen musste. Mein für den warmen Tag viel zu dicker Pullover war durchgeschwitzt und auf meine helle Jeans hatte ich Kaffee gekleckert.

Ich fragte, ob er auch ohne das Pressegespräch etwas über den Stand der Plattenbau-Sanierungen in Johannstadt schreiben könnte.

»Wird schwierig, am Telefon habe ich nichts erfahren.«

»Dann fahr doch bitte raus und mach dir vor Ort ein Bild«, sagte ich. Mario verzog das Gesicht. »Aber sicher dir erst ein Stück Kuchen.« Ich stellte das Tablett, das ich mitgebracht hatte, auf dem Aktenschrank ab, neben dem die beiden Praktikanten standen.

»Erleben Sie im Alltag hier in Dresden Diskriminierungen?«, fragte Jonas Michaelis gerade Simone.

Die schien belustigt über die Frage – vielleicht aber auch nur über die Politikerformulierung.

»Natürlich. Was haben Sie denn gedacht?« Eigentlich duzten wir uns alle, bei dem neuen Praktikanten schienen die Kollegen allerdings ebenso wie ich vorerst beim Sie bleiben zu wollen. »Aber ich bin schon zehn Jahre hier, da lernt man, damit umzugehen.«

Von den Übergriffen in einer voll besetzten Straßenbahn,

die die junge Frau aus dem Senegal vor einem Monat erleiden musste, wollte sie anscheinend nicht sprechen.

»Aber das bedeutet doch eine ständige Belastung, stelle ich mir vor.«

Simone zuckte die Achseln und nickte scheinbar gleichgültig. Ich musste daran denken, dass mir eine schwangere Freundin erzählt hatte, wie unangenehm es sei, dass wildfremde Menschen sich das Recht nahmen, ihren Bauch zu berühren.

»Ich glaube, wir können alle einen Energieschub gebrauchen«, sagte ich in die Runde. »Danke, dass ihr unter diesen Bedingungen arbeitet.«

Simone erwiderte meinen Blick mit einem offenen Lächeln. Hans, der die meiste Berufserfahrung hatte und stets so etwas wie ein Ruhepol in der Redaktion war, fragte trocken nach, welche Alternativen sie hätten. Mit einer Grimasse händigte er mir den Ausdruck eines Textes von einem freien Mitarbeiter aus, der offensichtlich vor Fehlern nur so strotzte. Ingeborg kam mit einem Zettel, auf dem sie die zu beantwortenden Anrufe notiert hatte. Ich seufzte leise und trug beides zusammen mit einem Stück Pflaumenkuchen ins Chefbüro.

*

Acht Uhr abends. Die Seiten waren fast fertig. Unser neuer Praktikant hatte einen unerwartet guten Text über Frühlingsgefühle im Altweibersommer verfasst und sich sogar noch beim Meldungen-Schreiben nützlich gemacht. Andy war es bei meinem letzten Anruf vor einer Stunde etwas besser gegangen. Ich mühte mich mit einem Kommentar zu der Neuanschaffung der Uniklinik ab. Von nebenan hörte ich, wie die Kollegen sich nach und nach auf den Nachhauseweg machten.

Punkt, speichern, wegschicken. Das war's. Nun noch die

abendlichen Polizei-Pressemitteilungen durchsehen, eventuell eine Meldung auswechseln, und dann würde auch ich aufbrechen. Schauen, ob ich Andreas etwas Gutes tun konnte, eine Kleinigkeit essen und mich dann mit einem Glas Rotwein auf dem Sofa ausstrecken. Und wahrscheinlich sofort einschlafen …

Ein Autodiebstahl in der Altstadt. Am helllichten Tag war ein in einer ruhigen Seitenstraße geparkter Audi A4 entwendet worden. Die Polizei bat um Hinweise aus der Bevölkerung. Also hob ich den Text noch schnell auf die Zwei, wo ich stattdessen die Ankündigung eines Vortrags über die Qualität des Dresdner Wassers löschte. Dann fuhr ich meinen Rechner herunter, dehnte und streckte mich und stand schwerfällig auf. Als ich die Schreibtischlampe ausschalten wollte, klingelte das Telefon.

Zuerst ignorierte ich es. Der Anrufer hatte die Nummer des Sekretariats gewählt. Bestimmt jemand, der das Kinoprogramm nicht verstand oder etwas in der Art. Es war schon manchmal skurril, mit welchen Wünschen die Leser ›ihre‹ Zeitung behelligten.

Beim fünften Klingeln hob ich dann doch ab.

»Der Ops sieht so komisch aus.« Eine ganz leise, piepsige Stimme.

»Wer sieht komisch aus? Wer ist da überhaupt?«, fragte ich nach.

»Der Ops. Hier ist der Leon Kattner.« Ein kleiner Junge.

»Wo bist du denn, Leon?« Ich zwinkerte und rieb mir mit der rechten Hand die Augen.

»Na, ich bin beim Ops. Und er liegt da und sieht mich so komisch an und sagt gar nichts.«

»Bist du allein? Wo ist denn deine Mutter?«

»Die kommt gleich wieder. Aber der Ops ist ja da.«

Es dauerte eine ganze Weile, bis ich dem Jungen Namen und Adresse seines ›Ops‹ entlockt hatte. Dann bat ich ihn, ruhig zu bleiben und nur die Tür zu öffnen, wenn ich dreimal lange klingeln würde, verständigte den Notarzt und stürmte ins Sekretariat, griff mir den Schlüssel für einen Dienstwagen.

Zum Glück waren die Straßen frei, und ich schaffte es in wenigen Minuten von der Prager Straße in die Friedrichstadt. Schon von Weitem leuchtete die bunte Kuppel der Yenidze, einer ehemaligen Zigarettenfabrik in Gestalt einer riesigen Moschee, am Abendhimmel. Ich fuhr am Bahnhof Mitte unter den Gleisen her und fädelte mich in die Wachsbleichstraße hinein. Da stand auch schon ein Rettungswagen. Wahrscheinlich war er vom Krankenhaus gegenüber gekommen.

In dem Wagen war niemand, die Haustür des schlichten, sanierten Altbaus, vor dem er in zweiter Reihe abgestellt war, stand offen. Ich parkte ebenfalls verkehrswidrig und lief in das Haus. Auf der Treppe stieß ich auf die zurückkehrenden Rettungssanitäter.

»Was ist? Erster Stock, hatte ich doch am Telefon durchgegeben!«

Hinter den beiden jungen Männern tauchte eine Frau Ende 40 auf.

»Silbermann. Ich bin die Notärztin. Da oben scheint niemand zu sein. Sie hatten uns verständigt?«

»Ja. Ein kleiner Junge hatte sich wohl verwählt. Er hat bei uns in der Redaktion angerufen, und …« Einen Moment lang dachte ich an einen dummen Kinderstreich, aber dazu hatte die Stimme zu verängstigt geklungen. Dann fiel mir ein, was ich dem Jungen eingeschärft hatte. »Kommen Sie!«

Ich drängte mich an den dreien vorbei die Treppe hoch und klingelte bei ›Wachowiak‹ dreimal lang. Direkt darauf wurde die Tür einen Spaltbreit geöffnet und ein rundes Gesicht erschien.

»Du bist Leon, nicht wahr?«

Der Junge nickte. Mir fiel es immer schwer, einzuschätzen, wie alt Kinder waren. Leon ging mir kaum bis zum Nabel und war so dick, dass er wie ein Kleinkind wirkte. Dazu sprach er aber zu verständig.

»Der Ops ist hinten im Schlafzimmer. Ich habe hier gewartet.«

»Du bist ein braver Junge.«

Ich folgte der Richtung, die Leons Hand angezeigt hatte, durch einen düsteren Flur, hinter mir die Ärztin und die Sanitäter. Im Schlafzimmer war es durch die Straßenlaterne vor dem Fenster etwas heller. Die Möbel bestanden aus schlichtem, anscheinend massivem Holz. Auf der rechten Seite eines breiten Ehebettes lag ein alter Mann. Sofort dachte ich, dass ich ihn schon einmal gesehen hatte. Allerdings nicht so, mit solch einem Gesichtsausdruck.

Die grauen, stark zurückgewichenen Haare sahen drahtig aus. Der obere Teil seines Kopfes war breit, die Stirn flächig. Hinter den ausgeprägten Wangenknochen fiel das Gesicht regelrecht ein. Die blassblauen Augen starrten mich weit aufgerissen und voller Panik an. Hatte er etwas Fürchterliches gesehen oder erlitten? Unter der Bettdecke ragten zwei dünne Knie auf, als habe der alte Mann in einer letzten, krampfartigen Bewegung die Beine angezogen.

Was war hier passiert? Mir brach der Schweiß aus und ich griff mit beiden Händen nach dem Fußteil des Bettes, um Halt zu finden.

Frau Silbermann schob mich sanft beiseite, öffnete ihre Tasche und begann mit den Untersuchungen. Ich drehte mich um und sah Leon, der im Türrahmen stand und uns beobachtete, ging vor ihm in die Hocke, damit ich in seine Augen sehen konnte. Sie waren ebenfalls blau, aber von einem tiefen, dunklen Farbton. Jetzt füllten sie sich mit Tränen.

»Ist der Ops …?«

Ich wusste nicht, ob er sich scheute, das Wort auszusprechen, oder es nicht kannte.

»Ja.« Hilflos strich ich ihm über die lockigen Haare. »Wohnst du mit deiner Mutter auch hier in der Wohnung?«

Stumm schüttelte er den Kopf, verfolgte wie hypnotisiert die Bewegungen der Ärztin. Als ich zu ihr hinsah, schloss sie gerade ihre Tasche und nickte den Sanitätern zu. Die zwängten sich an uns vorbei. Gleich würden sie mit einer Trage zurückkommen und den alten Mann abholen. Den Anblick wollte ich Leon ersparen.

»Ich habe fürchterlichen Durst«, sagte ich, indem ich aufstand und den Jungen sanft in den Flur schob. »Zeigst du mir, wo die Küche ist?«

In dem kleinen Raum wusste ich, woher ich die Möbel kannte. Vor Jahren hatte ich einen Bildband über die Deutschen Werkstätten Hellerau durchgeblättert. Hier sah ich die schnörkellosen Qualitätsstücke im Original. Auf der linken Seite erstreckte sich ein Einbauschrank aus hellem Eichenholz von Wand zu Wand, ihm gegenüber trug ein Spültisch der gleichen Machart ein angeschlagenes Emaillebecken. Die Arbeitsplatte war nachträglich und wenig fachmännisch angebracht worden. Unter dem Fenster stand ein kleiner, quadratischer Tisch mit zwei Stühlen. Alles sah sehr aufgeräumt und einladend aus.

»Was willst du?«, fragte Leon, der zu dem Kühlschrank in der Ecke gegangen war. »Der Ops hat aber nie was Leckeres.« Es klang entschuldigend, und ich war froh, dass seine Gastgeberpflichten den Jungen von den Geräuschen nebenan ablenkten.

»Zeig mal.« Der Kühlschrank wies für einen allein lebenden alten Mann eine erstaunliche Menge guter Lebensmittel auf, durch die Abdeckung eines Tellers hindurch konnte ich allerdings sehen, dass der Käse verschimmelt war. In der Seitentür standen ein paar Bier und eine Flasche Wodka.

Die Ärztin steckte ihren Kopf durch die Tür. »Wir sind dann weg. Um alles Amtliche kümmere ich mich. Wenn Sie …«, mit einer Kopfbewegung wies sie auf Leon.

Bevor ich antworten konnte, hörte ich die Wohnungstür ins Schloss fallen.

»Das ist zwar nicht lecker, aber jetzt das Richtige«, sagte ich und holte die Flasche Wodka aus dem Kühlschrank.

*

»Irgendwann kam dann die Mutter«, erzählte ich Andreas, der wie ein Häufchen Elend im Bett lag.

Seine Haut war bleich und durchsichtig, die grünen Augen glänzten fiebrig, die kurzen blonden Haare klebten am Kopf. Ich hatte Kräutertee gekocht und ihn überredet, wenigstens davon etwas zu trinken, nachdem er den ärztlich empfohlenen Elektrolyte-Trunk nicht mehr anrühren wollte, ihm mit einem feuchten Waschlappen das Gesicht abgerieben und von meinem Abend berichtet.

»Sie wohnt mit Leon einen Stock höher. Das hatte der Junge mir mittlerweile schon erzählt, aber ich konnte ihn ja nicht allein lassen.«

Andy nickte. Er hatte sich in den Kissen aufgerichtet und war bemüht, mir geistig zu folgen, ich sah jedoch, wie schwer es ihm fiel.

»Er ist sechs. Gerade eben in die Schule gekommen. Seit einem halben Jahr geht die Mutter dienstagabends zum Sport. Der Kleine konnte ja immer zu seinem ›Ops‹. Sein Name für den Urgroßvater, seit er klein war.«

Ich ließ den Blick durch unser Schlafzimmer schweifen, sah den kranken Andreas, der wieder in die Kissen hineingerutscht war, und dachte an den alten Herrn Wachowiak in seinem Original-Bauhausbett. Leons Mutter hatte ich nichts von dem unguten Gefühl gesagt, das mich beim Anblick ihres Großvaters befallen hatte. Sie war ohnehin ganz verstört gewesen.

Andys Augen waren schon wieder halb geschlossen. Ich gab ihm einen Kuss auf die Stirn.

»Wahrscheinlich habe ich mir etwas eingebildet.«

*

Ich schlief schlecht in dieser Nacht und wachte schon im Morgengrauen wieder auf. Auf einmal wusste ich, woher ich den alten Herrn kannte: Er war häufig in der Redaktion gewesen, um uns auf irgendwelche Missstände aufmerksam zu machen. Ein sehr gebildeter, liebenswerter, aber mitunter auch nervtötender Zeitgenosse, so hatte ich ihn in Erinnerung. Kollegen hatten durchaus auch von ›dem Querulanten‹ gesprochen.

Andreas atmete noch tief und gleichmäßig neben mir. Der Wecker zeigte 6.15 Uhr. Leise schlüpfte ich aus dem Bett.

2. KAPITEL

Normalerweise käme ich nicht auf die Idee, kurz nach sieben Uhr morgens irgendwo anzuklingeln. Die Schule in Dresden begann aber bereits um halb acht – eine Qual für Eltern und Kinder, sagte jeder, der davon betroffen war. Also würde ich Leon später kaum antreffen.

Wahrscheinlich wurde es wieder ein herrlicher Tag, zu dieser Zeit war es jedoch noch kalt. Unwillkürlich zog ich die Schultern zusammen, als ich auf die Böhmische Straße trat, und schlug den Kragen meines Trenchcoats hoch. Dennoch blieb ich bei meinem Entschluss, mit dem Fahrrad zu fahren, wofür ich auf der Marienbrücke belohnt wurde: Auf dem Radweg konnte ich anhalten und den Anblick der historischen Kulisse von Dresdens Altstadt im Morgennebel genießen, über der Elbe ein Sonnenaufgang wie aus dem Bilderbuch.

Vor zwei Jahren, als ich mich als freie Journalistin versuchte, hatte ich für ein kleines Kulturmagazin eine Reihe Artikel über die verschiedenen Dresdner Stadtteile verfasst. Die Friedrichstadt, von der ich vorher kaum mehr als den Bahnhof und die Yenidze kannte, war einer der spannendsten. Das heutige Krankenhaus war ein Palast gewesen, der Napoleon und Richard Wagner beherbergt hatte. In dem Viertel war nicht nur Ludwig Richter geboren, hier hatten auch die später weltberühmten Maler der ›Brücke‹ gelebt. Es war eines der Zentren der Industrialisierung im 19. Jahrhundert gewesen – und dementsprechend heute eine ärmere Ecke, mit reichlich sozialen Problemen.

In der Wachsbleichstraße standen jedoch fast nur sanierte Altbauten – alles wirkte ruhig und ordentlich. Ich schloss mein Fahrrad ab und klingelte bei ›Kattner‹. Nahezu sofort wurde die Haustür aufgedrückt und ich stieg in den zweiten Stock hinauf.

Die Wohnungstür war angelehnt. Zögernd stieß ich sie auf und machte einen Schritt in den Flur hinein, der in einem frischen Sonnengelb gestrichen war.

»Hallo?«

Ein Poltern war zu hören, und Leon schoss wie ein Kugelblitz in den Flur. Seine gesamte Mundpartie war braun verschmiert.

»Hallo!« Er strahlte mich an, obwohl man seinen Augen ansah, dass er geweint haben musste.

Hinter ihm erschien seine Mutter. »Oh, ich dachte, es ist die Mutter von Leons Freund. Sie bringt die beiden heute zur Schule.« Sie trug einen roten Frottee-Morgenmantel, ihre halblangen blonden Haare hingen ungekämmt in die Stirn.

»Es tut mir leid. Ich wollte Sie nicht stören.« Ich bereute meine spontane Idee. »Aber ich hätte Sie gern noch etwas gefragt.«

»Sie stören nicht«, sagte Frau Kattner. »Kommen Sie doch herein. Möchten Sie einen Kaffee?« Auch ihre Augen waren gerötet.

»Gern.«

Zu dritt gingen wir in die Küche, die aus billigen Einbauelementen bestand, und setzten uns an den Tisch. Leon stopfte den Rest einer Weißbrotschnitte mit Nuss-Nougat-Creme in sich hinein, seine Mutter stellte mir eine Tasse hin und goss Kaffee ein.

»Ich habe noch Zeit, bis der Bestatter kommt und meine Familie.« Ihre Gedanken schienen in der Luft zu hängen. »Dann müssen wir alles besprechen, Unterlagen durchsehen, was man eben so tut, wenn …« Abrupt brach sie ab, als ihr Blick auf ihren Sohn fiel.

Ich wandte mich direkt an den Jungen: »Sag mal, Leon,

kannst du dich noch erinnern, wie du gestern mit deinem Anruf bei uns in der Redaktion gelandet bist?«

»Ich wollte die Tante Maria«, sagte der Kleine ohne Zögern.

»Meine Schwester. Sie wohnt um die Ecke«, erklärte die Mutter. »Aber die Nummer hatte der Ops doch im Telefon gespeichert.«

In diesem Moment klingelte es an der Tür; Leon nickte. »Die Taste hab ich gedrückt.«

Frau Kattner ging in den Flur. Als sie zurückkehrte, wischte sie Leon das Gesicht mit einem Stück Küchenpapier ab. »Du hast das prima gemacht, mein Großer. So, jetzt gib der Frau von der Zeitung die Hand und sag Tschüss.«

Als der Junge draußen war, erklärte ich: »Ihr Großvater war häufiger Gast bei uns in der Redaktion. Deshalb hatte er wahrscheinlich auch die Telefonnummer gespeichert. Leon wird in der Aufregung eine Taste verwechselt haben.«

Frau Kattners Lächeln war traurig und verständnisinnig zugleich. »Ja, das ist gut möglich. Mein Opi war auf der Höhe – in jeder Hinsicht. Die Zeitung hat er jeden Tag von vorn bis hinten gelesen. Und wenn Sie glauben, dass er uns gebraucht hätte, um Telefonnummern abzuspeichern …« Sie begann zu schluchzen. »Entschuldigen Sie.«

Ich stand auf und riss ein Stück von der Haushaltsrolle ab, reichte es ihr. »Es ist meine Schuld. Ich hätte Sie nicht daran erinnern sollen.« Unbehaglich trank ich einen Schluck Kaffee.

»Ach, ich denke doch sowieso die ganze Zeit an ihn. Da sollte man meinen, wenn jemand so alt geworden ist – aber er stand noch so mitten im Leben! Man denkt einfach nicht an so was.«

»Er war nicht krank?«

»Er hatte diesen Magen-Darm-Virus. Den haben wir wohl alle unterschätzt. Und wer weiß: Wenn ich bei ihm gewesen wäre, vielleicht hätte man noch etwas machen können ...«

Die Tränen liefen ohne Unterlass ihre Wangen herunter. Ich legte meinen Arm um sie, spürte, wie ihre Schultern bebten, und wusste nicht, was ich sagen sollte.

*

Ich blieb über eine Stunde bei Michaela Kattner. Sie beruhigte sich nach und nach, erzählte dann von ihrem Großvater. Er war ein außergewöhnlicher Mann gewesen. Aufgewachsen im Faschismus, hatte er sich mit 18 dem Widerstand angeschlossen und in Leipzig, wo er damals lebte, Verstecke organisiert für Menschen, die untertauchen mussten. Er selbst war dreimal verhaftet und Folter-Verhören unterzogen worden, zum Schluss war er im KZ Sachsenhausen gelandet. In den Nachkriegsjahren hatte er sich voller Elan dem Aufbau eines neuen, gerechten Deutschlands gewidmet.

»Dann hat er resigniert«, meinte sie mit einem Lächeln, das weit in die Vergangenheit zurückführte. »Das weiß ich natürlich alles nur aus Erzählungen, aber auch später noch hat er immer gesagt: Das Private ist auch politisch, also kümmern wir uns umeinander. Das war dann gewissermaßen sein Weg.«

Frau Kattner stand vom Tisch auf und holte eine Packung Butterwaffeln aus dem Schrank. Längst hatte sie mir ein Brettchen und ein Messer gereicht, mich eingeladen, mit ihr zu frühstücken – was ich mir nicht zweimal sagen ließ, da ich ohne etwas zu essen aufgebrochen war und mittlerweile brennenden Hunger verspürte.

»Wenn ich mit etwas nicht klarkomme, esse ich.« Sie zog den Gürtel ihres Morgenmantels fester um ihre kräftige Taille. »Wie man sieht. Leider hat Leon die gleiche schlechte Angewohnheit. Ich würde uns beide ja gern gesund ernähren, aber irgendwie schaffe ich das nicht.« Sie öffnete die Packung.

»Mein Opi hat mir deswegen oft Vorwürfe gemacht. Bei ihm hat Leon nie Süßigkeiten gekriegt. Trotzdem war er immer gern dort.« Wieder begann sie zu schluchzen. »Er hat sich wirklich um uns alle gekümmert. Wir sind eine große Familie.«

Bei der Aufzählung der verschiedenen Familienstränge verlor ich irgendwann den Faden und hing meinen Gedanken nach, während ich eine der süßen, fettigen Waffeln aß. Ich bekam jedoch mit, dass ein Großteil der Verwandten ebenfalls in der Friedrichstadt lebte.

»Es muss schön sein, immer jemanden zu haben, zu dem man gehen kann«, sagte ich halbherzig. Mit meiner Familie kam ich am besten aus, seitdem ich über 500 Kilometer von ihr entfernt lebte.

»Ja, das ist es«, sagte Michaela Kattner mit einem Seufzer.

*

In der Notaufnahme des Hyazinthus-Krankenhauses gegenüber war der Teufel los. Schwestern und Ärzte rannten durcheinander, Patienten waren indessen nicht zu sehen.

»Gehören Sie zu dem Autounfall?«

Ich zuckte zusammen, als ich realisierte , dass die Frage mir galt. »Nein, ich suche Frau Doktor Silbermann.«

»Die ist noch im OP.«

Es war kurz vor neun. Die Ärztin arbeitete also seit über zwölf Stunden und operierte in diesem Moment einen Patienten. Vielleicht sollten wir mal eine Reportage über die Arbeitsbedingungen der Klinikärzte bringen. Wenn ich an mein eigenes Tagespensum dachte, das mich in der Redaktion erwartete, erfasste mich eine bleierne Müdigkeit.

»So, das war's. Keine Komplikationen. Er hängt noch am Schmerztropf, den könnt ihr gegen Mittag abnehmen.«

Ich erkannte die Stimme. Im grünen OP-Kittel stand Frau Dr. Silbermann an der Anmeldung neben einer Schwester, über irgendwelche Unterlagen gebeugt. Als sie sich aufrichtete, presste sie den linken Unterarm in ihren Rücken und stöhnte leise auf. Ihr Blick streifte mein Gesicht, ohne dass sie mich erkannte.

»Ich bin weg. Wer auch immer nach mir fragt, bis ich es auf den Parkplatz geschafft habe: Ich bin weg.«

Ihrer Stimme fehlte die Entschlossenheit der Worte, deshalb sprach ich sie trotzdem an, als sie sich umdrehte und auf eine Tür mit der Aufschrift ›Zutritt verboten‹ zuhielt. Verärgert musterte sie mich.

»Ich habe Feierabend. Warten Sie bitte, bis ein Kollege für Sie Zeit hat.« Sie ging weiter.

»Nur ganz kurz, Frau Doktor. Wir haben uns gestern Abend bei dem alten Mann getroffen, der tot in seinem Bett lag.«

Nun erkannte sie mich wieder, das sah ich ihr an. Zu einem Gespräch war sie dennoch nicht bereit. »Ja«, war alles, was sie sagte, die Hand bereits auf der Türklinke.

»Ich habe mich gefragt, warum Sie so sicher waren, dass er eines natürlichen Todes gestorben ist.«

Zweifel an ihrer Kompetenz waren der falsche Weg. »Weil es mein Job ist, so etwas zu erkennen. Und jetzt lassen Sie mich bitte in Ruhe, ich muss mich noch umziehen, damit ich endlich nach Hause komme!«

»Sein Blick«, hakte ich schnell nach. »Sein Blick war so – panisch.«

»Kindchen«, sagte die Frau, »der Tod ist kein Kaffeeklatsch. Da guckt mancher panisch.«

Mit einer ungeduldigen Bewegung öffnete sie die Tür und verschwand.

*

In der Konferenz fragte ich, wer sich an Heinz Wachowiak erinnere. Hans verzog nachdenklich das Gesicht, Christina hob die Schultern. Als ich ihn beschrieb, reagierten jedoch fast alle.

»Sag doch gleich, dass du den alten Querulanten meinst«, sagte Mario grinsend.

»Sein Tipp mit der überdimensionierten Kläranlage hat uns eine große Geschichte beschert – und die Stadt musste sie hinterher kleiner projektieren«, entgegnete Hans.

»Aber auf einen Treffer kamen drei Fata Morganas«, brummte Mario.

»Heinz Wachowiak ist gestern Abend gestorben«, brach ich die Diskussion ab. Ich schilderte kurz die Umstände, die mich in die Wohnung geführt hatten. Meine Gefühle behielt ich für mich. »Ich hätte gern einen kleinen Nachruf im Blatt. Hans, wenn du dich so gut an die Kläranlagen-Geschichte erinnerst, kannst du das übernehmen? Ein paar Details aus seinem Leben kann ich dir noch nennen.«

Hans nickte, und ich beendete die Konferenz, ging mit meinen Unterlagen in Andys Büro. Simone schloss auf dem Flur zu mir auf.

»Dieser alte Mann«, begann sie, »er war letzten Freitag hier.«

Überrascht blickte ich sie an, deutete auf den Besucherstuhl und lud meinen Papierstapel auf dem Tisch ab.

»Ich bin gerade in die Redaktion gekommen, als er ging. Es sah aus, als hätte Mario ihn weggeschickt.« Sie zögerte. »Ich will niemanden verpfeifen, aber dass er das jetzt noch nicht mal erwähnt hat …«

Nachdenklich nickte ich. Mario war ein begnadeter Texter, menschlich fand ich ihn aber mehr als schwierig. Ich dankte Simone und wählte, nachdem sie gegangen war, Marios Nummer, bat ihn, ins Chefbüro zu kommen.

Sekunden später stand er schon vor mir, lächelte einnehmend. Obwohl er groß und kräftig war, hatte er etwas Graziles an sich, sein Auftreten war das eines Tänzers. Dahinter verbarg sich jedoch die Sturheit eines Bauern.

»Warum hast du nicht gesagt, dass Heinz Wachowiak letzte Woche noch mal hier war?«

Er zuckte die Achseln. »Wieso ist das wichtig? Er war doch andauernd hier.«

»Was wollte er?«

»Keine Ahnung. Ich musste weg, sonst war keiner hier, also hab ich ihn gebeten, später wiederzukommen. Erinnere dich, Ende letzter Woche war hier auch schon die Hölle los.« Mario schielte auf seine Armbanduhr, wohl, um zu signalisieren, dass er auch jetzt für das Gespräch keine Zeit hatte.

»Aber er ist nicht wiedergekommen?«, versuchte ich, die Zügel in der Hand zu behalten.

Erneutes Achselzucken. »Ich denke nicht. Also, wenn es das war …« Er wartete meine Antwort nicht ab, sondern verschwand aus dem Büro.

Ich holte tief Luft und beruhigte mich mit einem Schokoriegel aus Andys Geheimvorrat, bevor ich ins Sekretariat ging.

»Ingeborg, kam irgendwann in den letzten beiden Tagen ein Anruf von Heinz Wachowiak bei dir an?«

Die Sekretärin blickte mich verständnislos an. Sie nahm nicht an den Konferenzen teil, deshalb musste ich auch ihr noch einmal erklären, um wen es sich handelte.

»Ich meine nicht«, überlegte Ingeborg schließlich laut. »Aber hier ist ja auch schon die ganze Woche der Teufel los!«

»Ich weiß, was hier los ist, verdammt noch mal!« Fast erschrak ich selbst über meinen Ausbruch. »Schließlich stecke ich mitten drin. Trotzdem kann man sich doch wohl an was erinnern!«

Ohne eine Antwort abzuwarten, stürmte ich hinaus und direkt zu meinem Termin bei der Messegesellschaft.

*

Als ich zurückkam, war ich völlig erledigt. Der Pressesprecher der Messe GmbH, die seit Jahren im Verdacht stand, ihre schlechten Bilanzen zu verschleiern, hatte eine ausgefeilte Power-Point-Präsentation auf die versammelten Journalisten abgefeuert. Unmengen an Zahlen, Statistiken und Kurven, schwer zu durchschauen, kaum zu hinterfragen. Ein paarmal waren mir während der Abfolge bunter Bildchen, begleitet von der professionellen Stimme des PR-Mannes, die Augen zugefallen. Für meinen Artikel würde ich die dicke Pressemappe in allen Einzelheiten durchforsten müssen. Wozu ich eigentlich überhaupt keine Zeit hatte.

Tief in Gedanken ging ich in Andreas' Büro – und blieb wie angewurzelt in der Tür stehen, als ich ihn dort am Schreibtisch sah.

»Hi!« Er war noch immer kreidebleich, lag fast in seinem Stuhl, genoss aber offensichtlich meine Verwirrung. »Ich dachte, ich sollte dich ein bisschen unterstützen.«

»Du gehörst ins Bett! Wie bist du überhaupt hergekommen?« Wenigstens sahen seine Augen nicht mehr so fiebrig aus, dachte ich erleichtert.

»Mit einem Taxi. Ich hab mich eben gelangweilt.« Er richtete sich auf.

»So siehst du aus!« Ich packte meine Mappe auf seinen Schreibtisch. »Aber wenn du schon hier bist: Hast du die jüngsten Gerüchte parat?« Mit dem Mittelfinger tippte ich auf das Logo der Messegesellschaft.

»Klar.« Andy legte seine Hand auf meine. »Es heißt, dass die stellvertretende Chefin etwas überfordert ist.«

»Was? Wie? Welche stellvertretende Chefin?« Ich zog meine Hand weg und strich müde eine Haarsträhne aus der Stirn. Hatte ich noch weniger mitbekommen, als ich dachte?

»Die der Dresdner Lokalredaktion.« Seine grünen Augen fixierten meine.

»Was? Das gibt's doch nicht! Bist du deshalb hier? Hat jemand angerufen und sich beschwert?« Ich war außer mir.

»Nein, natürlich nicht. Jetzt drehst du wohl wirklich durch.« Andy schloss kurz die Augen. »Ich bin hier, weil es mir wieder besser ging und ich was machen wollte. Aber die Inbrunst, mit der Ingeborg mich begrüßt hat, kam mir verdächtig vor. Da hab ich nachgehakt.«

»Ach, und da hat sie sich bei dir ausgeheult. Dabei sind die alle«, wütend deutete ich mit meinem Kinn in Richtung der Redaktion, »von dir ganz was anderes gewohnt.«

»Gut möglich. Aber von dir eben nicht. Also: Was ist los?«

»Was los ist? Der alte Mann, der gestern gestorben ist –« Ich schaute ihn herausfordernd an. Vermutlich hatte er unser Gespräch darüber überhaupt nicht mitbekommen. »Er war der Opi, der so oft hier war und irgendwas zu berichten hatte.«

Andreas nickte. »Der Querulant?«

Ich zog eine Grimasse. »Ja, genau der. Er war anscheinend am letzten Freitag in der Redaktion und wollte etwas erzählen. Mario hat ihn abserviert. Vielleicht hat er noch einmal angerufen, aber Ingeborg erinnert sich nicht. Und«, ich holte tief Luft, »ich hatte gestern schon so ein seltsames Gefühl, aber jetzt vermute ich, dass er umgebracht wurde.«

Bislang hatte ich das in diesen Worten noch nicht einmal gedacht, nun kam es mir wie der einzig logische Schluss vor.

Andys Blick war skeptisch. »Weil er vorher hier in der Redaktion war?«

»Quatsch! Oder auch, ja. Wer weiß. Er war nicht chronisch krank. Die Enkelin sagt, dass er noch völlig auf der Höhe war. Und er hat so geguckt, so voller Panik.«

»Das war das mit dem seltsamen Gefühl», versetzte Andreas leicht spöttisch.

Ich wollte mich nicht mit ihm herumstreiten. »Ist ja auch egal. Wir werden nie erfahren, was er hier wollte, geschweige denn, ob er umgebracht wurde, weil wir zu viel zu tun haben und alle im Stress ersticken und du hier noch den Betrieb aufhältst, weil du den Chef spielen willst, obwohl du krank bist!«

Mit einer beschwichtigenden Geste hob Andy die Hände. »Ich bin schon wieder weg. Und ich bin sicher, du findest eine Möglichkeit, herauszufinden, was er uns mitteilen wollte.«

Er griff zum Telefon und gab die Nummer der Taxizentrale ein.

*

»Ich habe mich bei Ingeborg entschuldigt«, berichtete ich Andreas am Abend erschöpft. »War mir schon peinlich, dass ich ausgerechnet die gute Seele so angefaucht habe.«

Es war wieder spät geworden. Müde und hungrig hatte ich mir auf dem Nachhauseweg eine Pizza geholt, die ich nun gierig in mich hineinstopfte. Andy ging es sehr viel besser, er hatte geduscht, sich rasiert und lag in sauberen Sachen auf der Couch im Wohnzimmer, als ich kam. Jetzt saß er mir in der Küche gegenüber, schielte sogar auf mein Essen. Ich musste lachen und schnitt ein Stück Rand ab, reichte es über den Tisch. Er verzog das Gesicht.

»Sei vernünftig«, redete ich ihm zu. »Das oder Zwieback.«

»Bloß keinen Zwieback mehr!« Er nahm das Teigstück. »Wahrscheinlich sollte ich mich freuen. Ich hab mindestens zwei Kilo abgenommen.«

Ich goss mir ein Glas Rotwein ein. »Ach ja, deine geheimen Lebensmittelreserven in der Redaktion sind nahezu aufgebraucht!«

»Was? Die waren für schlechte Zeiten!« Er zeigte sein jungenhaftes Grinsen und überzeugte mich damit endgültig, dass er das Schlimmste überstanden hatte. »Gut, dass die Sache mit Ingeborg aus der Welt ist. Mario hättest du ja ruhig zur Schnecke machen können.«

»Kannst du gerne übernehmen, wenn du wieder da bist.« Ich reichte ihm noch ein Stück Pizzarand. »Dann habe ich auch hoffentlich ein bisschen Zeit, mich mit dem alten Herrn zu befassen. Heute bin ich zu gar nichts mehr gekommen.«

»Also, nochmals zum Mitschreiben: Warum bist du dir so sicher, dass da etwas nicht stimmt? Und warum krieg ich nicht wenigstens ein kleines Stück mit Champignons?«

»Es ist dein Magen.« Ich hielt ihm eine Gabel mit Belag hin. »Ach, sicher bin ich doch überhaupt nicht.« Wenn ich ehrlich war, musste ich zugeben, dass mir selbst mein Verdacht mittlerweile überdreht vorkam. »Aber der Opi war schließlich jemand, der etlichen Leuten auf die Füße getreten ist. Und die Ärztin hat keine Sekunde gezögert, den Totenschein auszustellen. Ich finde, da darf man doch mal nachfragen!« Ich klang aggressiver, als ich wollte.

»Der Virus hat mich für zwei Tage ausgeschaltet«, sagte Andreas und trank langsam einen kleinen Schluck Mineralwasser. »Ich kann mir schon vorstellen, dass ein alter Mann an so was sterben kann.«

*

Am nächsten Morgen war mir wieder übel. Ich musste mich übergeben, danach ging es allerdings wieder. Ich hatte sogar Frühstückshunger. Bloß nach Kaffee war mir absolut nicht, also brühte ich mir einen Kräutertee auf.

»Ich fange mal an zu arbeiten und schaue, ob ich durchhalte«, sagte ich, während ich einen Toast mit Marmelade bestrich.

Andreas grinste. »Du bist mindestens genauso verrückt wie ich.«

»Na, ich weiß ja nicht. Wenn du dabei bleibst, dass du heute zurückkommst, obwohl du noch immer nichts essen kannst, bleibst du der König der Verrückten.«

Er hatte ebenfalls einen Teebecher vor sich stehen und knabberte an einem Zwieback.

»Unfug, ich mach einfach noch ein bisschen Diät. Tut mir gut.« Dabei sah er mich nicht an, sondern befasste sich mit der Zeitung.

Er hatte wirklich in den vergangenen beiden Tagen Gewicht verloren, sein Gesicht sah regelrecht schmal aus. Andy kämpfte seit Jahren gegen einige überzählige Pfunde an – insofern klang die Bemerkung vertraut, dennoch glaubte ich ihm nicht, dass er freiwillig wieder Zwieback aß.

»Hans hat einen schönen Nachruf auf deinen Querulanten geschrieben.« Er begann zu lachen. »Nein, du bist nicht krank.«

Verwirrt blickte ich ihn an. Andreas zeigte auf meinen Teller mit einem Toast, den ich gerade dick mit Knoblauchkäse belegt hatte.

*

»Hat dir eigentlich schon einmal jemand gesagt, dass niemand unersetzlich ist, Boss?«, begrüßte Ingeborg Andreas. »Und dass Kirsten dich hier sehr gut vertritt?«

Ich dankte ihr mit einem Lächeln.

»Ach, es ist doch schön zu hören, dass man vermisst wird«, entgegnete Andy. »Wenn du mir jetzt noch einen Gesundheitstee aufgießt, bin ich dir ewig dankbar.«

»Für mich auch, bitte«, hängte ich an.

»Na, ihr seid ja ein starkes Team!«

Ich versicherte Ingeborg, dass mir bloß ein bisschen kodderig sei, holte meine Unterlagen aus Andys Büro und richtete mich wieder an meinem eigenen Schreibtisch ein, wo ich den Artikel von Hans las. Es war ein einfühlsamer Text geworden, von dem ich dachte, dass er dem alten Herrn gerecht wurde.

»Weißt du, wer mich gerade angerufen hat?«, fragte Andy. Seine Stimme klang gepresst.

Ich hatte ihn nicht kommen hören und blickte erstaunt auf. »Wie sollte ich?«

»Der Müller. Er ist nämlich vom Chef der Messe rausgeklingelt worden. Du hast noch einmal von den unsauberen Abrechnungen für die Baumaßnahmen geschrieben, über die ich vor einem Jahr berichtet hatte.«

Ich nickte. Mir dämmerte, dass mit dieser Sache etwas gewesen war, aber mir fiel nicht ein, was. Andere Kollegen trudelten ein, begrüßten Andreas mehr oder weniger erfreut-ironisch und begaben sich an ihre Arbeit.

»Verdammt noch mal!« Es fiel Andy offenbar schwer, nicht laut zu werden. Von der anderen Seite des Raums schaute Christina zu uns herüber. »Erinnerst du dich nicht? Wir mussten eine Gegendarstellung bringen. Ich hatte mich viel zu weit aus dem Fenster gelehnt. Kirsten, das darf doch nicht wahr sein – wir haben damals stundenlang über die Geschichte geredet!« Er stützte sich mit beiden Händen auf meinem Schreibtisch ab, an den Unterarmen traten die Adern hervor.

»Du hattest deinen Text noch im Verzeichnis stehen – ohne einen Hinweis«, versuchte ich mich zu verteidigen.

»In meinem Verzeichnis! Wenn du darin herumstöberst …«

»Herumstöberst? Ich fass es nicht! Du …« Im Eingang erschien Jonas Michaelis, er steuerte geradewegs auf uns zu. Ich schluckte den Rest herunter.

»Guten Morgen, Frau Bertram.« Er trug ein T-Shirt mit ›New-York-City‹-Aufdruck, in dem er endlich so jung aussah, wie er war. Sein Parfüm sorgte wieder dafür, dass mir schlecht wurde. »Ich habe Ihren Artikel gelesen. Zufällig habe ich mich mit der Berichterstattung über die Dresdner Messe schon beim Studium beschäftigt: Ist nicht der Verdacht, dass die Bauarbeiten falsch abgerechnet wurden, längst widerlegt?« Mit einem leicht devoten, aber selbstbewussten Gesichtsausdruck blickte er mich an.

Ich biss die Zähne zusammen, sah aus den Augenwinkeln, wie sich Andys Mund sarkastisch verzog. »Guter Mann«, sagte er in Richtung des Praktikanten. »Aus Ihnen wird noch etwas.«

So sehr ich mich auch dagegen wehrte, mir schossen die Tränen in die Augen. Ich schaffte es gerade noch, ein »Widerlegt wurde gar nichts!« herauszubringen, dann stand ich so ruhig wie möglich auf und ging in den Waschraum, wo ich in eine Kabine stürzte und wie ein Schlosshund zu weinen begann. Ich schämte mich in Grund und Boden für meinen Fehler, war aber dennoch wütend auf Andy. Es dauerte lange, bis ich mich beruhigte.

In der Konferenz schaute Jonas Michaelis Andreas an wie ein Hündchen, das darauf wartet, sein Stöckchen geworfen zu bekommen. Andy sagte nichts mehr zu meinem Artikel, er gab mir nur drei Routinetermine. Zum Schluss bat er mich, mit in sein Büro zu kommen und verließ ohne ein weiteres Wort die Redaktion.

»Das gibt einen gigantischen Ärger«, sagte er, kaum dass ich die Tür hinter mir geschlossen hatte. »Zweimal eine Gegendarstellung zum gleichen Thema – kannst du dir ausmalen, was das für den Ruf der Zeitung bedeutet?« Er ließ sich auf seinen Schreibtischstuhl fallen. »Wie konnte das bloß passieren?«

Ich stand da wie ein abgekanzeltes Schulmädchen und wollte mich noch nicht einmal mehr verteidigen. Bloß nicht wieder losheulen, dachte ich und schluckte.

»Keine Ahnung. Ich habe wohl bloß an den Opi gedacht.«

Ich klang grässlich weinerlich. Was war mit mir los? Ich hatte doch sonst nicht so nah am Wasser gebaut.

Andy schien ebenfalls von meinem Tonfall irritiert. »Ich glaube, dir steckt doch der Virus in den Knochen. Wie wäre es, wenn du heute freimachst? Wir haben wieder die Anzeige auf der Drei, den Rest der Seite schreibe ich zu und deine Termine können wir aufteilen.«

»Du willst mich loswerden?«

Er schüttelte den Kopf. »Unsinn! Ich will dich aus der Schusslinie nehmen.«

Ich versuchte, mir vorzustellen, wie es wäre, wenn Andreas nur mein Chef wäre. Vielleicht würde ich das Angebot dann freudig annehmen.

»Nein. Ich bin nicht krank. Ich mache die Termine, die du mir gegeben hast, und arbeite noch ein bisschen was auf.«

Ohne seine Antwort abzuwarten, verließ ich das Büro. Vor der Tür drückte sich Jonas Michaelis herum. Mit einer weit ausholenden Armbewegung winkte ich ihn zu Andy herein.

*

Nach meinem ersten Termin ging ich in die Apotheke. Wenig später saß ich wieder in der Redaktion in einer Toilettenkabine. Dieses Mal weinte ich nicht, obwohl seltsamerweise auch eine abgrundtiefe Traurigkeit in dem Gefühlscocktail war, mit dem ich die zwei feinen blauen Linien auf dem Schwangerschaftstest betrachtete.

3. KAPITEL

Ich war 38 Jahre alt. Mit 23, kurz vor Ende des Studiums, war ich schwanger gewesen. Von einem Mann, mit dem mich kaum mehr verband als das Interesse an den französischen Existenzialisten. Ich hatte ihm nichts davon gesagt. Ich hatte abgetrieben.

Andreas und ich versuchten seit über einem Jahr, ein Kind zu zeugen. Ich hatte mich schon fast an den Gedanken gewöhnt, dass es nichts werden würde – obwohl die Ärzte uns bescheinigt hatten, einer Schwangerschaft stünde nichts im Wege, allerdings könnte es in unserem Alter manchmal etwas dauern.

Nun war es also so weit.

Ich musste einen Termin bei meiner Ärztin machen. Ich musste mich gesund ernähren und irgendwelche Mineralstoffe einnehmen. Folsäure war wichtig, hatte ich gelesen. Ich durfte keinen Alkohol und keinen Kaffee mehr trinken.

Wir mussten unsere Wohnung umräumen. Das Arbeitszimmer eignete sich gut als Kinderzimmer.

Ich musste es Andreas sagen.

Ich hatte Angst.

Lange hockte ich dort in der muffigen kleinen Kabine. Jemand ging in die nebenan, erleichterte sich, stand dann lange am Waschbecken. Ich tippte auf Sandra, die sich bestimmt schon auf Martins Rückkehr am Montag freute – aber deshalb würde sie sich heute nicht schminken.

Martin. Martin war erst 27 und hatte schon eine zweijährige Tochter. Und eine Beziehung, die vor dem Aus stand.

Verdammt, warum kam mir das jetzt in den Sinn? Andreas und ich, wir waren mehr als erwachsen, wir hatten uns in jeder Hinsicht ausgetobt, wir wünschten uns dieses Kind. Schon lange. Wir würden gute Eltern abgeben. Wir hatten eine intakte Beziehung.

Hatten wir?

Ja, es war eine gefestigte Beziehung, die schon viele Schwierigkeiten überstanden hatte.

Dale und ich hatten es nie versucht. Als wir den Gedanken ernsthaft ins Auge gefasst hatten, war Andreas wieder in meinem Leben aufgetaucht. Wäre ich bei Dale weniger ängstlich? Vielleicht. Aber das war lange vorbei. Ich hatte mich für Andreas entschieden, er war der Vater. Dale war mit Jess zusammen, der engagierten Amerikanerin. Eine Extrem-Fernbeziehung. Sie schienen es gut hinzukriegen. Ob Kinder in ihrer Lebensplanung eine Rolle spielten? Dale hatte immer welche gewollt und Jess war so alt wie ich. Viel Zeit blieb ihnen also auch nicht mehr.

Endlich verließ ich die Kabine, warf das Teststäbchen in den Mülleimer und häufte etliche zerknüllte Papierhandtücher darauf. Ich betrachtete mein Spiegelbild, um festzustellen, ob ich anders aussah als sonst. Vielleicht war der Ausdruck meiner grün-grau gesprenkelten Augen ernster. Ich wirkte müde, in den langen braun-roten Haaren fielen etliche graue Fädchen auf. Ich fuhr mit den Händen durch sie hindurch, ging an meinen Schreibtisch und fuhr mit der Arbeit fort.

*

Andreas verbrachte den Vormittag fast komplett in der Chefetage. Ich wusste, dass er für mich den Kopf hinhielt, und fühlte mich grauenhaft. Sorgfältig machte ich meine Arbeit, unsicherer, als ich es an meinem ersten Tag als Praktikantin gewesen war. Die Gedanken an den toten Heinz Wachowiak unterdrückte ich. Vermutlich hatte ich sowieso weiße Mäuse gesehen.

Gegen Mittag, ich telefonierte gerade, erschien Andreas im Eingang der Redaktion. Er lehnte sich an den Türrahmen, bleich wie die gekalkte Wand daneben, und bedeutete mir, in sein Büro zu kommen.

»Jetzt rate ich dir definitiv, einen Krankenschein zu nehmen«, sagte er, als ich vor seinem Schreibtisch Platz genommen hatte.

»Wenn jemand einen Krankenschein braucht, dann du«, entgegnete ich. Ich fühlte mich wieder etwas wohler in meiner Haut.

»Wer weiß, vielleicht hole ich mir noch einen – nur, um ihnen einen reinzuwürgen.« Er richtete sich ruckartig auf. »Du bist strafversetzt. Ich konnte nichts machen. Selbst der Müller nicht. Das kommt von ganz oben.«

»Seltmann.« In mir krampfte sich alles zusammen.

»Höchstpersönlich.«

Der neue Geschäftsführer. Vor einem halben Jahr war die Zeitung verkauft worden; seitdem galt Wirtschaftlichkeit als oberste Priorität. Journalistische Fehlleistungen, die Anzeigenkunden verprellen konnten, waren natürlich unverzeihlich.

»Wohin?«

Andy schaute mich fragend an.

»Wohin bin ich strafversetzt?«

»Ins Archiv. Aber, wie gesagt: Ich an deiner Stelle würde mir einen Schein nehmen. Schon damit sie sehen, dass sie so etwas nicht machen können. Du solltest auch Widerspruch einlegen, vielleicht zur Gewerkschaft gehen … Immerhin bekommst du dein bisheriges Gehalt weiter«, schloss er etwas zusammenhanglos.

»Okay«, sagte ich.

»Was, okay?«, brauste er auf. »Das ist nicht okay. In keinster Weise. Du hast einen Fehler gemacht – aber du hattest auch viel zu viel Stress. Das interessiert niemanden!

Wenn Müller mich nicht gerade aus dem Büro geschoben hätte, hätte ich auf der Stelle gekündigt!«

Ich liebe ihn, dachte ich voller Überschwang. »Andy – »

Es klopfte an der Tür, gleichzeitig klingelte das Telefon. Andreas seufzte. Ich lächelte ihn an und stand auf, öffnete die Tür, vor der schon wieder Jonas Michaelis stand.

»Sie werden noch mal oben erwartet«, sagte er zu Andreas, ohne mich eines Blickes zu würdigen.

*

»God it hurts so«, sang ich laut zu den Pretenders, die aus den Boxen im Wohnzimmer dröhnten, mit und meinte es genau so. In der Redaktion hatte ich mich gleichmütig gegeben, meine Arbeit beendet und in Ruhe zusammengepackt, ohne jemandem von der Schmach zu erzählen. Sobald das Gebäude in der Prager Straße hinter mir lag, stieg indes Wut in mir auf.

Nun stand ich in der Küche und kochte, was mir half, mich abzureagieren. Unter der Woche gab es bei uns sonst meist Pizza oder schnell gemachte Nudeln, oft genug auch nur Brot: mir war jedoch nach etwas Handfestem, Gutbürgerlichem: Kassler-Kotelett, Lauch, Salzkartoffeln.

Krankmachen kam nicht infrage. Das wäre eine Flucht. Ich würde mich morgen früh im Archiv einfinden und die mir zugewiesene Arbeit erledigen. Lange würden sie mich nicht dort lassen können. Nicht, solange wir so knapp besetzt waren. Und erst recht nicht, wenn sie mir ein Redakteursgehalt zahlen mussten.

Langsam beruhigte ich mich. In ein paar Monaten würden sowieso andere Fragen im Vordergrund stehen. Ich strich über meinen Bauch in der lose sitzenden Cordhose. Fast hatte ich den Eindruck, ich hätte bereits zugenommen. Normalerweise war ich eher dünn, in Stresszeiten neigte ich dazu, nichts zu essen. Nun würde ich also rund werden. Mein Busen nahm vermutlich die Größe an, die ich mir immer schon gewünscht hatte. Ich freute mich darauf und auf alles andere. Die Angst vom Vormittag schien verschwunden.

Ich hatte mich gerade mit meinem Essen hingesetzt, als Andreas nach Hause kam. Erstaunlich früh für die Zustände in der Redaktion.

»Hi! Hast du wirklich alles hingeschmissen?« Zugetraut hätte ich es ihm.

»Nein. Wir haben bis auf Weiteres zusätzlich eine große Eigenanzeige spendiert bekommen.« Er ließ sich auf einen Stuhl fallen. »Und Jonas hat mich mit dem Auto mitgenommen.«

›Jonas‹, dachte ich. Warum duzte er den Schnösel?

Andy schien erst jetzt den Teller vor mir wahrzunehmen. Er schnupperte. »Du hast gekocht?«

»Gemüse und Kartoffeln sind noch da. Wenn du ein Kotelett willst – es liegt noch eines im Kühlschrank.«

Andy winkte ab, ohne darauf einzugehen, ob er seinem Magen noch kein Fleisch zumuten wollte oder einfach zu erschöpft war, um es zuzubereiten. Er bediente sich aus den Töpfen und setzte sich mir gegenüber, krempelte die Ärmel seines Hemdes hoch.

»Schmeckt gut«, sagte er nach einigen Gabeln. »Ich glaube, ich habe den Virus so weit überstanden. Gleich trinke ich noch einen Magenschnaps, und dann war's das.« Er aß heißhungrig weiter. »Also, wie kam es zu der seltenen Anwandlung? Willst du dich nach deinem journalistischen Fauxpas auf hausfrauliche Tätigkeiten konzentrieren?«

Dieser Kindskopf – einen Schnaps bei einem kaum ausgestandenen Magen-Darm-Infekt! Und: Sehr nett von ihm, mir unter die Nase zu reiben, dass ich selbst schuld war an meiner Situation.

»Nur so. Ich war hungrig.«

Ich hatte meine Mahlzeit beendet und schob den Teller von mir. Andy nahm noch eine Gabel Porree, stützte dann die Ellenbogen auf.

»Jonas ist jetzt fest im Team.«

»Was? Als neuer Lokalredakteur? Ich denke, wir haben Einstellungsstopp.«

Andy ließ die Unterarme auf den Tisch sinken. »Zunächst als Pauschalist – mit der Aussicht auf mehr.«

»Das heißt … Nein! Sag, dass das nicht wahr ist! Die wollen mich dauerhaft ins Archiv verbannen und dafür diesen geleckten Hampelmann anstellen?«

»Dauerhaft verbannen können sie dich nicht. Wir gehen zur Gewerkschaft und machen richtig Ärger.«

Er fasste über den Tisch nach meinen Händen. Ich zog sie zurück.

»Du duzt dich mit ihm. Du bist froh, ihn zu haben – Hauptsache, du bekommst die Zeitung hin.«

»Ja, ich bin froh, ihn zu haben«, entgegnete Andreas in ruhigem Tonfall, was mich nur noch mehr aufbrachte. »Er ist gut. Hast du seinen Artikel über die Straßenbauarbeiten in Reick gelesen? Der langweiligste Termin der Welt – und er hat eine schöne Geschichte daraus gemacht.«

Als ich nicht reagierte, stand er auf und holte die Flasche Becherovka aus dem Regal über dem Tisch, stellte zwei Schnapsgläser auf den Tisch. Ich schüttelte den Kopf und ging hinaus.

*

Am nächsten Morgen wurde ich früh wach – und sofort war die Übelkeit wieder da. Schlaftrunken schlich ich ins Bad und übergab mich, verspürte danach wie gehabt Hunger. Ein seltsamer Zustand war das. Ich zog meinen alten gestreiften Morgenmantel über und setzte Teewasser auf.

Andreas war schon im Bett gewesen, als ich am Vorabend in die Wohnung zurückgekommen war, und schien auch jetzt noch zu schlafen. Die Tatsache, dass er noch immer krank war, hatte meinen Zorn bereits gestern mehr beruhigt als der lange Spaziergang, auf dem ich immer und immer wieder hatte daran denken müssen, dass der gestylte, aufgeblasene Jonas für mich eingestellt werden sollte.

Ich gähnte, holte Geschirr aus dem Hängeschrank, deckte den Tisch. Andy hatte aufgeräumt und gespült, alles war blitzblank. Eine angenehme Abwechslung zu dem Chaos, das sonst meist in unserer Küche herrschte. Mit einem Becher Tee setzte ich mich an den Tisch, streckte die Beine aus. Es war erst halb acht, ich konnte also in aller Ruhe frühstücken und mich trotzdem pünktlich um neun im Archiv einfinden. Auch wenn ich noch immer wütend war: drücken würde ich mich nicht.

»Morgen.« Nur mit Boxershorts bekleidet, kam Andreas in die Küche. »Ich muss zwölf Stunden geschlafen haben.« Er beugte sich herunter und drückte mir einen Kuss auf die Wange. Seine Haut strahlte Wärme aus und roch verschwitzt. »Seit wann bist du denn schon wach?«

»Noch nicht so lange.«

Er blinzelte und fuhr sich mit der Hand durch die Haare. »Bist du noch sauer? Es stimmt: Ich hab gekniffen. Ich hätte ihnen die Pistole auf die Brust setzen sollen – uns beide gibt's nur zusammen, oder so.«

»Das wäre ziemlich albern gewesen«, fand ich.

»Meinst du?« Erleichtert seufzte er auf und rieb sich die Augen. »Ich glaube, ich vertrage wieder Kaffee. Du trinkst immer noch Tee?«

»Ja, aber schwarzen. Es ist nämlich …«

»Ich war gestern auch noch geschwächt, ganz klar. Und du hast recht: Natürlich bin ich froh, wenn ich weiß, dass ich die Zeitung ordentlich hinbekomme.« Er stellte die Kaffeemaschine an. »Und Jonas ist wirklich gut.«

Ich erschrak bei dem lauten Klirren, mit dem mein Messer auf den Teller fiel. »Jonas! Ich kanns nicht mehr hören. Ist das Bürschchen dein neuer Freund?«

»Nein, natürlich nicht.« Andy klang irritiert.

»Dann guck dir den kleinen Schleimer doch mal ein bisschen genauer an. Dieses Kuckucksei, das du im Nest hast!«

Ich wusste selbst nicht, warum mich ausgerechnet dieser Aspekt der ganzen Geschichte so aufbrachte. Oder warum mir schon wieder Tränen in die Augen stiegen. Ich senkte den Kopf, damit Andreas sie nicht sah.

*

»Meine Unterstützung aus der Redaktion.« Sylvia Nordheim schüttelte mir herzlich die Hand. Sie war eine kleine, runde Person mit flinken Bewegungen und einem wippenden, mausgrauen Haarschopf. »Ich kann gar nicht sagen, wie froh ich bin.«

Meine Versetzung war nicht nur eine Strafmaßnahme gewesen, sondern auch so etwas wie der Versuch, ein Loch dadurch zu flicken, dass man woanders eins aufriss. Normalerweise arbeiteten drei Kollegen im Archiv, nachdem zwei erkrankt waren, drohte die Abteilung zu kollabieren.

»Es ist ja nicht nur die normale Arbeit, außerdem hat die Geschäftsführung angeordnet, dass sämtliche Altbestände digitalisiert werden müssen.« Wir standen zwischen den Regalen, die vom Boden bis zur Decke reichten, prall gefüllt mit den schweren Bänden, in denen Jahre und Jahrzehnte an Zeitungen abgeheftet waren. Sylvia Nordheims Armbewegung umfasste Tonnen an Papier, die der Herbstsonne im Weg standen, sodass man hier im Erdgeschoss des Verlagsgebäudes kaum ahnen konnte, wie schön der Tag war.

»Aber das kann in solch einer Situation doch zurückgestellt werden«, wandte ich ein, denn mir schwante Schlimmes.

»Ja ja, keine Angst. Ich fürchte aber, was ich dir – Entschuldigung, wir duzen uns alle. Ist das in Ordnung?« Ich nickte, während die Archivarin schon weiterredete. »Was ich dir übertragen kann, ist auch nicht viel spannender. Wir haben auch gar keine Zeit, dich richtig einzuarbeiten.«

Wieder nickte ich. Ich hatte mir noch nie viele Gedanken über die Arbeit im Archiv gemacht – zumal wir deren Service in der Lokalredaktion eher selten nutzten. Wenn man aber etwas von Grund auf recherchieren wollte, gab man einen Auftrag an die Abteilung und erhielt eine schöne Mappe mit allen jemals zu dem Thema erschienenen Artikeln – früher in Papierform, heute digital. Hätte ich das bei meinem Messe-Text getan, wäre mir der Fehler nicht passiert und ich wäre jetzt nicht hier.

»Gut. Was soll ich tun?«

Sylvia Nordheim schob mich mit einer sanften Bewegung durch den Gang zwischen den Regalen auf einen großen Arbeitstisch mit Rechner und einem A0-Scanner zu. Mitten auf dem Tisch lag ein dicker Stapel Zeitungen.

»Das ist nun schon vier Tage liegen geblieben: Die wichtigen überregionalen Zeitungen und die Sächsische Rundschau. Bitte allesamt durchsehen, was dir wichtig erscheint, einscannen und abspeichern. Lieber etwas zu viel als zu wenig. Ich zeige dir mal die einzelnen Ordner.« So schnell, wie sie sprach, klickte sie sich durch das System. »Ganz einfach. Und wenn du mich brauchst – ich bin dort drüben in meinem Kabuff. Du hast nicht zufällig eine Idee, wie man einen Text über die schwierigen deutsch-polnischen Beziehungen zur Abwechslung etwas anders bebildern könnte als mit Politikern?«

»Wie wäre es mit einem Foto von den Zuschauern eines deutsch-polnischen Fußballspiels mit ihren Fähnchen?«

Die Archivarin wiegte den Kopf hin und her. »Gar nicht schlecht. Du hast Talent.«

»So etwas lernt man im Lokalen. Im Zweifelsfall muss man auch gleich selbst los und die Aufnahme machen.«

Sylvia Nordheim lachte und ließ mich an meinem neuen Arbeitsplatz zurück. Immerhin stand der Tisch am Fenster, im Gegensatz zu Sylvias Kabuff, das ein mitten in die Regale hineingebauter Raum war. Ich nahm mir die erste Zeitung vom Stapel, überflog die Seiten, scannte Artikel, speicherte sie ab, schaute auf die Uhr. Natürlich war kaum Zeit vergangen.

Verdammt, ich war Redakteurin. Was ich hier tat, konnte auch eine Aushilfe machen. Missmutig begann ich, das mir fremde Computersystem auszuprobieren. ›Suche‹. Nun, dann konnte ich doch gleich überprüfen, was hier über den Opi abgespeichert war. Ich tippte ›Heinz Wachowiak‹ ein und klickte auf den Button.

4. KAPITEL

›Suchergebnis: 98 Artikel‹ verkündete das Programm binnen Sekundenbruchteilen. Ich war baff. Das war deutlich mehr, als ich erwartet hatte. Aber natürlich: Das System suchte in allen archivierten Zeitungen. Und so fand sich neben vielen Texten aus unserem Blatt nahezu die gleiche Anzahl aus der Sächsischen Rundschau; sogar einer aus der Frankfurter Allgemeinen war dabei. Diesen öffnete ich zuerst. Er beschäftigte sich mit der überdimensionierten Kläranlage, die auch Hans in seinem Nachruf erwähnt hatte.

»Na, kommst du voran?« Sylvia legte einen neuen Stoß Zeitungen auf meinen Tisch. »Das sind die von heute.«

»Sehr weit bin ich noch nicht«, sagte ich.

Sie war schon wieder auf dem Rückweg und drehte sich im Gehen um. »Kein Problem. Ich bin froh, wenn es gemacht wird. Und wenn du mittags mit deinen Kollegen verabredet bist, gehst du einfach.«

Ich nahm mir vor, gleich im Akkord die blöden Zeitungen einzuscannen. Sonst blieb es schließlich an Sylvia hängen, der ich das nicht antun wollte. Aber erst musste ich mir die Artikel über den Opi anschauen.

Die ältesten Suchergebnisse stammten von 1995. Ich vermutete, dass weiter zurückliegende Texte noch gar nicht in digitaler Form vorlagen. In jenen Jahren gab es wenig aus unserer Zeitung. Kein Wunder, wenn man an die Art von Journalismus dachte, die die Lokalredaktion praktiziert hatte, bevor Andreas Chef wurde.

›Gegen rechts und für sich selbst‹ lautete der Titel einer großen Geschichte, die vor zweieinhalb Jahren in der Konkurrenz-Zeitung, der Sächsischen Rundschau, erschienen war – kurz nachdem ich dort aufgehört hatte. Es ging um ein Jugendzentrum in Friedrichstadt, das Gelder einer Kampagne gegen Rechtsextremismus dafür verwandt hatte, befreundete Bands auftreten zu lassen sowie den Kneipenraum zu renovieren. Als Autorin war meine Freundin Ines genannt.

War dieser Rechner überhaupt an einen Drucker angeschlossen? Ich klickte mich durch ein paar Menüs. Anscheinend nicht. Auch ins Internet konnte ich mich nicht einloggen, um mir den Text per Mail zu schicken. Ich ließ meinen Blick über die Tischplatte schweifen. Kein Telefon. Mein Handy lag, wie fast immer, abgeschaltet zu Hause im Schrank. Ich war von der Welt abgeschnitten in diesem riesigen, stillen Archiv.

Okay, Sylvia hatte mich ja ermutigt, mit meinen Kollegen essen zu gehen. Viertel vor elf war zwar noch ziemlich früh, das war mir aber jetzt egal. Ich schloss die Fenster der Suchfunktion und startete den Scan-Vorgang für einen aktuellen Artikel, ging dann hinaus, lief die Treppe in den ersten Stock hinauf.

Die Kollegen waren bis auf Martin und Annette vollständig anwesend. Jonas Michaelis saß an meinem Schreibtisch. Mich überlief ein Hitzeschauer. Energisch steuerte ich auf ihn zu.

»Haben Sie etwas vergessen?«

»Nein, ich brauche bloß für ein paar Minuten meinen Platz hier.«

Sofort stand er auf und wies mit einer Armbewegung auf den Stuhl. »Bitte sehr.« Er blieb neben dem Tisch stehen.

»Vielleicht dauert es doch länger als ein paar Minuten.«

»Verstehe.« Er ging hinaus.

Während ich schon Ines' Telefonnummer eintippte, kam Christina zu mir herüber. Ich bedeutete ihr, einen Moment zu warten, da Ines sich sofort meldete.

Sie erinnerte sich gut an den Artikel. »Ich kann nicht sagen, dass ich stolz darauf bin«, begann sie. »Die Betreiber des Clubs hatten Gelder bekommen, um Jugendarbeit gegen rechts zu machen. Und sie haben das Geld vorwiegend dafür ausgegeben, befreundete Bands auftreten zu lassen. Natürlich hätten sie sich eine ordentliche Kampagne einfallen lassen können, aber die Nazis versuchen schließlich, Jugendliche mit Musik zu ködern – dann kann man mit den gleichen Mitteln gegensteuern.«

Ich stimmte ihr zu. Ich sah da auch kein Problem. »Aber der alte Herr, Heinz Wachowiak, der fand das verwerflich«, mutmaßte ich.

»Oh ja, der ist so ein aufrechter alter Kämpfer gegen den Faschismus. Mit ganz klaren Vorstellungen, wie solch ein Kampf auszusehen hat.« Sie seufzte. »Ich fürchte, ich habe das geschrieben, damit er Ruhe gibt.«

Christina entfernte sich wieder von meinem Schreibtisch.

Ich fragte, was mit der Kneipenrenovierung gewesen sei.

»Das war eigentlich das Einzige, was man ihnen wirklich vorwerfen konnte: Sie hatten noch Geld übrig und haben gemalert.«

»Kannst du dir vorstellen, dass einer aus dem Club so wütend auf den alten Mann war, dass er ihm etwas angetan hätte?«

»Nach so langer Zeit? Nein. Die waren zwar ganz schön stinkig auf ihn, vor allem weil sie befürchteten, dass sie das Geld zurückzahlen müssten, aber etwas antun … Wie kommst du darauf?«

Ich erzählte ihr, dass Heinz Wachowiak gestorben war.

»Und du vermutest einen Mordfall? Also, ich weiß nicht. Du, ich muss zur Konferenz, lass uns doch die Tage noch mal telefonieren.«

»Warte, Ines, eins noch.« Gerade war mir ein Gedanke gekommen. »War der alte Herr vielleicht in den letzten Tagen bei euch in der Redaktion?«

»Nein, ich hab ihn schon ewig nicht mehr gesehen. Ciao.«

Als ich auflegte, kehrte Christina zurück. Sie reichte mir eine Tasse Kaffee. Direkt hinter ihr betraten Jonas und Andreas den Raum. Natürlich, hier war jetzt auch Konferenz.

Ich nahm den Kaffee und trank einen Schluck, obwohl er mir nicht schmeckte. Christina ging an ihren Schreibtisch, Jonas lehnte sich an die Fensterbank hinter mir. Andy blickte mich irritiert an, begann jedoch mit der Konferenz, ohne auf meine Anwesenheit einzugehen.

Es war eine absurde Szene, wie ich hilflos meinen angestammten Platz beanspruchte, das war mir bewusst. Natürlich musste spätestens jetzt allen auffallen, dass ich keinen Auftrag bekam, dass Andreas so tat, als sei ich nicht da.

Als die Besprechung vorbei war, lächelte er mich an und signalisierte mir, mit ihm zu kommen. Ich nickte, ging allerdings zuerst zu Christina, klärte sie mit zwei Sätzen auf.

»Ja, das hat die Gerüchteküche schon verbreitet. Ich hatte gehofft, du wärst wieder zurück, als du hereinkamst.«

»Nein, dazu muss ich mich wohl erst noch ein bisschen in der Produktion bewähren.« Ich zog eine Grimasse und ging zu Andy.

»So kriegen wir dich nicht hierhin zurück«, sagte er.

»Ich brauchte einfach nur ein Telefon.«

»Hast du die Gewerkschaft angerufen?«

»Nein.«

Er schüttelte den Kopf. »Kirsten, ich weiß nicht, was mit dir los ist. Du bist völlig verändert.«

»Es ist nichts – nichts Schlimmes. Lass uns am Wochenende in Ruhe reden. Jetzt würde ich gerne von hier aus noch einmal telefonieren – meinetwegen auch mit der Gewerkschaft, aber erst mit Hantzsche.«

»Der Opi.« Sein Tonfall klang unwillig.

Ich nickte.

»Also, in Gottes Namen.« Er wies auf seinen Stuhl. »Ich muss sowieso weg. Tu mir bloß einen Gefallen und nimm keinen Anruf der Chefetage entgegen, während du hier sitzt.«

Ich umarmte ihn und gab ihm einen Kuss. »Versprochen. Wie wäre es, wenn wir heute Abend wie Jugendliche in einen Club gehen?«

Andy drückte mich fest. »Gerne, aber du scheinst in der Konferenz nicht aufgepasst zu haben: Ich muss zu einer außerordentlichen Stadtratssitzung.«

Sobald er zur Tür hinaus war, wählte ich die Nummer des Kriminalhauptkommissars, dessen Wege wir bei etlichen Gelegenheiten in den vergangenen drei Jahren gekreuzt hatten. Selten war das Verhältnis wirklich harmonisch gewesen, dazu saßen seine Vorbehalte gegenüber Journalisten zu tief – und vor allem Andreas hatte sie wiederholt bestätigt, dennoch gab er mittlerweile zu, dass wir einige Male den richtigen Riecher gehabt hatten. Zum Glück war er an seinem Platz.

»Frau Bertram. Wo liegt die Leiche?«

»Ich schätze, sie soll heute oder am Montag beerdigt werden.«

»Und Sie wollen vermutlich, dass ich das verhindere.« Ich konnte sein Lächeln hören.

»Ja«, sagte ich nur und war erleichtert, als er ernsthaft nachfragte, was passiert war. Ich berichtete so knapp und plausibel wie möglich.

Hantzsche reagierte äußerst skeptisch.

»Sie haben noch nicht einmal einen konkreten Verdacht«, hielt er mir vor.

»Nein«, sagte ich kleinlaut. »Aber es heißt doch immer, dass Morde an alten Menschen selten aufgedeckt werden, weil jeder von einer natürlichen Todesursache ausgeht.«

»Alte Menschen sind dem natürlichen Tod auch sehr nah, meinen Sie nicht?«

Es gab keine Möglichkeit, ihn zu überzeugen. Frustriert legte ich schließlich auf und warf einen Blick auf meine Armbanduhr. Ich war schon fast eine Stunde hier oben. Hoffentlich war Sylvia inzwischen selbst zu Tisch gegangen. Schnell wählte ich die Nummer der Gewerkschaft, erreichte jedoch nur einen Anrufbeantworter, der mich darüber informierte, dass das Büro ab Montag früh um acht wieder besetzt sei.

*

Ich mochte es nicht, allein in einem Club zu sein. Ich hatte noch versucht, Ines zu überreden, mich zu begleiten, aber sie wollte den Jugendlichen nicht wieder begegnen. Nun saß ich also im Kneipenraum des Cool Che in der Adlergasse, direkt um die Ecke von Heinz Wachowiaks Wohnung, vor mir einen Kirsch-Bananen-Saft, und schaute mich um.

Ich war die Älteste hier und fragte mich, ob ich deswegen auffiel oder unsichtbar war. Ich hatte Jeans und ein enges T-Shirt angezogen, was mich ein paar Jährchen jünger machte, dennoch schienen die Mädchen am Nachbartisch aus einer komplett anderen Welt zu stammen.

Es fühlte sich an, als würde das Shirt über den Brüsten spannen. Wieder strich ich mir über den Bauch unter der Hose.

Es war kurz nach neun, und der Raum schon gut gefüllt. Später sollte es im Keller noch ein Konzert einer Berliner Band geben, auch dorthin strömten schon einige Besucher. Hier oben lief ruhiger Brit-Pop. Coldplay, wenn ich mich nicht täuschte.

Hinter der Theke stand ein Mann Anfang 20, mit einer gepiercten Oberlippe und Schlägermütze auf dem dichten Haar, an den Tischen bediente eine junge Frau mit ausladender Oberweite und glänzenden, blonden Haaren. Sie alberte mit den Mädchen neben mir herum. Ich nahm mein Saftglas und schlenderte zur Bar, vor der gerade niemand sonst wartete.

»Ja?«

»Habt ihr Schokolade?«

»Zum Essen? Ich glaube nicht.« Er drehte sich um und kramte in den Regalen hinter sich. »Einen Marsriegel kann ich Ihnen geben.«

Ich nickte. Natürlich siezte er mich, da konnte ich noch so anbiedernd daherkommen. Nachdem ich bezahlt hatte, blieb ich an der Theke stehen, riss die Verpackung auf und biss in die süße, klebrige Masse. Wie jetzt weiter? Die Bedienung kam zur Bar, gab ihre Bestellung auf. Ich genoss meinen Schoko-Kick.

»Ist ganz schön viel los hier?« Ich hob die Stimme zum Schluss des Satzes leicht an, um daraus eine Frage zu machen.

Der Mann stand am Bierhahn, zuckte die Schultern. »Freitagabend.«

»Es gab vor einiger Zeit mal so eine dumme Kampagne, bei der unterstellt wurde, ihr hättet Gelder gegen rechts zweckentfremdet. Das hat euch dann wenigstens nicht längerfristig geschadet.«

Mit zusammengekniffenen Augen taxierte er mich: »Das war keine dumme Kampagne, das stimmte. Unsere Vorgänger hatten es sich da etwas zu einfach gemacht.«

»Ach so, dann wurde das Personal ausgetauscht – die Leitung zumindest, vermute ich.«

»Nu.« Er reichte der Kellnerin die Gläser an.

»Begeistert werden die nicht gewesen sein«, warf ich hin.

»Ne, ganz und gar nicht«, bestätigte er. »Mirko und Ronnie«, sagte er in Richtung seiner Kollegin, die vorher mit ihrem Handy beschäftigt gewesen war.

»Ach je, die Chaoten!«

»Was machen die heute?«

Die junge Frau verteilte die Gläser gleichmäßig auf ihrem Tablett. »Mirko ist auf die Füße gefallen. Ist ja auch schon älter, der war der Chef. Ich glaube, der leitet heute wieder einen Club – allerdings in Freital oder so. Aber Ronnie …«

Sie beendete den Satz nicht, sondern drehte sich um und brachte die Getränke an einen großen Tisch.

»Warum interessiert Sie das?«, fragte der Mann mich.

Jetzt versuchte ich es mit Schulterzucken. »Ich habe von der Geschichte gehört.«

Plötzlich war draußen Tumult zu hören. Durch die Musik hindurch drangen hastige Schritte, ein Stolpern und Krachen, dann eine Stimme, die ich kannte:

»Ganz langsam. Niemand will dir etwas tun.«

Die Kellnerin trat auf den Flur hinaus, um nach dem Rechten zu sehen, ich war direkt hinter ihr. Dort half Dale einem jungen Mann aufzustehen.

»Da haben Sie Ronnie«, sagte sie trocken zu mir und fragte Dale, ob alles in Ordnung sei.

»Ja, alles bestens«, antwortete er. Im Aufschauen fiel sein Blick auf mich und er lächelte erstaunt.

Die Frau grinste müde und ging zurück in den Kneipenraum. Der Junge, bei dem es sich also um Ronnie handelte, gab ein unwilliges Geräusch von sich und versuchte, Dales Hand abzuschütteln. Er trug eine Art Armee-Parka und hatte strähniges, braunes Haar, dessen Ansatz bereits ein wenig zurückgewichen schien. Die blauen Augen glänzten glasig.

»Das ist Freiheitsberaubung!« Er klang betrunken.

Dale schob ihn in Richtung Ausgang. »Deine Mutter will nur mit dir sprechen.«

Offenbar war er wegen eines Familienproblems beauftragt worden. Als wir zusammen waren, hatte ich mitbekommen, wie häufig Leute bei solchen Schwierigkeiten einen Privatdetektiv einschalteten.

Er würde sich jetzt nicht um mich kümmern, sondern seinen Job erledigen. Und mich vielleicht morgen anrufen und sich dafür entschuldigen. Über Ronnie würde ich dann allerdings nichts erfahren. Dale sprach so gut wie nie über seine Aufträge.

Schnell lief ich in den Kneipenraum zurück. Ich griff mir meine Jacke, die noch über der Stuhllehne hing, drückte der Kellnerin zwei Euro in die Hand und winkte ab, als sie herausgeben wollte.

Wie ich gehofft hatte, standen die beiden noch vor dem Haus. Ronnie mit dem Rücken zur Wand, Dale vor ihm, sodass er ihn jederzeit wieder packen konnte, falls er versuchen sollte, sich aus dem Staub zu machen. Er hielt Zigaretten in der Hand und bot sie Ronnie an. Der spuckte zunächst aus, zog dann eine aus der Packung. Ich blieb in einiger Entfernung stehen, tat so, als wäre ich mit jemandem verabredet. Dale nahm, wie erwartet, keine Notiz von mir, sondern gab erst dem Jungen, dann sich selbst Feuer.

Er trug die Lederjacke, die er besaß, seit ich ihn kannte. Die ehemals schwarzen Haare waren an den Seiten fast komplett grau. Sein Profil wirkte in dem sanften Licht der entfernten Straßenlampe wie weich gezeichnet. Er sagte nichts, sondern wartete ab. Ich roch den herüberwehenden Rauch und spürte, wie mir übel wurde.

»Was will die alte Fotze von mir?«, raunzte Ronnie schließlich, wobei die Silben verschwammen.

»Du hast dich seit dem Tod deines Großvaters am Dienstag nicht mehr zu Hause blicken lassen. Ich denke, sie will sichergehen, dass du zu seiner Beerdigung kommst.«

Ich vergaß meine unbeteiligte Pose und starrte Ronnie an. Das wäre ein ziemlich unglaublicher Zufall. Großvater? Ronnie war Anfang, Mitte 20. Noch während ich rechnete, kam mir der Gedanke, dass meine Eltern dieses Alter bei ihrem Enkelkind kaum noch erleben würden. Ihrem Enkelkind … Aus heiterem Himmel stiegen mir Tränen in die Augen, gleichzeitig kämpfte ich gegen Brechreiz an. Zum Glück trat Dale eben seine Zigarette aus; Ronnie nahm noch einen tiefen Zug und warf die Kippe achtlos zur Seite, wo sie weiter vor sich hin qualmte.

Doch, da war eine gewisse Ähnlichkeit in der schmalen Gestalt, in dem Kopf mit der hohen, flächigen Stirn, den Augen. Ohne weiter nachzudenken, machte ich einen Schritt nach vorn und schaltete mich in das Gespräch ein.

»Dein Großvater war Heinz Wachowiak?«

Dales Gesichtsausdruck zeigte Überraschung, durch die nur langsam Ärger über meine Einmischung drang, Ronnie starrte auf den Bürgersteig.

»Nu.« Wieder spuckte er aus.

»Und warum bist du abgehauen?«

Jetzt überwog bei Dale der Unmut. Ich ignorierte ihn. Ronnie reagierte nicht.

»Du hast früher hier gearbeitet.«

»Hab die Theke gemacht. Gut gemacht. Besser als der Genagelte da.« Er warf den Kopf mit einer kräftigen Bewegung nach hinten, an die Mauer.

»Aber nachdem dein Großvater zur Presse gegangen war und eure Aktion gegen rechts angeprangert hatte, war es damit vorbei.«

Dales Blick signalisierte Interesse.

»Dieser verdammte alte Bock! Dieser …!« Jetzt ersetzte das Ausspucken eindeutig jede Menge Schimpfwörter. Vermutlich mehr, als in Ronnies Wortschatz existierten. »Klar, er wusste, wie man so was machen muss. Er hat ja auch die Nazis damals kleingekriegt, ne?«

Darauf fiel mir keine Antwort ein. Am liebsten hätte ich ihn geohrfeigt. Seine Mutter beneidete ich nicht.

»Dann bist du also richtig froh, dass er tot ist?«, versuchte ich, ihn zu provozieren.

»Hey, ich weiß, dass ihr mir alle was in die Schuhe schieben wollt. Aber nicht mit mir.«

Er machte einen unerwartet geschmeidigen Satz zur Seite, stieß mich weg und rannte los. Dale fluchte und stürzte hinterher. Ich hatte mich schnell wieder gefangen und holte tief Luft, kämpfte gegen die Übelkeit, die der muffig-saure Geruch, der von Ronnie ausging, verstärkt hatte.

Die beiden waren auf der gegenüberliegenden Straßenseite. Ronnie wollte mit einem Sprung auf den Parkplatz hechten, als Dale sich auf ihn warf und ihn festhielt. Ich ging zu ihnen hinüber, verfolgte, wie sie wieder aufstanden, wobei Dale den Jüngeren nicht losließ.

»Es sieht aus, als hättest du mehr Fragen an unseren Ronnie hier als ich«, sagte Dale. »Ich soll ihn schließlich nur zu Hause abliefern.« Er wirkte verärgert. Ich vermutete, das galt seiner Klientin, die ihm keine Hintergrundinformationen geliefert hatte.

Ronnie starrte wieder zu Boden, blieb still.

»Ja, mir würde schon die eine oder andere Frage einfallen«, sagte ich, an Dale gerichtet, registrierte aus den Augenwinkeln, wie der Junge aufblickte. »Zum Bespiel, ob er am Dienstag bei seinem Großvater war.«

»Ich hab nichts gemacht, verdammt noch mal!« Er versuchte vergeblich, mit einer Drehung Dales Hand abzuschütteln.

»Okay.« Dale klang völlig neutral. Ohne Ronnie loszulassen, holte er seine Zigaretten hervor, hielt sie dem Jungen hin. Der griff gierig zu.

»Du warst noch in der Wohnung«, hakte ich nach.

Ronnie schwieg wieder.

»Wollen wir reingehen und etwas trinken?«, fragte Dale freundlich.

Ein Nicken war die Antwort. Nebeneinander traten wir den Rückweg ins Cool Che an, wobei Dale Ronnies Arm weiter festhielt. Die Kellnerin schaute uns erstaunt an, nahm aber ohne einen Kommentar unsere Bestellungen auf. Ronnie orderte ein Bier und einen Schnaps, Dale ein Bier, ich Mineralwasser. Ich war froh, dass sie hier nicht rauchen durften, jedoch überfiel mich in der stickigen Wärme auf einmal die Müdigkeit.

»Also, was war los? Wolltest du Geld von dem alten Herrn?«, versuchte ich einen Schuss ins Blaue.

Ronnie zuckte die Achseln, was ich als Bestätigung auffasste.

»Wann? Am Dienstag?«

Eine leichte Kopfbewegung.

»Abends?«

»Nein, nachmittags. Und der Alte lebte noch!«

»Er hat dir kein Geld gegeben.«

Unsere Getränke kamen, Ronnie kippte den Schnaps in einem Zug und bestellte gleich noch einen.

»Dann hast du dir etwas genommen«, schaltete Dale sich ein. Ronnie stritt es nicht ab. »Übrigens zahlst du deine Schnäpse hier selbst, das ist dir ja wohl klar.«

Ronnies Gesichtsausdruck signalisierte, dass er wieder kurz davor war auszuspucken. »Muss mal aufs Klo«, sagte er stattdessen.

»Okay.« Dale stand auf und begleitete ihn auf den Flur.

Ich folgte den beiden. Dale lehnte neben der Toilettentür an der Wand, lächelte mich fragend an. Ich erzählte ganz knapp, was passiert war.

Dale hatte aufmerksam zugehört, sagte aber nichts dazu, sondern riss unvermittelt die Tür auf. Ronnie war jedoch nicht, wie er wohl gefürchtet hatte, durch ein Fenster entwischt, sondern saß zusammengekauert auf dem dreckigen Boden neben dem Urinal.

»Scheiße, diese ätzende Familie«, murmelte er, als Dale ihn unsanft hochzog.

5. KAPITEL

Das war ja grässlich. Ich dachte, es gäbe bloß die berühmte Morgenübelkeit – und damit hatte ich mich schon abgefunden. Aber dass ich nun abends über der Kloschüssel hing, über einer schmierigen Kloschüssel in einem unsanierten Altbau, während vor der Tür zwei Männer standen, von denen ich dringend etwas in Erfahrung bringen wollte …

»Alles in Ordnung, Kirsten?«, drang Dales Stimme zu mir.

»Ja, ja.«

Ich spülte mir den Mund aus und ging wieder auf den Flur.

»Ich liefere unseren Helden jetzt bei seiner Mutter ab. Du bist wirklich okay?« Besorgt sah er mich an. Ronnie stand neben ihm, als wäre er gar nicht da, in sich zusammengesunken, den Blick auf den Boden gerichtet.

»Hundertprozentig. Ich würde euch gerne begleiten.«

Dale schüttelte den Kopf. »Nichts zu machen.«

Damit hatte ich gerechnet. »Gibst du mir den Namen und die Adresse der Mutter?«

Er fragte nicht nach, warum mir die Angelegenheit so wichtig war. Er wusste, dass ich dazu neigte, mich in ungeklärte Fragen zu verbeißen – und er hatte immer Angst um mich. Natürlich war es ihm nicht mehr so wichtig wie damals, als wir ein Paar waren, aber wenn er mitbekam, dass ich etwas tat, was in seinen Augen gefährlich werden konnte, kehrten die alten Beschützerinstinkte zurück.

»Ruf mich morgen an«, sagte er ausweichend.

»Ich komme einfach mit Brötchen zum Frühstück vorbei, okay?«

Er zögerte, schien aber einzusehen, dass ich fest entschlossen war. »Gut, so um zehn?«

*

Als ich nach Hause kam, lag Andreas tief schlafend vor dem Fernseher. Ein Quentin-Tarantino-Film lief. Ich schaltete das Gerät aus, drückte Andy einen Kuss auf die Stirn und ging unter die Dusche. Nach dem Zusammentreffen mit diesem Ronnie hatte ich das dringende Bedürfnis, mich zu säubern.

Mir war bewusst, dass meine persönliche Abneigung mein Urteilsvermögen beeinträchtigte, dennoch konnte ich den Gedanken nicht loswerden, dass ich dem Kerl durchaus zutraute, für ein paar Euro seinen Großvater umgebracht zu haben.

Mit Mühe schaffte ich es, Andy ins Bett zu lotsen, wo er sofort wieder einschlief, während ich noch lange wach lag und grübelte.

Am nächsten Morgen hatte er schon alles für unser Frühstück vorbereitet, als ich in die Küche kam. Mit schlechtem Gewissen nahm ich eine Brötchenhälfte, winkte ab, als er mir Kaffee eingießen wollte.

»Tee?« Schon stand er auf, um Wasser aufzusetzen. »Aber so richtig voll hat der Virus dich nicht erwischt, oder?« Mit fragendem Blick drehte er sich zu mir um.

»Nein, nein. Es ist …« Ich konnte ihm doch nicht hier so zwischen Tür und Angel sagen, dass er Vater wurde. »Ich frühstücke gleich richtig mit Dale.«

»Ach so.« Die Reaktion kannte ich. Er wollte nicht aufbrausen, nicht zeigen, dass es ihn verletzte, und übte sich in Gleichgültigkeit.

»Er hatte den Auftrag, einen Enkel von Heinz Wachowiak aufzuspüren und kann mir vielleicht ein bisschen mehr über die Familie erzählen«, erklärte ich. »Willst du mitkommen?«

Andy schüttelte den Kopf. »Nein, geh mal allein.«

Insgeheim war ich erleichtert. Ich wusste nicht, ob Jess da war, hoffte aber darauf, mit Dale unter vier Augen reden zu können. Es würde ohnehin schwer genug werden, ihm Informationen zu entlocken.

»Wenn es wieder so ein schöner Tag wird, könnten wir heute Nachmittag ein bisschen Fahrrad fahren und irgendwo Kaffee trinken«, schlug ich vor.

»Geht nicht. Ich muss zum Fußball.«

»Zum Fußball? Du?«

»Das war das Thema der Sondersitzung gestern. Dynamo. Der Zustand des Stadions und diese bekloppten Hooligans. Beides will ich mir mal selbst anschauen. Du hast nicht vielleicht Lust, mitzukommen?«

Er kannte meine Antwort. Fußball interessierte mich nicht im Geringsten. Also würden wir uns erst beim Abendessen sehen. Ich fand, das Thema verdiente einen feierlichen Rahmen, und schlug das Villandry in der Jordanstraße vor. »Ich kümmere mich um einen Tisch, du zahlst.«

*

»Dynamo gegen Lok Leipzig? Da würde ich mich eher fernhalten«, meinte Dale.

Jess war nicht da – sie hatte es geschafft, einem privaten Sponsor eine sechsstellige Summe zu entlocken, mir der sie in New Jersey ein neues Projekt zur Resozialisation krimineller Mädchen starten wollte.

»Das heißt, in den nächsten sechs, sieben Wochen hat sie keine Minute Zeit für irgendetwas anderes.«

Dale hatte den großen Tisch in der Küche seines Hauses in der Antonstraße mit vielen gesunden Sachen gedeckt:

Obst und frisch gepresster Saft, Kräuterquark und Paprikastreifen. Augenscheinlich war er am Morgen schon joggen gewesen, seine Haare schimmerten feucht und er wirkte sehr gelöst. Ich sah keinen Aschenbecher im Raum.

»Ich versuche doch immer noch aufzuhören«, sagte er. »Aber bei solchen Typen wie Ronnie hilft es, wenn ich Kippen dabeihabe, das ist das Vertrackte.« Er lächelte, und ich sah die unzähligen Fältchen um seine tiefdunklen Augen.

Er hatte Ronnie am Vorabend wohlbehalten seiner Mutter übergeben und gleich sein Honorar kassiert. »Eigentlich war's das für mich. Aber ich bin natürlich doch neugierig geworden und habe der Frau ein bisschen auf den Zahn gefühlt.«

»Und?«, fragte ich gespannt. Ich hätte nicht gedacht, dass er so bereitwillig erzählen würde. Aus dem Wohnzimmer drangen Trompetenklänge herüber, durch das Fenster sah man das wuchernde Grün des Gartens, gerade flatterte ein kleiner Vogel vorbei. Wieder einmal stellte ich fest, wie fern hier die quirlige Neustadt war – obwohl man in zehn Minuten mittendrin war.

»Sie ist schwierig. Sehr darauf bedacht, wie etwas nach außen hin wirkt, wollte es wohl auch immer ihrem Vater recht machen.« Er belegte eine Brötchenhälfte mit Camembert. »Na ja, und mit dem Jungen wird sie einfach nicht fertig. Schon seit Jahren nicht, denke ich.«

Ich hatte eine Portion Quark gegessen und nahm mir nun ein süßes Hörnchen. »Was meinst du – warum hat sie dich beauftragt, Ronnie nach Hause zu holen?«

»Die Familie muss zusammenhalten in solchen Zeiten«, gab er seine Klientin mit ironischem Grinsen wieder.

»Ronnie lebt noch bei ihr?«

»Mehr oder weniger.« Dale musterte meinen Teller. »Macht Andreas mal wieder Diät, sodass ihr nichts zu essen zu Hause habt?«

Ich hatte das Hörnchen noch nicht ganz vertilgt, mir aber schon eine Scheibe Schinken auf den Teller gelegt und nach einem Körnerbrötchen gegriffen. Ich lachte. »Nein. Er hatte diesen fiesen Virus und hat ganz ohne Diät abgenommen. Ich hab einfach Appetit. Es sieht alles so lecker aus.«

Dale lächelte. Kombinierte der Detektiv das Mineralwasser im Cool Che mit der Tatsache, dass ich mich übergeben hatte und jetzt keinen Kaffee trank, aber wie ein Scheunendrescher abwechselnd Würziges und Süßes in mich hineinstopfte?

»Ich hatte den Eindruck, halb lebt Ronnie schon länger auf der Straße. Und seine Mutter scheint einige Befürchtungen zu hegen, die sie zumindest mir gegenüber für sich behalten hat.«

»Ronnies Beschwerde, man wollte ihm etwas in die Schuhe schieben.«

Dale nickte. »Keine Ahnung, was sie ihrem Filius alles zutraut.«

»Was traust du ihm zu?«

Er goss sich noch einen Kaffee ein. Für mich hatte er schwarzen Tee aufgebrüht. »Er ist sehr kaputt«, antwortete er ausweichend.

Ich trank einen Schluck. »Kannst du dir vorstellen, dass er seinen eigenen Großvater umgebracht hat?«

Wieder bekam ich keine direkte Antwort. »Ich will nicht, dass du da recherchierst, Kirsten.« Meine Einwände ignorierte er. »Ich bin selbst misstrauisch geworden. Frau Meyersfeld, Ronnies Mutter, hat mich viel zu gut bezahlt für diesen Routineauftrag – und anscheinend ist für sie damit klar, dass ich nicht weiter nachfrage.«

»Aber genau das willst du tun.«

»Ja.« Er nickte. »Ich lass mich nicht gerne benutzen.«

*

Das war mehr, als ich gehofft hatte. Dale, der Profi, würde Ronnie näher unter die Lupe nehmen. Und falls er ebenfalls den Eindruck gewann, dass Heinz Wachowiak keines natürlichen Todes gestorben war, wollte er Montagmorgen Hantzsche dazu bringen, eine Obduktion zu veranlassen. Auf ihn, den ehemaligen Kollegen, würde der Kriminalhauptkommissar hören.

Ich schlenderte langsam durch die Neustadt zurück nach Hause, kaufte noch ein paar Lebensmittel ein, überlegte, was ich mit dem angebrochenen, sonnigen Samstag anstellen konnte. Andreas war bestimmt schon am Stadion, um die Stimmung dort mitzubekommen – gründlich, wie er bei der Arbeit immer war.

Durch die Stadt bummeln? Aber wozu sollte ich mir schicke Sachen kaufen, wenn ich in ein paar Wochen den 80er-Jahre-Schlabber-Look reaktivieren musste? Ich lachte laut auf, sodass eine alte Dame mich irritiert ansah: Bestimmt hatte ich irgendwo in den Tiefen meines Kleiderschrankes noch T-Shirts und Pullover, die bis zum neunten Monat passten.

Putzen, spülen, Wäsche waschen? Nein, dazu war der Tag zu schön. Ich würde einfach ein wenig Fahrrad fahren, vielleicht die Elbe entlang bis nach Meißen und dort ein Eis essen.

Ich brachte meine Einkäufe nach Hause und stopfte eine alte Decke, die Zeitung und eine Flasche Mineralwasser in einen Rucksack. So konnte ich zwischendurch, wann immer mir danach war, eine gemütliche Pause einlegen. Dann rief ich im Villandry an und hinterließ auf dem Anrufbeantworter meinen Wunsch nach einem Tisch für zwei Personen für den Abend. Ich freute mich darauf, Andy endlich die Neuigkeit mitzuteilen.

Wenig später rollte ich auch schon an der Elbe entlang nach Norden. Der Blick auf die historische Skyline der Altstadt war immer wieder überwältigend. Der Fluss glitzerte in der Sonne, auf der Brühlschen Terrasse tummelten sich die Wochenendbesucher, dahinter ruhte majestätisch die runde Kuppel der Frauenkirche. Von einem Raddampfer drang ein lang gezogenes Tuten herüber, die Luft war warm und sanft auf meinen bloßen Armen.

Nach der Augustbrücke ließ der Betrieb auf dem kombinierten Rad- und Fußweg ein wenig nach und ich konnte meine Gedanken schweifen lassen. Noch immer wusste ich nicht, was der alte Herr in der Redaktion gewollt hatte. Ich hatte mir am Vortag noch gründlich die Rundschau der letzten Tage vorgenommen – er hätte ja auch die Konkurrenz-Zeitung aufgesucht haben können, ohne dass Ines es gemerkt hatte –, allerdings nichts gefunden.

Im schönen, alten Garten des ehemaligen Interhotels Westin Bellevue flanierten ein paar Gäste, am Ufer hockte eine Entenkolonie. Wenn Herrn Wachowiaks Anliegen irgendetwas mit Ronnie zu tun gehabt hatte, würde Dale es herausfinden. Aber wenn nicht …

Kein Eis in Meißen. Ich bremste und schob mein Fahrrad die steile Böschung hoch, um auf die Marienbrücke zu gelangen, fuhr in die Friedrichstadt.

*

Michaela Kattners Wohnzimmer war voll besetzt. Auf einem breiten, afrikanisch wirkenden Ledersofa saß ein vielleicht 60-jähriger Mann, der Heinz Wachowiak wie aus dem Gesicht geschnitten war, neben ihm eine schlanke, sogar im Sitzen große Frau. Der kleine Leon kuschelte sich an sie. Zu seiner anderen Seite sah ich eine weitere junge Ausgabe der männlichen Wachowiaks. Anscheinend hatte sich der Charakterschädel bei den Männern der Familie vererbt, während ich unter den anwesenden Frauen keine besondere Ähnlichkeit feststellte.

In einem Sessel am Fenster saß eine rundliche Person, die vielleicht Michaelas Mutter war, daneben stand eine schlaksige, hoch aufgeschossene Schönheit. Frau Kattner selbst und eine zweite Frau liefen umher, um Kaffee zu verteilen und Kekse anzubieten. Alle waren dunkel gekleidet. Ich entschuldigte mich für mein offensichtlich ungelegenes Erscheinen.

»Es ist in der Tat gerade nicht so günstig«, bestätigte die junge Frau und strich sich eine feuchte Haarsträhne aus der Stirn. »Wissen Sie, es gibt so viel zu besprechen und zu organisieren.«

»Ja, das kann ich mir denken.« Ich fragte mich, warum ausgerechnet sie, die alleinerziehend war und noch stundenweise als Verkäuferin arbeitete, wie sie mir am Mittwoch erzählt hatte, diese Organisation übernehmen musste. Und natürlich, ob eine der anwesenden Frauen Ronnies Mutter war. »Es geht auch ganz schnell.«

Michaela Kattner seufzte, ich fuhr rasch und etwas lauter als vorher fort: »Ich möchte Ihnen allen mein Beileid aussprechen. Ich habe Ihren Vater beziehungsweise Ihren Großvater aufgefunden« – eine weibliche Stimme gab ein »Oh« von sich – »und das lässt mich seitdem nicht los.«

Die Luft in dem kleinen Raum war so stickig, dass mein Kreislauf rebellierte. Ich musste mit einer Hand Halt an dem großen Regal suchen, vor dem ich stand.

»Das kann ich mir vorstellen«, sagte die Frau in dem Sessel. »Michaela, du kannst sie nicht einfach so vor die Tür setzen. Nicht nach solch einem Erlebnis. Erzählen Sie einfach«, wandte sie sich im Therapeutentonfall an mich.

»Ich hatte den Eindruck, als sei er keines natürlichen Todes gestorben.« Gespannt wartete ich auf die Reaktionen.

»Das ist doch Unsinn«, meldete der ältere Herr sich mit sonorer Stimme zu Wort. »Was wollen Sie denn hier unterstellen?«

Wie kam er auf die Idee? »Natürlich will ich nichts unterstellen. Ich hatte einfach dieses Gefühl.« Aus den Augenwinkeln sah ich, wie die rundliche, Anteil nehmende Frau nickte. »Ihr Vater war ein sehr aufmerksamer Bürger.« Ich nahm den Sohn fest ins Visier. »Ich arbeite bei der Dresdner Zeitung und wir verdanken ihm etliche Hinweise auf Missstände in der Stadt.«

Ich machte eine Pause, in die der Sohn ein zögerliches »Nu« platzierte.

»Vielleicht geht ja meine Fantasie mit mir durch, aber so jemand hat natürlich auch Feinde. Am vergangenen Freitag war Herr Wachowiak wieder einmal bei uns in der Redaktion. Leider hatte niemand Zeit für ihn, sodass wir nicht wissen, was er uns mitteilen wollte. Aber ich denke, es könnte von Bedeutung sein.« Ich holte tief Luft und schaute die Familienmitglieder der Reihe nach an. Niemand reagierte.

»Wissen Sie, wofür sich Ihr Vater – und Großvater – zuletzt interessiert hat?«, fragte ich direkt.

Die mädchenhafte Schönheit blickte aus dem Fenster, als ginge sie das alles nichts an, die Frau im Sessel hatte die Stirn in Falten gelegt, das ältere Paar wirkte unwillig, auch nur nachzudenken. Der junge Mann starrte auf die abgetretene Auslegeware, und Michaela Kattner und die andere Frau waren zu sehr von ihren hausfraulichen Pflichten vereinnahmt, um sich mit dem Thema zu beschäftigen.

Leon schob den Arm seiner Verwandten, in den er sich hineingekuschelt hatte, zur Seite, richtete sich auf und sagte: »Vielleicht hatte es was mit Tante Marianne zu tun?«

»Wer ist Tante Marianne?«, fragte ich und tippte auf Ronnies Mutter oder sonst jemanden aus diesem Teil der Familie.

»Ach, Leon«, sagte die Frau neben ihm in seltsamem Tonfall.

Ich sah zu Michaela Kattner hinüber, die meinem Blick auswich.

»Nur eine Nenntante für Leon. Eine Bekannte meines Vaters«, erklärte der Sohn, das Thema abschließend.

»Warum meinst du, dass dein Ops uns etwas über die Tante Marianne sagen wollte?«, wandte ich mich direkt an den aufgeweckten Knirps.

»Na, weil sie doch so krank ist und er sich so aufgeregt hat.«

Der arme Kleine erntete unwillige Blicke von allen Seiten.

»Das ist ein Ansatzpunkt«, versuchte ich, die Aufmerksamkeit auf mich zu ziehen. »Sagen Sie mir doch bitte, wie die Frau mit Nachnamen heißt und wo ich sie erreichen kann, dann werde ich dem mal nachgehen.«

»Ich denke eher, dass Sie sich mit den sogenannten Fans der SG Dynamo beschäftigen sollten«, entgegnete der Sohn. »Die neonazistischen Tendenzen dort haben meinen Vater sehr aufgeregt.«

Das glaubte ich bei Heinz Wachowiaks Biografie sofort, trotzdem fand ich es seltsam, dass die gesamte Familie anscheinend nicht bereit war, mir etwas über die Bekannte des alten Herrn zu sagen.

»Danke für den Hinweis. Damit werde ich mich auf jeden Fall beschäftigen«, versicherte ich dennoch. »Meinen Sie, es gibt etwas Schriftliches, das mir weiterhelfen kann? Ihr Vater kam oft mit Notizen zu uns die Redaktion«, improvisierte ich in der vagen Hoffnung, sie würden mich allein nach oben lassen, wo ich einen Hinweis auf ›Tante Marianne‹ finden könnte.

»Wir sehen ohnehin gleich seine Sachen durch«, meldete sich die rundliche Frau neuerlich zu Wort. »Wenn wir etwas dazu finden, benachrichtigen wir Sie gern.«

Ich bedankte mich. Da ich keine Visitenkarten dabeihatte, bat ich Michaela Kattner um ein Blatt Papier, auf dem ich der Familie meine Privatnummer hinterlassen konnte.

Als sie mit dem Gewünschten zurückkam, drückte sie mir zwei kleine Zettel in die Hand. Auf dem oberen stand, schnell und kaum leserlich hingekritzelt: ›Marianne Gärtner – Institutsgasse 4‹.

*

Der Straßenname kam mir bekannt vor, trotzdem hatte ich keine Ahnung, wo die Gasse zu finden war. Langsam schob ich mein Fahrrad in Richtung Innenstadt zurück, überlegte, ob ich in der gegenüberliegenden Klinik nach einem Stadtplan fragen sollte, als mein Blick auf das Schild der rechts abzweigenden Straße fiel. Es war hier – direkt um die Ecke! Mit wenigen Schritten hatte ich Haus Nummer 4 erreicht und klingelte bei ›Gärtner‹. Nach einer Weile, als ich schon überlegte, ein anderes Mal wiederzukommen, wurde die Haustür aufgedrückt.

Im Türrahmen der ein paar Stufen höher gelegenen Erdgeschosswohnung stand eine zierliche, kleine alte Dame, deren hoch auftoupiertes Haar bläulich schimmerte.

Ich stellte mich vor, fragte vorsichtig nach, ob sie die Bekannte von Heinz Wachowiak sei.

Sie nickte, sichtlich um Haltung bemüht. »Ich möchte nicht darüber sprechen, bitte.«

»Frau Gärtner, ich kann mir vorstellen, wie verletzend es sein muss, dass die Familie Sie nicht teilhaben lässt …« Ich ließ den Satz unvollendet. Teilhaben woran? An ihren Zusammenkünften, der Aufteilung des Hab und Guts, der gemeinsamen Trauer.

Wieder nickte sie nur, schien dann einen Entschluss zu fassen. »Würden Sie ein wenig mit mir spazieren gehen? Der Tag ist so schön.«

Ich nahm erfreut an, und es dauerte eine Weile, bis sie mit einer Handtasche am Arm und einem kräftigen Spazierstock mit geschnitztem Knauf zurückkehrte.

»Ich bin nicht gut zu Fuß«, warnte sie mich.

Ganz langsam gingen wir die Institutsgasse zurück, überquerten die Wachsbleichstraße und betraten das weitläufige Gelände des Hyazinthus-Krankenhauses fast auf Höhe des berühmten Neptunbrunnens. Hinter den hohen Mauern versteckte sich ein wahrer Park mit alten Bäumen, Rasenflächen und kunstvollen Brunnen.

»Ist es nicht wunderschön?«, fragte die alte Dame. »Ich bin immer noch gern hier.«

Ich fragte nicht, worauf das ›immer noch‹ sich bezog. Vermutlich auf Erinnerungen an Heinz Wachowiak. Frau Gärtner trug ein gerade geschnittenes schwarzes Hemdblusenkleid; sie musste sich bei jedem Schritt auf ihren Stock stützen, wirkte jedoch geistig sehr wach.

»Wissen Sie«, begann sie nach einer Pause, in der wir schweigend nebeneinander hergegangen waren, angestrengt sie, mit stark verkürzten Schritten ich. »Die Familie konnte sich nie damit abfinden, dass Heinz so spät noch einmal jemanden gefunden hatte. Er wollte unbedingt, dass sie mich akzeptieren. Er dachte, er könne es erzwingen.« Sie atmete schwer.

Ich schlug vor, dass wir uns auf eine Bank in der warmen Nachmittagssonne setzten. Hier draußen sah man, wie dünn ihr Haar war, wie sorgfältig frisiert.

»Was hatten die Kinder denn gegen Sie einzuwenden?«, fragte ich.

»Ich bin wohl einfach in vielerlei Hinsicht das Gegenteil von ihrer Mutter«, antwortete sie, und es klang ausweichend. Ich drang nicht weiter in sie. Die Antwort auf diese Frage würde ich vermutlich leicht bekommen. Stattdessen fragte ich, was es damit auf sich habe, dass Heinz Wachowiak sich aufgeregt habe, als sie krank wurde.

»Nun ja, ›krank werden‹ ist der falsche Ausdruck.« Sie strich leicht über den Stoff ihres Rocks. »Ich hatte seit Jahren – was sage ich – seit Jahrzehnten Probleme mit meiner Hüfte und habe mich immer gegen eine Operation gesträubt. Ein künstliches Gelenk, wissen Sie?«

Ich nickte.

»Heinz hat mich schließlich zu dem Eingriff überredet. Er meinte, dann könnten wir vielleicht längere Spaziergänge gemeinsam machen.«

»Aber die Operation war nicht erfolgreich«, folgerte ich.

»Zuerst schon. Ich habe die Rehabilitationsmaßnahmen absolviert und alles war wunderbar. Aber drei Jahre nach dem Eingriff kamen die Schmerzen zurück. Frau Dr. Ehrhardt, die Chefärztin, die die Operation damals vorgenommen hat, sagte, das wäre normal, und eventuell müsste sie das Gelenk gegen ein neues austauschen. Aber um genau das zu umgehen, hatte ich mich vor dem Eingriff für das teuerste Modell entschieden. Wissen Sie«, sie lächelte mich an, »damit ist es wie bei Autos. Es gibt Luxus-, Mittelklasse- und Standardausführungen.«

»Sie sind Privatpatientin?«, vermutete ich.

»Ja. Mein Mercedes ist von meinem Ersparten bezahlt.«

»Haben Sie die Ärztin darauf angesprochen?«

»Natürlich. Aber versuchen Sie einmal, einem Chefarzt einen Fehler nachzuweisen. Irgendwann stand ich vor der Frage, ob ich ein langwieriges Gerichtsverfahren mit zweifelhaftem Ausgang auf mich nehmen oder die Angelegenheit auf sich beruhen lassen wollte. Ich hatte einfach keine Kraft mehr.« Seltsamerweise zauberte die Erinnerung daran erneut ein Lächeln auf ihr Gesicht, hübsch anzusehen inmitten der fein versponnenen Fältchen.

»Ich nehme an, Herr Wachowiak wäre dafür gewesen, den Fall auszufechten?«

»Nicht unbedingt. Aber Heinz hatte von Anfang an den Verdacht, man habe mir nur das teure Gelenk berechnet, aber ein billiges eingesetzt. Und vor Kurzem hatte er zwei ältere Herrschaften ausfindig gemacht, bei denen möglicherweise das Gleiche passiert war. Wenn es denn so war. Erfahren werde ich das wohl nie …«

6. KAPITEL

Wie benommen radelte ich zurück in die Neustadt. Das musste es sein – es war so naheliegend, so logisch … Eine Chefärztin des Hyazinthus-Krankenhauses hatte Frau Gärtner das mangelhafte Gelenk eingesetzt, aus der gleichen Klinik war am Dienstag die Notärztin gekommen, die ohne Untersuchung Heinz Wachowiak einen natürlichen Tod bescheinigt hatte. Nein, da gingen wohl die Pferde mit mir durch. Aber dennoch …

Ich hatte von der alten Frau Namen und Adressen der anderen Patienten bekommen. Ich wollte sie nicht ohne Vorankündigung am Samstagnachmittag überfallen, sondern würde gleich von zu Hause aus telefonieren und fragen, ob sie bereit wären, mit mir über ihre Beschwerden zu sprechen. Eine Frau lebte in Heidenau, dorthin schaffte ich es ohnehin erst morgen. Und dann konnte ich weitersehen. Den Verantwortlichen im Krankenhaus die Hölle heiß machen, sie auffordern, Unterlagen vorzulegen. Schauen, ob jemandem die Nerven durchgingen. Das war unbedingt auch ein Thema für die Zeitung. Gut möglich also, dass Heinz Wachowiak uns genau darauf aufmerksam machen wollte.

Zurück in der Böhmischen Straße, goss ich mir ein großes Glas Traubensaft ein – irgendwo hatte ich gelesen, das sollte die Blutbildung fördern – und ging damit ins Arbeitszimmer. Der Anrufbeantworter blinkte.

»Das Hyazinthus-Krankenhaus in Friedrichstadt«, nuschelte eine stark sächselnde Stimme. »Wenn Sie uns mal zurückrufen könnten, Frau Bertram?«

Ich begriff überhaupt nichts und begann, mir eine Argumentations-Strategie aufzubauen, mit der ich meinen Verdacht rechtfertigen konnte – bis mir klar wurde, dass der Anruf sich unmöglich auf den Vorwurf Marianne Gärtners beziehen konnte. Ich wählte die angegebene Nummer. Es war die Notaufnahme, wo man mir mitteilte, mein Lebensgefährte sei in eine Prügelei zwischen rivalisierenden Fan-Blocks geraten und habe einige Blessuren davongetragen.

»Was heißt das: ›Blessuren‹?« Meine Stimme hörte sich schrill an.

»Keine Angst, nichts Schlimmes. Drei gebrochene Rippen, ein angeknackstes Handgelenk und ein paar Schnittwunden.«

»Das nennen Sie nichts Schlimmes? Kann ich zu ihm?«

»Nu.« Gleichmütig nannte sie Haus und Zimmer, in dem ich Andreas finden würde.

Zwei Minuten später saß ich im Auto und raste los, fand mich nach langer Parkplatzsuche genau in dem Gebäude wieder, in dem ich am Mittwoch mit Dr. Silbermann gesprochen hatte. Ich irrte durch den modernen Bau, in dem es angenehm wenig nach Klinik roch, lief einen in warmem Gelb gestrichenen Flur entlang, bis ich endlich in einem winzigen Einzelzimmer stand.

»Keine Panik!« Andy versuchte zu grinsen, was nur auf einer Seite des Mundes funktionierte. Rechts blieb alles unbewegt. Seine Haare an dieser Schläfe waren blutverklebt, ein dickes weißes Mull-Pflaster erstreckte sich bis über die Wangenknochen.

»Du bist mir ja ein Held!« Mit drei Schritten war ich an seinem Bett.

An den beigefarbenen Wänden hingen irgendwelche Landschaftsbilder, vor dem Fenster Nylongardinen. Andreas trug ein weißes Krankenhaus-Hemd, das rechte Handgelenk war eingegipst. Als er versuchte, seine Lage zu verändern, stöhnte er auf.

»Halb so schlimm«, behauptete er. »Du hast doch den Tisch im Villandry reserviert? Dann können wir ja gehen.«

»Klar, komm!« Ich hielt ihm meine Hand hin, als er aber mit seiner linken danach griff und tatsächlich mit Schmerz verzogenem Gesicht versuchte, sich hochzuhieven, entzog ich sie ihm schnell. »Andy, ich weiß, dass du Krankenhäuser hasst, aber ich denke, du solltest schon ein bisschen hier bleiben.«

»Das sieht nur so wild aus!«

Seit ich Andreas kannte, hatte er eine geradezu kindliche Abneigung dagegen gehabt, sich in die Hände von Medizinern zu begeben; wann immer möglich, war er aus Arztpraxen und von Klinikstationen geflohen. Jetzt aber ging es ihm offensichtlich zu schlecht dafür – und ich wollte auf keinen Fall verantworten, ihn dermaßen lädiert zu Hause zu haben.

Er machte Anstalten, sich im Bett aufzurichten, und konnte wieder ein Stöhnen nicht vermeiden. »Die Rippen sind das Schlimmste«, sagte er mit zusammengebissenen Zähnen.

»Hat man dir kein Schmerzmittel gegeben?«

Er bewegte den Kopf von einer Seite zur andern. Ich wollte sofort den Raum verlassen, um eine Schwester zu suchen, als er mich zurückhielt.

»Du musst was darüber schreiben. Das war ein gezielter Angriff. Ich hab selbst Fotos gemacht, weil kein Fotograf Zeit hatte, und als sie das gesehen haben, haben sie sich auf mich gestürzt.«

»Dynamo-Fans?«

Er nickte.

»Noch vor dem Spiel?«

Erneutes Nicken. »Warm machen mit Sauferei und Nazi-Parolen-Grölen. Ein widerwärtiges Pack.«

Ich war so hektisch von zu Hause aufgebrochen, dass ich sogar einen Schlafanzug für ihn vergessen hatte, fiel mir jetzt ein. Und er dachte schon wieder an die Zeitung. Aber gut, wenn sein Seelenheil davon abhing … Ich fragte nach der Kamera.

»In meiner Hosentasche. Hoffentlich. Da habe ich sie in Sicherheit gebracht, als die Meute auf mich losgegangen ist.«

Ich fand das kleine Digitalgerät und sicherte ihm zu, den Übergriff in die Zeitung zu bringen. Er schien nicht daran zu denken, dass ich strafversetzt war, und ich blendete die Tatsache aus.

»Aber schreib den Text anonym. Wer weiß, wozu diese Faschos in der Lage sind.«

Erschöpft schloss er die Augen.

Ich ging hinaus und spürte im Schwesternzimmer einen Pfleger auf, den ich bat, Andy ein Schmerzmittel zu geben.

*

Zu Hause suchte ich zwei nicht komplett fadenscheinige Schlafanzüge heraus. Normalerweise schlief Andy nackt, höchstens mit Boxershorts bekleidet, nun mussten es eben diese alten Schätzchen tun. Ich legte mein Gesicht auf den kühlen Baumwollstoff und schloss die Augen. Es war nichts Gravierendes passiert, sagte ich mir. Schlimmstenfalls würde er eine Narbe im Gesicht zurückbehalten.

Trotzdem brach ich unvermittelt in Tränen aus, als ich im Bad sein Waschzeug zusammensammelte und sein Aftershave roch, dieses teure Chanel-Zeug.

Ich wollte gerade die Wohnung verlassen, da klingelte das Telefon. Es war der Sohn Heinz Wachowiaks. Die Familie habe wirklich Notizen des Vaters über Neonazis unter den

Dynamo-Fans gefunden. Wenn ich wollte, könnte ich sie bei ihm zu Hause abholen.

Ich bedankte mich und ließ mir die Adresse geben, fuhr dann – zum wievielten Mal an diesem Tag? – wieder in die Friedrichstadt.

Andy schlief, und so packte ich bloß leise die Tasche aus, legte das Buch, in dem er gerade las, Alexander Osangs ›Nachrichten‹, mit ein paar Weintrauben auf den Nachttisch, drückte ihm einen Kuss auf die Stirn und machte mich auf in die Altstadt.

Wachowiak junior und seine Familie lebten in einer jener ehemals heiß begehrten und angeblich allesamt von hohen Parteikadern belegten Wohnungen in der Wilsdruffer Straße. Ich fragte mich, ob der Sohn im Gegensatz zum Vater Anhänger des SED-Staats gewesen war, denn es wirkte auf mich so, als würden er und seine Frau schon seit Jahrzehnten in den gediegen eingerichteten Räumen wohnen.

Frau Wachowiak führte mich durch das Wohnzimmer in einen kleinen Raum, der anscheinend ihrem Mann als Arbeitszimmer diente. Er saß hinter einem massiven Schreibtisch, vor sich sorgfältig geordnete Papierberge, und nickte mir entgegen. Die Gastgeberin fragte, ob ich etwas trinken wolle, und ich nahm dankbar an. Mein Kreislauf spielte schon, seitdem ich das zweite Mal bei Andy in der Klinik gewesen war, verrückt. Ich hatte grauenhaften Hunger – über den ganzen Ereignissen hatte ich das Essen komplett vergessen, und als ich Frau Wachowiak in der Küche mit Tellern klappern hörte, wurde mir bewusst, dass es schon Zeit für das Abendessen war. Ich hatte den Tisch nicht abbestellt, fiel mir ein.

»Sehen Sie, hier!« Der ältere Herr hielt mir ein Blatt hin, auf dem in sauberer Handschrift mit vereinzelten altdeutschen Elementen wie einem ›z‹ mit lang nach unten gezogenem

Schnörkel etwas über den ›Sturmtrupp Dynamo‹ stand. »Damit hat mein Vater sich beschäftigt.«

»Danke«, sagte ich mehr zu seiner Frau als zu ihm und stürzte einen großen Schluck Wasser hinunter. »Gab es einen Hinweis darauf, von wann die Notizen sind?«

Ich hätte die Unterlagen gerne selbst durchgeschaut. Schließlich war es wichtig, wo, in welchem Ordner oder Stapel die Papiere aufgetaucht waren. Herr Wachowiak konnte oder wollte mir dazu nichts sagen. Ich wurde das Gefühl nicht los, dass er mir lediglich etwas gegeben hatte, damit ich nicht nach seiner Familie fragte. Natürlich war dieser ›Sturmtrupp‹ etwas, womit ich mich journalistisch beschäftigen würde – erst recht nach dem Angriff auf Andreas –, es war auch gut vorstellbar, dass Wachowiak senior uns darauf hatte aufmerksam machen wollen, dennoch:

»Warum wollten Sie nicht, dass ich mich mit Marianne Gärtner unterhalte?«

Ich beobachtete ihn scharf. Sein linkes Auge zuckte, die ganze Haltung drückte Widerwillen aus.

»Sie können sich gern mit Frau Gärtner unterhalten«, sagte er.

»Sie haben die Beziehung Ihres Vaters zu ihr nicht gebilligt«, erwiderte ich und machte keinen Versuch, es wie eine Frage klingen zu lassen.

»›Nicht gebilligt‹ … Mein Vater war ein erwachsener Mann. Meinen Sie etwa, er habe auf seine Kinder gehört?«

Das war wenigstens eine angedeutete Bestätigung.

»Sie hat ihn nur ausgenutzt, die feine Dame«, schob er nach. »Ließ sich gern bedienen.«

Ich dachte an die Frau, wie sie am Nachmittag mühevoll den Weg zurück in ihre Wohnung bewältigt hatte, und wollte etwas einwenden. In diesem Moment kam jedoch Frau Wachowiak durch die Flügeltür zurück.

»Seid ihr so weit?«, fragte sie ihren Mann.

Er nickte, ich bedankte mich nochmals für die Aufzeichnungen und saß kurz darauf wieder im Auto, ließ den Kopf auf das Lenkrad sinken. Ich war völlig erschöpft.

*

Sie trugen Springerstiefel und Uniformjacken, hatten geschorene Schädel und einen irren Blick. In geschlossener Formation kamen sie auf mich zu, langsam und humpelnd. Ich wollte fliehen, konnte mich aber nicht von der Stelle bewegen, meine Füße schienen mit dem Boden verschmolzen. Der Versuch, um Hilfe zu rufen, erstarb in einem Krächzen. Wenigstens das wurde lauter mit jedem neuen Ansatz. Vielleicht hörte es jemand. Irgendjemand musste doch da sein. Außer diesen seltsamen, versehrten Rambos.

Ich erwachte von meinen eigenen halb erstickten Geräuschen, nass geschwitzt und zitternd. Langsam zog ich einen Arm unter der Steppdecke hervor, strich über das Kopfkissen neben mir, schluckte. Ich fühlte mich sehr allein. Der Digitalwecker zeigte 5.32 Uhr. Am Vorabend war ich nach einem Zwischenstopp bei Öz' Imbiss an der Schauburg, wo ich einen Döner hinuntergeschlungen hatte, geradewegs ins Bett getaumelt und eingeschlafen. Nun war ich hellwach.

Eine Zeit lang drehte ich mich noch von einer Seite auf die andere, dann stand ich auf und versuchte, unter der Dusche endlich die Stimmung des Traums loszuwerden. Als ich mich zu einem opulenten Frühstück niederließ, waren die Bilder verschwunden. Wundersamerweise plagte mich auch keine Übelkeit, sondern ich konnte in Ruhe genießen. Sämtliche Radiosender brachten eine Art Beruhigungsprogramm für Schlafgestörte – logisch am Sonntagmorgen um halb sieben. Ich ging ins Wohnzimmer und legte eine alte CD von Tori Amos auf.

›Why do we crucify ourselves?‹, fragte die rätselhafte, schöne Stimme und suchte nach einem Erlöser. Ich nahm Heinz Wachowiaks Notizen über den ›Sturmtrupp Dynamo‹ zur Hand. Dass sie von dem alten Herrn stammten, daran zweifelte ich nicht. Zwar hatte ich nie etwas Schriftliches von ihm gesehen, die ganze Struktur der Aufzeichnungen entsprach aber der etwas umständlichen, ausholenden Art, die ich in Erinnerung hatte. Da ging es zuerst um die große Geschichte des Traditionsvereins 1. FC Dynamo Dresden, dessen Farben ebenso wie die des Vereins meiner Heimatstadt Schwarz und Gelb waren – was mich in der ersten Zeit verwirrt hatte. Ansonsten hatte ich mich aber nie mit dem Thema beschäftigt. Schon in Dortmund war ich dem Fußball gegenüber komplett gleichgültig gewesen, und das, obwohl wir nah der Wiege des BVB gewohnt hatten, einer Pilgerstätte für Fans nach jedem großen Sieg.

Seit 1953 gab es Dynamo, gegründet als SG Dynamo, wie auch heute wieder der offzielle Name lautete. Okay, geschenkt. Ich ging zum Kühlschrank und nahm ein Glas Gewürzgurken heraus, brach in Gelächter aus. Wenn das jetzt jemand mitbekommen hätte, wären sämtliche Erklärungen überflüssig. Ob es ein Junge oder ein Mädchen war? Ich wünschte mir ein Mädchen. Aber wollte ich es überhaupt vorher wissen? Am Montag würde ich ganz früh zu meiner Frauenärztin gehen. Sogar darauf freute ich mich jetzt.

Einer der erfolgreichsten und populärsten DDR-Clubs. Achtmal Meister der Oberliga; nach der Wende von 1991 bis 1995 in der Bundesliga mitgespielt. Dann kamen einige verwirrende Details über Lizenzen und deren An- und Aberkennung – 1994 wurde dem Verein wegen der desolaten finanziellen Situation die Lizenz für die erste und zweite Bundesliga aberkannt. Interessant, musste man dafür zahlen, bei den großen Jungs mitspielen zu können? Egal, das würde mir wahrscheinlich Andreas erklären können. Wenngleich sein Interesse an Fußball auch eher gering war, hatte er doch etwas mehr Ahnung davon als ich.

Dann wurde es spannend: Bereits beim letzten Europacup-Spiel gegen ›Roter Stern Belgrad‹ kam es zu so schlimmen Ausschreitungen der Fans, dass das Spiel abgebrochen und Dynamo für längere Zeit gesperrt wurde.

Ende der 90er gab es anscheinend mehr Krawalle als sportliche Erfolge, Heinz Wachowiak hatte eine lange Liste erstellt. Vor allem aber hörte man damals zunehmend Nazi-Stimmen im Gegröle der Fanblocks. Der ›Sturmtrupp Dynamo‹ wurde nach den Aufzeichnungen 1997 gegründet und vereinigte enttäuschte, zur Randale bereite Fans mit rechten Schlägern. Zu ihren Lieblingsbeschäftigungen gehörte anscheinend das Attackieren von Presseleuten. ›Vermutlich deshalb‹, hatte der alte Mann geschrieben, ›in den letzten Jahren nur geringe Berichterstattung‹.

Im Stadion hatten die Mitglieder des ›Sturmtrupps‹ seit drei Jahren Hausverbot. So wollte Dynamo sich von diesen ›Fans‹ distanzieren. Die randalierten draußen weiter. Ich ließ das Blatt sinken. Andreas musste Anzeige erstatten. Vielleicht war ein bekannter Hooligan bei dem Angriff auf ihn dabei gewesen und konnte mit seiner Hilfe festgenommen werden.

Die Kamera war noch in meiner Tasche. Ich war zu müde gewesen, um mir die Fotos anzusehen. Das holte ich jetzt nach. Es war gutes Material. Mein Kamikaze-Freund, dieser verrückte Vater meines Kindes, hatte den Apparat anscheinend erst im letzten Moment eingesteckt, sodass ein Bild einen Angreifer – einen eher kleinen, aber muskelbepackten Mittzwanziger – ganz aus der Nähe zeigte. Er war von Kopf bis Fuß schwarz-gelb gekleidet, auf dem rechten Arm erkannte man eine Binde mit einem Runenemblem, sein Trikot trug die Nummer 88.

Ich war nur kurz irritiert: Natürlich – der Nazicode für ›Heil Hitler‹, zweimal der achte Buchstabe des Alphabets.

Gut, ich würde eine ganze Fotostrecke als Aufmacher über die lokale Eins ziehen. Wer wollte mich daran hindern? Wer auch immer Wochenenddienst hatte, würde ohnehin froh um Unterstützung sein, nachdem Andy ausfiel. Ich packte meine Sachen zusammen, steckte auch die Telefonnummern der Leidensgenossen von Marianne Gärtner ein und fuhr in die Redaktion.

*

Als Erstes ging ich ins Archiv. So war meine Versetzung wenigstens zu etwas gut – ich hatte den Schlüssel zu der Etage und konnte in aller Seelenruhe nach dem ›Sturmtrupp‹ forschen. Groß war die Ausbeute nicht. Sieben Artikel, davon zwei in überregionalen Blättern. Ich speicherte sie auf dem mitgebrachten USB-Stick und wollte den Rechner schon wieder herunterfahren, als mir etwas einfiel.

351 Artikel ergab der Suchbegriff ›Hyazinthus-Krankenhaus‹. Ich überlegte einen Augenblick und ergänzte die Anfrage um ›künstliche Gelenke‹. Ergebnis: 0. Ich versuchte es mit ›Kunstfehler‹ und verzeichnete zwei Treffer. Auf den ersten Blick sah ich, dass die Texte ziemlich alt waren, trotzdem speicherte ich auch sie ab.

Ein letzter Anlauf: ›Hyazinthus-Krankenhaus Orthopädie‹. 29 Treffer. Ohne die Artikel zu sichten, schob ich sie zu den anderen auf den Stick und ging in den ersten Stock in die Redaktion.

Natürlich war um halb neun noch niemand da. Ich zögerte kurz, ob ich mich an meinen, von Jonas Michaelis okkupierten Platz setzen oder in Andreas' Büro ausweichen sollte, entschied mich dann für den eigenen Schreibtisch.

Hier war alles perfekt aufgeräumt. Keine losen Schmierblätter, die Stifte steckten in dem dafür vorgesehenen Becher, sogar die Büroklammern, die bei mir immer über die ganze Arbeitsfläche verteilt lagen, waren verschwunden. Ich blickte mich um, ob ich irgendetwas fand, womit ich ein wenig Chaos verursachen konnte, und wurde auf Martins Schreibtisch fündig. Da er drei Wochen im Urlaub gewesen war, türmte sich auf seinem Platz nicht nur speziell an ihn gerichtete Post, sondern auch alles mögliche andere, wofür niemand Verwendung gehabt hatte. Ich deponierte eine bunte Mischung an Pressemitteilungen auf dem Tisch, legte ein Werbe-Präsent in Form eines kitschigen Taschenspiegels darauf. Dann setzte ich mich und schaltete den Computer ein.

Zuerst schickte ich die Texte über den Nazi-Fanclub zum Drucker, dann las ich Andys Fotos ein, vergrößerte die Nahaufnahme so weit wie möglich. Das Emblem auf dem Aufnäher blieb trotzdem unleserlich.

Bevor ich mich mit dem Artikel beschäftigte, schaute ich auf dem an der Wand hängenden Plan nach, wer außer Andreas für den Wochenenddienst eingetragen war, und seufzte erleichtert auf, als ich Christinas Namen las. Ich bereitete das Layout für die erste Seite vor, stellte die Fotos und einen Text – beides ohne Namensnennung – ein und suchte ein paar Meldungen zusammen, um ihr die Arbeit zu erleichtern.

Dann rief ich bei der alten Dame in Heidenau an, entschuldigte mich für die Störung und erklärte, woher ich ihre Nummer hatte. Sie klang sehr reserviert. Erst als ich ihr zusicherte, dass ich ohne ihre Einwilligung nichts in die Zeitung bringen würde, stimmte sie einem Treffen am Nachmittag zu.

Der Dresdner Herr war zugänglicher. Gerne könne ich ihn besuchen, wann immer ich wolle. Ich fragte, ob es ihm schon in 20 Minuten recht sei, und er stimmte zu.

*

Ich staunte, als mir der etwa 80-jährige Mann quer durch den herrlichen, gepflegten Vorgarten der Blasewitzer Villa entgegenkam. Langsam, aber ohne Stock und ohne zu humpeln.

»Paul Dürichen«, stellte er sich vor. »Sie müssen Frau Bertram sein. Wenn Sie mögen, setzen wir uns hinten auf die Terrasse. Dort scheint jetzt die Sonne und es ist so ein wunderbarer Tag.«

Wir umrundeten das Gebäude und fanden uns in einem wahren Blumenparadies wieder. Ein ganzes Beet voller Dahlien in rot und gelb leuchtete verschwenderisch, umringt von Chrysanthemen, Astern und etlichen anderen Pflanzen, deren Namen ich nicht kannte. In dem Jahr, in dem ich mit Dale zusammen in seinem Haus lebte, hatte ich mit viel Enthusiasmus und wenig Sachkenntnis versucht, aus der Wildnis einen Garten zu machen. Die Ergebnisse waren eher enttäuschend gewesen. Dale ging sehr pragmatisch daran: Er mähte den Rasen und hielt Sträucher und alles, was sonst so wuchs, mit der Heckenschere halbwegs im Zaum. Ich konnte mir vorstellen, wie viel Arbeit eine Pracht wie diese machte.

»Mein ganzer Stolz«, strahlte Herr Dürichen. »Die Kunst ist, einen Garten so anzulegen, dass er von März bis Oktober blüht. Oder noch länger. Es gibt dann ja auch den Winterjasmin oder den Ritterstern.« Seine hellen, blauen Augen sahen mich aufmerksam an. »Aber ich will Sie nicht langweilen. Setzen Sie sich doch.« Er wies auf eine Sitzgruppe am Haus, auf die die warme Herbstsonne fiel.

»Und Sie kümmern sich selbst um das alles?« Mein Blick schweifte über die riesige Fläche. Hinten, an der Grundstücksgrenze, standen alte, hohe Bäume.

»Nicht ganz. Ein junger Mann hilft mir ein wenig beim Rasenmähen und wenn etwas ansteht, was Kraft erfordert. Die habe ich einfach nicht mehr, die Kraft.« Er hatte sich mir gegenüber niedergelassen, auch diese Bewegung wieder langsam, aber ohne erkennbare Schmerzen.

»Frau Gärtner sagte, Sie hätten die gleichen Beeinträchtigungen mit Ihrem künstlichen Gelenk wie sie?« Ich war zu neugierig, um weiter Smalltalk zu betreiben.

Herr Dürichen strich sich gedankenverloren über das rechte Knie. »Nein, das haben Sie falsch verstanden. Ich gehe davon aus, dass es bei mir ein günstiges Gelenk getan hätte.« Er lächelte.

»Das verstehe ich nicht.«

»Mir ist in diesem Frühjahr ein Kniegelenk eingesetzt worden. Ich habe mich überzeugen lassen, dass das Beste gerade gut genug ist.« Seine Mimik hatte etwas seltsam Über-den-Dingen-Stehendes. »Der Selbstkostenanteil war recht hoch. Auch, wenn mir das eigentlich egal sein kann, habe ich mir doch im Nachhinein, vor allem nach dem Gespräch mit Frau Gärtner, so meine Gedanken gemacht.«

»Ja, aber …?« Ich verstand überhaupt nichts.

»Ich habe Prostatakrebs. Unheilbar. Die Ärzte haben mir im vergangenen Herbst noch zwei, vielleicht drei Jahre gegeben. So lange müsste doch auch die günstigste Prothese halten, meinen Sie nicht?«

7. KAPITEL

Das Essen sah ekelhaft aus. Eine breiige, farblose Mischung aus Fisch, Kartoffeln und Gemüse. Ich meinte, Kochschwaden zu riechen, die von dem Teller aufstiegen, und schaffte es gerade noch, in das angrenzende Bad zu gelangen.

»Genau«, sagte Andy, als ich zurück ins Krankenzimmer kam. Er hatte das schwenkbare Tischchen mit der Mahlzeit weit nach hinten gedreht und sich aus der Liegeposition aufgerichtet, saß seitlich auf dem Bett. »Das war's. Ich unterschreib denen jetzt, was sie wollen, und fahr mit dir nach Hause.«

»Unsinn!« Ich setzte mich neben ihn, strich über seinen Rücken. Er atmete ganz flach. »Ich geb ja zu, davon würde ich keinen Bissen herunterbekommen, aber du kannst doch nach etwas anderem fragen.«

»Vielleicht nach dem Haferschleim von heute morgen? Ich Idiot habe gestern Abend gesagt, dass ich diesen Magen-Darm-Virus hatte, und da haben sie mich auf Schonkost gesetzt. Schonkost!« Er dehnte das Wort angewidert. »Ich bleibe keine Minute länger hier.«

»Es ist noch keine 24 Stunden her, dass du zusammengeschlagen worden bist. Lass dich wenigstens morgen früh noch mal von einem Arzt untersuchen. Der Verband muss doch auch gewechselt werden.« Sanft fuhr ich am Rand des Mullpflasters über seine Wange. »Soll ich dir was zu essen besorgen?« Ich hatte selbst schon wieder grässlichen Hunger.

»Ich will nach Hause, Kirsten! Es geht mir besser, wirklich. Die Rippen tun weh, klar – aber ich will ja auch nicht arbeiten. Ich leg mich aufs Sofa, versprochen.«

»Nein«, sagte ich einfach. Andy war hier eindeutig besser aufgehoben. Außerdem hoffte ich, ihn überreden zu können, sich ein wenig in der Klinik umzuhören. Schließlich beherbergte das Haus, in dem er auf der Station für Unfallchirurgie lag, auch die Orthopädie, wo die künstlichen Gelenke eingesetzt wurden. »Ich schmuggel dir hier rein, was du willst, aber ich nehme dich nicht mit nach Hause.«

Andreas' Reaktion war eine Mischung aus Unverständnis, Beleidigtsein und Aufbegehren. Als er laut aufstöhnte, zuckte er vor Schmerzen zusammen.

»Ich kann mir auch ein Taxi rufen«, brachte er nach einer Pause mit gepresster Stimme hervor.

»Kannst du.« Ich stand vom Bett auf und stellte mich vor ihn, legte die Hände auf seine Schultern. »Andy, ich brauche dich hier drin.« Vermutlich ließ er sich mit der Aussicht, einem Betrug auf die Spur zu kommen, eher dazu bringen zu bleiben, als mit dem Argument seines Gesundheitszustands.

»Wieso?« Wenigstens schien er neugierig geworden zu sein.

»Warum gehen wir nicht in die Cafeteria und ich erzähle es dir in Ruhe?« Wenn ich nicht bald etwas zu essen bekam, würde mein Kreislauf wieder schlappmachen.

Zum Glück willigte Andy ein und langsam bewältigten wir den Weg in das kleine Selbstbedienungsrestaurant neben dem Haupteingang. Im Wesentlichen wurde hier Kuchen angeboten, es gab aber auch Bockwürste und Kartoffelsalat. Ich trug zwei Portionen an den Tisch am Fenster, durch das man den herrlichen Sonnenschein draußen sehen konnte.

»Solltest du nicht wirklich deinen Magen noch etwas schonen?«

»Nein, nein, das ist schon okay.« Ich konnte nicht verhindern, dass ich lächelte.

»Du willst mir bloß unter die Nase reiben, wie gut es dir geht. Während ich noch aufpassen muss, dass ich nicht total fett werde, wenn ich hier bloß rumliege.«

»Herumliegen würdest du zu Hause auch. Und du kannst ja einfach die Schonkost akzeptieren. Dann nimmst du bestimmt nicht zu«, zog ich ihn auf.

»Ja, ja. Wer den Schaden hat … Also erzähl. Wenn deine Geschichte nicht gut ist, gehe ich sofort los und entlasse mich aus dieser Anstalt. Aber …« Er brach unvermittelt in Lachen aus, zuckte wieder vor Schmerzen zusammen. »Kannst du mir die Wurst kleinschneiden, bitte?« Er hob die rechte, eingegipste Hand an.

Ich prustete los. »Den Brei von oben könntest du dir einfach in den Mund schaufeln. Vermutlich war das auch ein Grund für den Speiseplan: So macht es dem Personal keine Arbeit.«

Ich zerteilte seine Wurst, aß gierig selbst eine Gabel voll Kartoffelsalat und berichtete, was ich von Frau Gärtner und Herrn Dürichen erfahren hatte. »Heute Nachmittag fahre ich noch nach Heidenau. Mal sehen, was da für ein Schicksal dahintersteckt.«

Wie stark mich das von Paul Dürichen beeindruckt, wie sehr mir der alte Herr imponiert hatte, konnte ich Andy in dieser Kurzfassung gar nicht vermitteln. Mit einer solchen Gefasstheit und inneren Ruhe dem eigenen Ende entgegenzusehen – das fand ich schier unvorstellbar.

»Hört sich wirklich an, als würde es da nicht mit rechten Dingen zugehen. Aber was kann ich tun? Mich für ein künstliches Hüftgelenk interessieren?« Er unterdrückte ein Lachen.

Ich schüttelte den Kopf. Darüber hatte ich bereits nachgedacht, und es sprach nicht nur Andreas' Alter dagegen: »Das würde bei einer Untersuchung viel zu schnell auffliegen. Außerdem bist du kein Privatpatient. Damit dürftest du für sie uninteressant sein. Sie scheinen sich nur Privatversicherte vorzunehmen, die die Extras selbst bezahlen.«

»Vielleicht schlagen sie aber auch Kassenpatienten solch ein teureres Gelenk als Zusatzleistung vor. Da gibt es mittlerweile viele Möglichkeiten.« Nachdenklich zog er das letzte Stück Wurst durch einen Mayonnaiseklecks.

Ich nickte. Wenn man an die ganzen Einschränkungen bei den gesetzlichen Krankenkassen dachte, offenbarte sich ein weites Feld.

»Hör dich einfach mal um. Du kannst doch ein bisschen mit den Schwestern auf deiner Station flirten. Dann bekommst du vielleicht auch was Anständiges zu essen.«

Andy ging auf die Vorlage nicht ein. Er hatte Fährte aufgenommen. »Ich könnte in der Orthopädie nachfragen für meine Oma, die sich angeblich immer noch sträubt gegen so eine OP. Vielleicht bekomme ich sogar einen Termin für ein Beratungsgespräch bei der Chefärztin. Und da würde ich sagen, dass die liebe Omi schon 94 ist, aber sie würde doch gerne wieder richtig laufen können. ›Das Geld ist nicht das Problem, wenn ich ihr versichern könnte, dass das von Spezialisten gemacht wird und solch ein Gelenk heutzutage perfekt funktioniert‹«, improvisierte er mit verstellter Stimme. »Einer 94-Jährigen würde man wohl normalerweise auch kein teures Ersatzteil mehr aufschwatzen. Wenn sie das versucht, hätten wir einen weiteren Ansatzpunkt.«

»Und dann könnte ich die gute Frau als Journalistin damit konfrontieren«, ergänzte ich.

»Okay, ich bleibe hier und versuche mein Glück.« Andreas ließ seinen Blick zu der Selbstbedienungstheke schweifen. »Aber nur, wenn du dafür sorgst, dass ich einmal am Tag was Ordentliches zu essen bekomme.«

*

Alma Böttchers Geschichte ähnelte der Marianne Gärtners. Die 86-Jährige aus Heidenau hatte sich ebenfalls zum Einsatz der teuersten Hüftprothese überreden lassen, und nun fiel ihr das Gehen wieder sehr schwer. Allerdings war die Operation in ihrem Fall schon sieben Jahre her und Frau Böttcher stark übergewichtig, sodass der Verschleiß vermutlich größer war. Aber genau das war auch eines der Argumente für das angeblich bessere Gelenk gewesen. In der Zeitung wollte sie von ihrer Krankengeschichte auf keinen Fall etwas lesen. Ich gab ihr mein Wort – ich wollte ohnehin noch nichts schreiben. Ich hatte das Gefühl, erst die Spitze eines Eisbergs gesehen zu haben.

Am späten Nachmittag lag ich zu Hause auf dem Sofa, zu müde, um mich zu entscheiden, was ich mit dem restlichen Tag anfangen sollte. Durch die Balkontür drang das Licht des sich nach und nach rot färbenden Himmels. Seltsam, wie viel länger die Tage erschienen, wenn man allein war – selbst wenn sie so angefüllt mit Arbeit und Terminen waren. Da wir eigentlich am Wochenende immer abends warm aßen, würde ich normalerweise jetzt gemeinsam mit Andy in der Küche stehen oder wir würden überlegen, in welches Restaurant wir gehen sollten, vielleicht vorab ein Bier trinken.

Kein Bier, klar. Auch keinen Wein zum Essen.

Alma war ein schöner Name, fand ich. Ob ich Andreas für so etwas Altmodisches begeistern könnte? Und wenn es doch ein Junge wurde …?

Ich musste die Artikel über den ›Sturmtrupp Dynamo‹ lesen. Und Andy die Polizei ins Krankenhaus schicken, damit er Anzeige erstattete. Vielleicht sollte ich ihn gleich noch einmal besuchen. Ihm fiel bestimmt die Decke auf den Kopf. Aber wie lange war Besuchszeit?

Und Dale wollte ich anrufen und fragen, was er über Ronnie herausgefunden hatte. Gut, dass er sich um diesen Unsymp kümmerte.

Ich würde für ein paar Minuten die Augen schließen und dann weitersehen.

*

Ich erwachte Stunden später, weil mir kalt war. Diese Schwangerschaft stellte wirklich mein Leben auf den Kopf. Ich ging in die Küche und holte mir ein Glas Traubensaft, wickelte mich in eine Decke und nahm mir die Texte aus dem Archiv vor.

Überholt waren Heinz Wachowiaks Notizen jedenfalls nicht. Zwar stammten die meisten Artikel über den ›Sturmtrupp‹ aus den Jahren vor 2000, es gab jedoch auch einen Text, der erst vor einem Monat erschienen war – und zwar in der ›Zeit‹. Er war sehr ausführlich, und der Kollege schien sich sicher, dass diese Hooligangruppe in den vergangenen Jahren eher noch brutaler geworden war. Er listete diverse Straftaten auf, darunter immer wieder Angriffe auf die Presse.

Nun gab es ein solches Opfer mehr, dachte ich. Ich würde morgen Kontakt mit dem Redakteur aufnehmen. Keins der Bilder, die seinen Text illustrierten, war eine solche Nahaufnahme, wie Andy sie gemacht hatte, außerdem konnte ich auf dem Ausdruck nicht viel erkennen. Ich würde ihm unsere Fotos schicken und fragen, ob er vielleicht den Typ, der auf Andreas losgegangen war, bei seinen Recherchen gesehen hatte. Er war sehr eng mit den Hooligans in Berührung gekommen.

Dazu brauchte ich allerdings wieder ein Telefon und einen Computer, von dem aus ich Mails verschicken konnte. Ich seufzte, stand auf und holte mein Handy aus dem Schrank, steckte es gemeinsam mit den gesammelten Unterlagen und dem USB-Stick in meine Tasche. Dann stellte ich den Wecker auf 7.00 Uhr und ging zu Bett.

*

Alles in Ordnung. Wunderbar! »What a beautiful world«, trällerte ich vor mich hin, während ich über die Carolabrücke in die Altstadt radelte. Nun war tatsächlich meine Frauenärztin die Erste gewesen, die mir gratuliert hatte. Verrückt.

Sechste Woche. Das hatte ich auch schon ausgerechnet. Das Kind würde also Mitte Mai zur Welt kommen. Ein Stier. Mein Großvater war Stier gewesen. Ein starker Mensch mit einem ausgeprägten Gerechtigkeitssinn.

Am liebsten wäre ich geradewegs in die Friedrichstadt zu Andy gefahren, um es ihm endlich zu sagen, jetzt, wo es sozusagen doppelt belegt war. Aber ich war bereits spät dran für den Arbeitsbeginn im Archiv. Gut, dann würde ich am Nachmittag eine kleine Flasche Sekt kaufen, bevor ich ihn besuchte. Ein Schlückchen durfte ich mir wohl auch gönnen.

Schnell fuhr ich die noch leere Prager Straße hinunter. Als der Plattenbau der Zeitung sichtbar wurde, traute ich meinen Augen nicht. Schon von Weitem sah ich, dass die Erdgeschossfront des Gebäudes großflächig beschmiert war. Riesige schwarze Zeichen zogen sich über das Fenster der Geschäftsstelle und darüber hinaus bis auf die schlichte Betonwand.

Hakenkreuze. Das waren Hakenkreuze. Und zwei Worte: ›Wessischweine verreckt‹ – die beiden ›s‹ in ›Wessi‹ wie die Runen der SS geschrieben. Mein Herzschlag schien auszusetzen. Ich zweifelte keine Sekunde, dass Andy und ich gemeint waren. Aber wie konnten sie wissen …? Ich hatte darauf geachtet, nirgendwo unsere Namen zu erwähnen.

An dem Fenster mühte der Hausmeister sich mit einem Schrubber, den Dreck herunterzuwaschen.

»Stopp!«, rief ich. »Das muss aufgenommen werden. Wir müssen Anzeige erstatten!«

Der gutmütige Mann drehte sich zu mir um. »Längst

erledigt. Die Polizei ist noch oben. Nu müssen wir aber die Bescherung beseitigen, oder?«

»Natürlich. Wo oben? In der Chefredaktion? Oder bei der Geschäftsleitung?«

Die Antwort war ein Achselzucken. Ich schloss mein Fahrrad ab und lief die Treppen hoch in den zweiten Stock, stand mit einem Anklopfen schon im Vorzimmer von Chefredakteur Hartmut Müller, erfuhr von der Sekretärin, dass ›alle oben sind‹ und machte kehrt. Also die Geschäftsleitung. Dritter Stock. Hier hatte man versucht, dem schäbigen Plattenbauinnern etwas postmodernen Schick zu verleihen, wobei der Natursteinboden und die auffällig platzierten Bilder von gelobten Malern der Neuen Leipziger Schule in meinen Augen übertrieben wirkten. Ich war erst ein einziges Mal hier gewesen, als es um meine Festanstellung ging, und blieb kurz stehen, um mich zu orientieren und zu Atem zu kommen. Dann sah ich die angelehnte Tür zu einem der Konferenzräume und klopfte an.

Detlef Seltmann, unser neuer Geschäftsführer, der für die Gesellschaft stand, die sich die Zeitung einverleibt hatte, saß an einem großen runden Tisch, außerdem Müller und seine Stellvertreterin, Martin sowie drei weitere Männer, die ich nicht kannte. Zwei gehörten vermutlich zur Kripo, sie hatten aufgeschlagene Notizbücher vor sich liegen.

»Frau Bertram«, begrüßte der Chefredakteur mich. Für die Journalisten war es sehr früh, dachte ich. Sie mussten von zu Hause geholt worden sein. »Gut, dass Sie kommen. Wir haben schon versucht, Sie zu erreichen. Können Sie uns mehr über den Überfall auf Herrn Rönn sagen? Von wem stammt der Text zu den Fotos?«

»Der ist von mir«, antwortete ich und berichtete, was Andreas mir erzählt hatte.

»Schrecklich«, murmelte Seltmann. »Erinnern Sie mich

daran, dass wir im Namen des Hauses Blumen ins Krankenhaus schicken«, sagte er zu dem Mann neben ihm.

Martin schien die Zähne aufeinanderzubeißen, sein jugendliches, braungebranntes Gesicht sah grimmig aus.

»Ihr Mann hat noch keine Anzeige erstattet, oder?«, fragte der Jüngere der Polizisten und kündigte an, sofort in die Friedrichstadt zu fahren und sie aufzunehmen. »Die Fotos müssten Sie uns zur Verfügung stellen. Gut, dass Sie keine Namen in der Zeitung erwähnt haben. Können wir davon ausgehen, dass die Täter Ihre Identität nicht kennen?«

»Wie soll ich das wissen?« Ich sprach zu laut. »Immerhin scheinen sie ja zu wissen, dass wir aus dem Westen kommen.«

»Wir waren davon ausgegangen«, schaltete Müller sich ein, »dass das Herrn Seltmann galt.« Überzeugt wirkte er nicht.

»Sollten Sie sich nicht sicher sein, müssen wir Sie um erhöhte Vorsicht bitten«, sagte der zweite Beamte.

Mir steckte ein hysterisches Lachen in der Kehle. »Und wie stellen Sie sich das vor? Ich bin Journalistin, ich laufe da draußen rum, ich treffe tausend Leute. Ich bin zur Zeit allein zu Hause. Und Herr Rönn liegt im Krankenhaus – können Sie sich denn wenigstens darum kümmern, dass ihm da nichts passiert?«

Dass ich im Moment gar nicht als Journalistin arbeitete, fiel mir erst nach meinem Ausbruch ein.

»Ich meine zum Beispiel keine Recherchen zu diesen Rechtsextremen«, erwiderte der Polizist ruhig.

»Wir berichten über die Schmierereien und darüber, dass die Polizei ermittelt – auch in Zusammenhang mit dem Überfall auf unseren Mitarbeiter?« Müllers fragender Blick ging von den Beamten zu Martin und von dort zu mir.

Der ältere Kripomann nickte, beide erhoben sich. »Dank der Fotos können wir zuversichtlich sein, die Verantwortlichen schnell aufzufinden«, sagte der Jüngere. »Und in der Klinik dürfte Ihr Mann so sicher sein wie kaum irgendwo sonst.«

Als sie draußen waren, räusperte Seltmann sich. »Ja, solche Themen sind brandgefährlich.«

»Das sind sie«, stimmte Müller zu.

»Und was ist Ihre Schlussfolgerung?« Ich spürte Martins Hand auf meinem Arm, ließ mich aber nicht bremsen. »Nicht darüber berichten?«

»Natürlich nicht.« Der Chefredakteur schien irritiert.

Als Signal, dass die Runde endgültig aufgehoben war, stand Seltmann auf. »Ich danke Ihnen für Ihre Arbeit.« Er streckte mir die Hand entgegen, schüttelte danach auch Martins und entschwand mit seinem Assistenten im Schlepptau.

»Frau Bertram, was machen wir mit Ihnen?«

Wir standen nun zu dritt in dem großen, sonnendurchfluteten Raum. Ich zuckte betont unbeeindruckt die Achseln. Wenn ich den großen Herrn Geschäftsführer verstimmt hatte, war mir das herzlich egal.

»Nachdem Herr Seltmann sich offenbar nicht an Ihren Namen erinnert, sehe ich keine Veranlassung, Sie weiter im Archiv zu lassen. Sie werden in der Redaktion dringender gebraucht.«

Mir fiel ein Stein vom Herzen, wenngleich ich mich fragte, ob er die Situation im Archiv kannte, und mir Sylvia leidtat, die mit der kompletten Arbeit alleingelassen werden sollte. Martins Blick signalisierte Unverständnis, er war ja gerade erst aus dem Urlaub zurück und wusste gar nichts von meiner Strafversetzung.

»Allerdings nicht als Chefin, das möchte ich dann doch nicht auf meine Kappe nehmen. Herr Alex, sehen Sie sich imstande, die Lokalredaktion zu leiten?«

Mein Kollege war irritiert. »Natürlich. Aber wieso soll Frau Bertram das nicht machen?«

»Das kann sie Ihnen selbst erklären.« Müller reichte mir die rechte Hand, legte die linke väterlich auf meine Schulter. »Grüßen Sie Herrn Rönn. Heute werde ich es nicht schaffen, aber morgen besuche ich ihn auf jeden Fall.«

Während wir nebeneinander die Treppen in den ersten Stock hinabstiegen, erzählte ich Martin von meinem Fehler und den Folgen.

»Typisch, wenn man unter unmöglichen Bedingungen seinen Job gut macht, ist es selbstverständlich. Aber sobald man sich einen Fehler erlaubt, gibt's Ärger.« Wir waren in der Redaktion angelangt. »Und es ist wirklich okay für dich, wenn ich jetzt die Leitung übernehme?«

Die Frage war Unsinn, da Martin schon genauso oft wie ich Andreas vertreten hatte, ich fand es aber nett, dass er sie stellte.

»Nun mach mal halblang. Ich bin froh, dass ich überhaupt wieder hier bin.«

»Okay. Dann nimmst du deinen angestammten Platz in Beschlag.«

Noch war niemand außer Ingeborg da. Die stand schon mit der Zeitung in der Hand vor uns und wollte wissen, was mit Andreas passiert war. Ich schilderte erneut die Ereignisse, warf dann meine Tasche mit Schwung auf meinen Schreibtisch, der so durcheinander aussah, wie ich ihn am Vortag hergerichtet hatte, ließ mich auf den Stuhl fallen. Jonas Michaelis von hier zu vertreiben, war ein Aspekt, der mir besonders an meiner Rückkehr gefiel.

Die Sekretärin brachte ungefragt eine Tasse Kaffee, ich nippte ein wenig daran, obwohl er mir nicht schmeckte. Immerhin wurde mir nicht übel. Auch heute Morgen hatte ich mich nicht übergeben müssen. Vielleicht war das vorbei. Schön wäre es.

Waren die Schmierereien eine ernstzunehmende Drohung? Die Kripo schien davon auszugehen. Noch wusste ich nicht, ob es die gleichen Hooligans waren, mit denen Heinz Wachowiak sich beschäftigt hatte. Den Kollegen von der ›Zeit‹ würde ich später auf jeden Fall noch anrufen. Natürlich hatte ich ohnehin nie vorgehabt, mich mit irgendwelchen Schlägern persönlich zu treffen, aber gar keine Nachforschungen mehr anzustellen, das ging nicht an. Man musste auch weiter über diese Nazis berichten. Sonst hätten sie genau das erreicht, was sie mit ihren Angriffen auf Journalisten bezwecken wollten. Mir lief ein Schauer über den Rücken. Sie hätten Andy töten können, keine Frage. Und sie wollten, dass uns genau das bewusst wurde.

Heinz Wachowiak … hätte einer der Hooligans in seine Wohnung kommen können, um ihn zu ermorden? Wohl kaum.

Aber auch die Chefärztin der Hyazinthus-Orthopädie hätte schwerlich Zugang zu seinem Schlafzimmer gehabt. Oder? Sehr gut möglich, dass sie Privatpatienten betrog und der alte Herr dem auf die Spur gekommen war. Und dann? War er zum Schweigen gebracht worden?

Mir schwirrte der Kopf, und ich war froh, als das Telefon mich aus den sinnlosen Grübeleien riss. Es war Dale.

»Morgen. Hast du das große Knirschen gehört?«

»Das große Knirschen?«

»Als die Räder angehalten wurden. Die Bestattung Heinz Wachowiaks ist gestoppt, Hantzsche hat eine Obduktion angeordnet.« Ich hörte ein Feuerzeug klicken.

»Was?« Das kam so laut heraus, das Christina, die gerade mit müdem Schritt in den Raum kam, aufschreckte. Als ihr Blick auf mich fiel, lächelte sie. »Das heißt, nicht nur du meinst, dass da was faul war, sondern der Kommissar auch.«

»Langsam, langsam. Ich habe mich letzten Endes auf mein Gefühl verlassen müssen – und Hantzsche konnte ich so weit zum Zweifeln bringen, dass er lieber sichergehen wollte.«

Ich hörte ihm an, wie wenig diese Situation ihm behagte. »Du sollst so schnell wie möglich zu ihm kommen und eine Aussage machen.«

»Natürlich. Aber was hast du denn herausgefunden? Wann ist die Obduktion? Und wann gibt es Ergebnisse?«

»Kirsten, später, okay? Ich muss weg.«

»Zum Abendessen, heute? Ich lad dich ein.«

Dale begann zu lachen. »Da sag ich nicht nein, wenn Andreas dich schon wieder alleinlässt.«

Offenbar hatte er die Zeitung noch nicht gelesen.

8. KAPITEL

»Ganz große Vorsicht, kann ich Ihnen nur raten.« Der ›Zeit‹-Redakteur sächselte, was mich ziemlich irritierte. »Es ist ja so: Selbst wenn die Kripo jetzt einen oder zwei der Nazis dingfest macht, da stecken so viele dahinter.«

Ich nickte. Als mir bewusst wurde, dass Michael Jansen das in Hamburg nicht sehen konnte, brummte ich etwas Zustimmendes.

»Ja, die Großaufnahme, das ist einer der Rädelsführer«, sagte er. Ich hatte ihm, während wir sprachen, Andys Fotos geschickt. »Lässt sich gerne ›Duce‹ nennen – man hält ja auch die Italiener hoch in Ehren.«

Er erzählte, dass er so nah an den ›Sturmtrupp‹ herangekommen war, indem er gemeinsam mit einem Fotografen undercover gearbeitet hatte. »Da war die Gnade der Ostgeburt hilfreich. Den begeisterten Dynamo-Anhänger mit diffusen nationalistischen Tendenzen haben sie mir abgenommen.« Sein leises Lachen klang bitter. »Ich bin davon ausgegangen, dass ich das ohne Gefahr machen kann, weil ich danach wieder weit weg von dem Gesindel bin – natürlich haben die überall ihre Verbindungen, aber das Risiko bin ich eingegangen. Letzte Woche haben sie dann meine Schwester direkt vor ihrem Haus in Laubegast verprügelt. Und sie ist verheiratet und trägt den Namen ihres Mannes. Also überlegen Sie sich gut, was Sie unternehmen.«

Frustriert bedankte ich mich für das Gespräch und legte auf, öffnete abermals die Nahaufnahme des Schlägers und starrte sie an in der Hoffnung auf eine Eingebung.

Simone kam in die Redaktion, sie hatte morgens einen Termin mit einer Hochschulgruppe gehabt, sodass sie nicht

in der Konferenz gewesen war. Erfreut begrüßte sie mich, kam an meinen Tisch, stockte:

»Was ist das für ein Foto?«

»Zeitung lesen gehört zu den ersten Pflichten bei einem Praktikum«, sagte ich.

Ohne zu antworten, nahm sie den Lokalteil von meinem Tisch und überflog den Artikel.

»Hast du noch mehr Bilder?«

Ich klickte Andreas' Ausbeute durch, Simone schwieg. Als ich wieder bei dem Hauptschläger gelandet war, räusperte sie sich:

»Der dahinter, in der zweiten Reihe, das war einer von denen, die mich in der Bahn bedrängt haben.«

Ich schloss das Fenster, stand auf. »Dann lass uns mal zusammen zur Kripo gehen.«

Während wir nebeneinander quer durch die Altstadt liefen, sprachen wir nicht viel. Simone schien mit der Erinnerung an jenen Nachmittag beschäftigt, von dem sie mir nur einmal erzählt hatte. Schlimmer als die Rempeleien und verbalen Verletzungen war für sie das Verhalten der anderen Fahrgäste gewesen, die allesamt so getan hatten, als wäre nichts geschehen. Selten hatte ich mich so für meine Mitbürger geschämt.

Endlich hatten wir das trutzige Gebäude in der Schießgasse erreicht. An der Pforte fragte ich nach den Beamten, die sich mit Rechtsextremisten beschäftigten, und erntete ratlose Blicke. Erst als mir der Name des einen wieder einfiel, wurde uns der Weg in den dritten Stock gewiesen. Dort trafen wir auf den frustriert wirkenden jüngeren Beamten, der uns mit einer Handbewegung einlud, Platz zu nehmen.

»Sie möchten vermutlich bestätigen, dass der Artikel ein Missverständnis war?« Herrn Clausnitzers Stimme klang resigniert.

»Was? Wieso? Nein, im Gegenteil: Frau Rendille hat auf

den Fotos einen Mann erkannt, der sie vor etwa sechs Wochen angegriffen hat.«

»Ach ja? Gut, dann nehmen wir das doch mal auf.« Der Polizist, ein schlaksiger Kerl, rollte seinen Schreibtischstuhl ein Stück zur Seite, klickte auf der Tastatur herum. »Beginnen wir mit Ihrem Namen.«

Simone machte ihre persönlichen Angaben, Clausnitzer sah nicht auf, sondern gab die Daten ein.

»Warten Sie mal«, unterbrach ich die beiden, als ich es nicht mehr aushielt. »Was haben Sie gerade gemeint? Wer hat den Artikel als Missverständnis bezeichnet?«

Der Beamte hatte ein schmales Gesicht, dessen jugendliche Züge in Kontrast zu dem abgeklärten Lächeln standen. »Herr Rönn selbst. Er sagt aus, er habe zwar vor Ort die Dynamo-Fans fotografiert, aber sie hätten ihn nicht angegriffen. Die Blessuren habe er von einer Prügelei mit einem alten Kumpel.« Aufmerksam beobachtete er mich. »Die Schlussfolgerungen in dem Artikel seien –«, absichtsvoll brach er ab, überließ es mir, den Satz zu beenden.

»… ein Missverständnis.« Ich stand auf, bat Simone, Martin zu sagen, dass ich noch unterwegs sei, und ging hinaus.

Sobald ich vor dem Gebäude stand, begann ich zu rennen.

*

Natürlich: auf eigene Verantwortung entlassen. Warum war ich überhaupt noch hierhergerast? Herr Dr. Marx habe Herrn Rönn untersucht, sagte die Schwester. Er sei ganz zufrieden gewesen, normalerweise hätte man den Patienten jedoch zumindest noch den heutigen Tag auf Station behalten. Danach seien zwei Herren von der Polizei da gewesen, um mit Herrn Rönn zu sprechen, gar nicht lange habe das gedauert, dann sei der Herr Rönn schon zu ihnen ins Schwesternzimmer gekommen und habe darauf bestanden, nach Hause zu gehen. Das sei vor einer knappen Stunde gewesen.

Die Neugierde stand ihr ins Gesicht geschrieben, offenbar wollte sie etwas fragen, ich bedankte mich daher schnell und ging, stieg vor dem Gebäude in den Dienstwagen, den ich auf dem Angestellten-Parkplatz abgestellt hatte, fuhr in die Böhmische Straße.

Zu Hause war Andreas nicht. Die Wohnung sah so aus, wie ich sie am Morgen verlassen hatte. Auf dem Küchentisch die schmutzige Teetasse und das vollgekrümelte Holzbrettchen, überm Badewannenrand mein Handtuch, auf dem Bett die Bluse, die mir zu dünn erschienen war. Im Wohnzimmer lag die Wolldecke halb auf der Couch und halb auf dem Boden, das Arbeitszimmer wirkte unberührt und tot. Langsam ließ ich mich im Flur an der Wand hinunterrutschen und brach in Tränen aus. Was war passiert? Wo war Andy?

Es dauerte einen Moment, bis ich begriff, dass das Geräusch mein Handy war. Ich schluckte und meldete mich.

»Kirsten. Gott sei Dank hast du einmal dein Mobile dabei und eingeschaltet! Wo bist du?«

»Dale, hallo. Ich bin bei mir zu Hause.«

»Ist alles in Ordnung? Hantzsche hat bei mir nachgefragt, wo du bleibst, und in der Redaktion hab ich erfahren, was bei euch passiert ist. Ich hatte ja keine Ahnung.« Er machte eine Pause, setzte neu an. »Kirsten, was ist los?«

»Andy ist verschwunden.« Ich konnte nicht verhindern, dass ich wieder zu weinen begann.

»Was? Ich bin in zehn Minuten bei dir.«

*

»Nu, da muss ich Ihnen recht geben, das hört sich schon seltsam an.« Hauptkommmissar Hantzsche sah wieder etwas robuster aus als in der vergangenen Weihnachtszeit, als er gerade einen Herzinfarkt überstanden hatte, wirkte jedoch ziemlich alt. »Aber, darf ich ehrlich sein?«

Ich zuckte die Achseln. Ich fühlte mich total willenlos. Dale hatte sich angehört, was passiert war, und hatte mich dann in die Altstadt gebracht.

»Bei Herrn Rönn muss man einkalkulieren, dass er der Polizei nicht traut und die Sache selbst aufdecken will, oder?« Hantzsche klang väterlich-fürsorglich, der Vorwurf, der dahintersteckte, drang nur ganz langsam in mein Bewusstsein.

Schon wieder spürte ich Tränen in den Augen, ich schwieg.

»Aber er würde nicht so weit gehen, die Beamten anzulügen.« Dale wirkte auf mich eher pflichtbewusst als überzeugt.

Hantzsche ging darauf nicht ein, versprach aber, Andreas' Beschreibung an alle Einsatzkräfte herauszugeben. »Noch mal Neonazis«, murmelte er und verzog das Gesicht, als habe er in eine Zitrone gebissen.

»Wieso ›noch mal‹?« Fragend schaute ich von dem Kommissar zu Dale.

»Herr Ingram hat herausgefunden, dass jener Enkel des alten Herrn, den Sie tot aufgefunden haben, nicht nur vorbestraft ist – für sein Alter kommt eine ganz hübsche Liste mit kleinen Diebstählen, Beleidigung und Körperverletzung zusammen – sondern er hatte in der letzten Zeit Kontakt zu rechtsextremen Fußballfans.«

»Was?« Schon wieder klingelte mein Handy. Ich entschuldigte mich. »Andy! Verdammt noch mal, wo bist du?«

Ich konnte Hantzsche kaum in die Augen sehen, als ich danach mitteilte, es habe sich um falschen Alarm gehandelt, Herr Rönn sei wohlbehalten zu Hause. Sowohl der Kommissar als auch Dale gingen nicht weiter darauf ein, wofür ich ihnen unendlich dankbar war.

»Handelt es sich bei diesen Rechten um den ›Sturmtrupp‹?«,

fragte ich. Es kostete mich fast übermenschliche Kräfte, mich darauf zu besinnen, nicht geradewegs raus und nach Hause zu stürmen, um Andy in die Mangel zu nehmen.

»Was ist das?«, fragte der Kommissar.

Ich erzählte von Herrn Wachowiaks Notizen, wobei ich betonte, dass sein Sohn auf mich zugekommen sei, und meinen Archiv- und Zeitungsrecherchen.

»Ich habe mich gefragt, ob die Angreifer Herrn Rönns zu dieser Gruppe gehören. Aber das spielt wohl jetzt keine Rolle mehr.« Mir war, als hörte ich jemand anderem zu. Dales Blick war besorgt-unwillig. Natürlich würde er mir wieder Vorhaltungen machen, weil ich allein etwas unternommen hatte. Es war mir egal.

»In der Tat, das lassen wir nun einfach mal.« Kein Vorwurf mehr in Hantzsches Stimme, nur Mitgefühl. Vermutlich sah man mir an, wie mies ich mich fühlte. »Aber dass der Tote sich mit einer speziellen Hooligan-Organisation beschäftigt hat, ist immens wichtig. Ich brauche diese Unterlagen so bald wie möglich.«

Ich nickte, fragte, wann die Obduktion stattfand.

»Morgen in der Frühe. Ich hoffe, die Kollegen finden etwas. Sonst wären meine Vorgesetzten nicht begeistert. Und nun müssen wir zu Protokoll nehmen, was Sie am Dienstag letzter Woche bemerkt haben.«

*

»Bleibt es bei unserer Verabredung für heute Abend?«, fragte ich Dale vor dem Gebäude.

»Wenn du magst, gern«, antwortete er sanft.

»Um halb acht beim Italiener in der Louisenstraße«, sagte ich, wartete seine Entgegnung nicht ab, sondern ging mit schnellen Schritten in Richtung Zeitungsgebäude. Wenngleich Martin mich für keinen aktuellen Termin eingeplant hatte, wartete doch die Arbeit, sagte ich mir selbst. Schließlich war ich nicht aus dem Archiv geholt worden, um meinem Freund hinterherzulaufen. Mein erster Impuls, Andy zur Rede zu stellen, war verflogen; geblieben war ein tiefes Misstrauen, ob der Kommissar recht hatte mit seiner Vermutung.

In der Redaktion traf ich nur Jonas Michaelis an. Freundlich nickte er mir von Martins Platz, an den er gesetzt worden war, aus zu.

»Andreas hat schon zweimal angerufen. Er wartet auf Ihren Rückruf, bei Ihnen zu Hause.«

»Warum sagt er das nicht Ingeborg?«

Der junge Mann tat so, als würde ihn meine Antwort nicht berühren. »Er wollte mit jemandem aus der Redaktion sprechen, um zu erfahren, was los ist.«

»Da waren Sie ja der Richtige.«

Den Satz sagte ich so leise, dass ich nicht sicher war, ob er ihn hörte. In jedem Fall zog er es vor, nicht darauf zu reagieren. Ich wandte mich meinem Schreibtisch zu und durchsuchte die Unterlagen, die auf dem Chaos der Pressemitteilungen verteilt waren, stellte erleichtert fest, dass Heinz Wachowiaks Notizen darunter waren. Ich legte sie zur Seite. Hantzsche hatte angeboten, sie abholen zu lassen. Dann begann ich mit den zu erledigenden Routinearbeiten.

Es dauerte keine zehn Minuten, und mein Telefon klingelte. Unsere Nummer erschien im Display.

»Andy, ich hab keine Zeit, für dich Krankenschwester zu spielen.«

Ohne seine Antwort abzuwarten, legte ich auf. Direkt danach klingelte es wieder, ich ignorierte es. Jonas Michaelis stand die Neugierde ins Gesicht geschrieben, während ich darauf wartete, dass das Klingeln erstarb.

*

Andreas versuchte es noch einige Male. Die Kollegen bekamen mit, dass ich entschlossen war, nicht darüber zu reden, und fragten nicht nach. Dann bat mich Martin ins Chefbüro.

»Andreas hat gerade angerufen.« Ich reagierte nicht. »Er sagt, wir sollten nichts mehr zu dem Angriff auf ihn bringen. Keine weitere Erklärung. Weißt du etwas dazu?«

Ich schüttelte den Kopf. »Er hat den Bullen gesagt, es sei alles ein Missverständnis gewesen.«

»Aber …«

Ich hob die Hände und verließ das Büro. In diesem Moment wurde mir bewusst, dass es so aussehen konnte, als wenn mir nach meinem Fauxpas in der vergangenen Woche wieder ein grober Fehler passiert wäre. Voller Wut schlug ich im Flur mit der geballten Faust gegen die Wand.

*

Abends fuhr ich von der Redaktion aus direkt zu Michele, mein Handy schaltete ich aus. Ich war vor Dale da und bestellte schon ein Tonicwasser. An diesem Abend hätte ich sonst was für ein Glas Wein gegeben, aber vermutlich wäre es dann nicht bei einem geblieben und das war mir nun doch zu riskant.

»Dieser Idiot! Warum macht er das?«, fragte ich Dale, kaum dass wir uns begrüßt hatten.

»Du solltest ihn besser kennen als ich«, antwortete er, und ich dachte, dass darin genau der Verdacht anklang, den Hantzsche geäußert hatte.

Dale hatte sich für das Essen umgezogen und trug ein tiefrotes Hemd, das seine leicht gebräunte Haut betonte. Der herbe Duft des Rasierwassers, das er schon seit Ewigkeiten benutzte, lag in der Luft. Ich ärgerte mich, dass ich noch immer die Leinenbluse anhatte, die mittags schon durchgeschwitzt gewesen war. Wenigstens wusste ich, dass der enge

Schnitt mir gut stand, jetzt, wo meine Brüste merklich voller geworden waren, wahrscheinlich besser denn je. Dales Blick schien auf jeden Fall zu signalisieren, dass ich ihm gefiel.

Wir bestellten, und ich konnte mich nicht gegen den Gedanken wehren, wie viel einfacher und häufig auch angenehmer mein Leben mit ihm gewesen war. Dale war besonnen und überlegt, vorausschauend und einfühlsam. Er trank einen Schluck Rotwein, lächelte mich an:

»Was denkst du?«

Ich erwiderte das Lächeln. »Was für eine Idiotin ich war, dass ich dich für diesen Chaoten hab gehen lassen.«

Er entgegnete nichts, sondern bestrich eines der kleinen Brötchen mit Kräuterbutter, biss hinein.

Mir brach der Schweiß aus und ich spürte, wie ich rot anlief.

»Dale, es tut mir leid. Vergiss, was ich gesagt habe, bitte!«

»Okay.«

Er griff wieder zum Weinglas, seine fast schwarzen Augen blickten unergründlich. Ich war froh, dass der Kellner in diesem Moment den Antipastiteller brachte. Nach einiger Zeit fragte ich Dale, worauf genau sich sein Verdacht gegen Ronnie begründete.

»Wie gesagt, fast nur auf Instinkt. Seine eigene Mutter scheint ihm so ziemlich alles zuzutrauen, dann die Vorstrafen und die Kontakte zur rechten Szene. Wenn ich nach dem gehe, was du schon am Samstag erzählt hast, müssen die seinem Großvater ein Dorn im Auge gewesen sein, wenn er davon wusste.«

Ich nickte. Das war völlig klar. »Es gibt allerdings vielleicht noch ein ganz anderes Motiv.«

Die Frage, ob im Hyazinthus-Krankenhaus Patienten betrogen wurden und Heinz Wachowiak dem auf die Spur gekommen war, hatte ich nachmittags komplett vergessen.

Dale hörte sich an, was ich zusammengetragen hatte, während er seine Tagliatelle mit Gorgonzola und Spinat geübt auf die Gabel drehte.

»Ich sollte Frau Gärtner raten, einen erfahrenen Detektiv zu beauftragen«, schloss ich und widmete mich ebenfalls meinen Nudeln. Ich hatte Heißhunger auf Fleisch gehabt und Tortellini in Sahne-Schinken-Sauce bestellt.

»Ja, du könntest ruhig mal an mich denken«, sagte Dale in betont lockerem Ton und nahm mir das Versprechen ab, Hantzsche davon zu informieren. »Sei bitte vorsichtig, Kirsten«, mahnte er mich eindringlich.

»Natürlich.«

Plötzlich dachte ich, dass wir beide uns lange nicht mehr so nah gewesen waren. Dale hatte ziemlich schnell zwei Gläser Wein getrunken, seine Züge wirkten weich und offen, die Augen glänzten. Ich fühlte mich bei ihm geborgen nach den Wirren dieses Tages. Wenn er jetzt nur eine Andeutung machte, würde ich mit in die Antonstraße gehen, wo doch einmal auch mein Zuhause gewesen war. Sicherheit, Schutz, Ruhe – dort und mit ihm war all das möglich.

»Du nimmst bestimmt einen Nachtisch?«, fragte er.

»Mindestens einen«, antwortete ich.

»Probier mal die Cannoli mit Ricotta, das ist bestimmt was für dich.«

Als Ostküsten-Amerikaner war Dale mit guter italienischer Küche aufgewachsen und hatte eine Nase dafür, wo man ordentliche Pasta und leckere Süßspeisen bekam. Auch den unspektakulären Familienbetrieb ›Da Michele‹ hatte er vor Jahren entdeckt; früher waren wir oft zusammen hier gewesen. Ich vertraute seinem Urteil, und wir bestellten das Dessert.

Der Kellner, der über unsere Entscheidung regelrecht erfreut schien, war kaum verschwunden, als Dales Handy klingelte. Er zuckte die Schultern und stand auf, ging an die offen stehende Tür. Ich sah, wie er seine Zigaretten hervorzog und eine ansteckte, betrachtete seine schmale Gestalt. Es war nicht Jess, dachte ich, dazu wirkte seine Haltung zu angespannt. Er lachte nicht ein einziges Mal, sprach überhaupt nur wenige Sätze, bevor er das Handy wieder einsteckte. Dennoch blieb er einen Moment vor der Tür stehen, nahm ein paar tiefe Züge von der Zigarette, die er dann in weitem Bogen auf die Straße schnipste.

»Das war ein verzweifelter und betrunkener Andreas, der mich beauftragen wollte, dich zu suchen«, teilte er mir mit, als er wieder am Tisch saß.

»Was? Dich beauftragen?«

Dale lächelte ironisch. »Ich hab ihm gesagt, dass ich dich ganz umsonst sicher nach Hause bringe. Aber erst, nachdem wir unseren Nachtisch gegessen haben.«

Er ließ es sich nicht nehmen, mich wirklich in die Böhmische Straße zu begleiten, und ich sträubte mich nicht lange. Es war ein milder Abend mit wenig Betrieb auf den Straßen und in den Kneipen der Neustadt. Ein paar Punks debattierten den Lauf der Welt vor der ›Scheune‹, gegenüber an der Döner-Bude standen zwei Mädchen in hochhackigen Schuhen. Ein Mann um die 40 fuhr mit einem Tretroller über die Straße.

»Könntest du das aufgeben?«, fragte ich Dale, nachdem ich mein Fahrrad um ein sich küssendes Pärchen herumgeschoben hatte. Eine Anspielung auf Jess und die Tatsache, dass er wiederholt überlegt hatte, zu ihr nach New Jersey zu ziehen.

Es dauerte einen Moment, bis er antwortete. »Wenn ich einen guten Ersatz sähe.«

Eigentlich hätte ich nun ironisch darauf hinweisen müssen, dass das, was er mir von Trenton erzählt hatte, nicht dafür sprach. Ich ließ es. Ich wusste, dass er nicht die Stadt meinte.

Vor unserer Haustür musste ich eine Zeit lang in meiner Tasche herumkramen, bis ich den Schlüssel fand. Dale blickte angelegentlich auf die andere Straßenseite, schien sich für einen Laden mit Naturkosmetik zu interessieren. Endlich hielt ich den Bund in der Hand.

»Also, danke für den schönen Abend.«

Er nahm mich in die Arme, meine Wange streifte seine, dann schloss ich die Tür auf, brachte mein Rad in den Hof und stieg hoch in den zweiten Stock.

Andreas lag mit geschlossenen Augen auf der Couch im Wohnzimmer, neben ihm auf dem Tisch standen eine halb leere Flasche Whisky und ein Glas, in dem noch ein honigfarbener Rest schimmerte. Der Fernseher lief, gerade eben begann das ›Heute Journal‹. Als ich es abschaltete, schreckte Andy hoch.

»Kirsten, ich hab solche Angst gehabt.« Er war kaum zu verstehen.

»Angst gehabt? Wovor? Dass dir einer die Story wegnimmt? Oder einfach, dass du noch einen Tag lang zu einem halbwegs gesunden Leben gezwungen wirst?«

»Um dich.« Er versuchte, sich aufzurichten, gab es schnell vor Schmerzen stöhnend auf.

»Ach so, um mich. Natürlich, da hätte ich draufkommen können. Du bist ja immer so fürsorglich.« Es tat mir leid, kaum dass die Worte heraus waren. »Sorry. Komm, ich helf dir ins Bett.«

Sein Blick signalisierte, dass ihm der Vergleich mit Dale bewusst war. Er sagte nichts, unterdrückte jede Regung, als er ohne meine Hilfe aufstand, schwankte, sich wieder fing und in Richtung Schlafzimmer torkelte.

9. KAPITEL

Ich schaltete die Nachrichten wieder ein, nur, um eine Geräuschkulisse zu haben, ließ mich auf das Sofa fallen. Das Whiskyglas verströmte einen intensiven Geruch, den ich nicht ertrug. Zuerst wollte ich es in den Topf der Yucca Palme vor der Balkontür entleeren, dachte dann aber, dass die ohnehin dahinkümmernde Pflanze das bestimmt nicht gut vertragen würde. Ich trug Flasche und Glas in die Küche, goss den Rest Flüssigkeit in den Ausguss.

Auf einmal wurde ich von Angst überwältigt, dass die Dinge sich entwickelten, ohne dass ich sie kontrollieren konnte. Vermutlich war ich derzeit einfach hormongesteuert, und zwar, anders als früher, als meine Sinne auf den abenteuerlustigen, unberechenbaren Andy angesprungen waren, mit Zielsetzung Nestbau. Aber ich lebte mit Andreas zusammen, er war der Vater dieses kleinen Wesens in mir, und vielleicht änderte er sich auch, wenn ich ihm endlich davon erzählte.

Ich goss ein Glas Saft ein und ging zurück ins Wohnzimmer, wo zu meinem Erstaunen gerade unser Verlagsgebäude auf dem Bildschirm erschien.

›… wurde in den frühen Morgenstunden mit neonazistischen Parolen besprüht. Nach Aussage des Chefredakteurs Hartmut Müller steht die Straftat vermutlich in Zusammenhang mit einem Bericht der Lokalredaktion über gewalttätige Hooligans der SG Dynamo. Bei den Recherchen dazu wurde ein Mitarbeiter der Zeitung von sogenannten Fußballfans angegriffen und schwer verletzt. Er befindet sich zurzeit im Krankenhaus. Die Polizei ermittelt in beiden Fällen. Sachsen ist in der Vergangenheit mehrmals in

Zusammenhang mit Rechtsextremismus in die Schlagzeilen geraten, bei den Hooligans des ehemaligen Vorzeigevereins Dynamo sind Neonazis keine Seltenheit. Und jetzt weiter mit den Börsendaten …‹

Ich stellte den Apparat leiser. Gut. Was auch immer Andy mit seinem seltsamen Verhalten bezweckt hatte, es hatte nicht funktioniert. Die Angelegenheit war öffentlich, die Polizei ermittelte weiter und Müller stand hinter dem, was ich berichtet hatte, glaubte nicht an ein Missverständnis.

Als die erste Szene des Montagskrimis ein dunkles Parkhaus zeigte, durch das eine junge Frau irrte, spürte ich, dass meine Nerven reichlich angespannt waren. Ich ertrug den Anblick nicht und griff zur Fernbedienung, zappte kreuz und quer durchs Programm, bevor ich beschloss, zu Bett zu gehen. Dort lag Andreas, wie ein Toter hingestreckt. Er hatte es nicht mehr geschafft, sich auszuziehen, sondern anscheinend nach Öffnen des Jeans-Reißverschlusses und Herauszerren des T-Shirts aufgegeben. Oder er war einfach darüber eingeschlafen.

*

Am nächsten Morgen kam er genau so in die Küche, als ich gerade mein Frühstück beendet hatte. Die Gesichtshaut schimmerte weiß wie der Verband über Schläfe und Wange, die blonden Bartstoppeln wirkten wie ein Schmutzfilm. Die in der vergangenen Woche lang gewordenen Haare klebten fettig am Kopf. Vergeblich versuchte er, mit seiner eingegipsten Hand die Hose zu schließen.

»Morgen. Kirsten, wegen gestern …«

»Nicht jetzt, ja?« So sehr ich mich auch dagegen wehrte: Ich empfand seinen Anblick als abstoßend. Schon als ich wach geworden war, hatte der Geruch, den er ausströmte, die Mischung aus Schweiß und Alkohol, bei mir Übelkeit hervorgerufen. »Soll ich dir mit dem Reißverschluss helfen?«

Er schüttelte den Kopf. »Wir müssen reden.« Langsam setzte er sich auf den Stuhl mir gegenüber, verzog die Mundwinkel beim Versuch, den Schmerz zu unterdrücken.

Ja, dachte ich, er hatte recht. »Heute Abend. Jetzt will ich noch schnell bei Hantzsche vorbei und dann habe ich einen Termin.« Ich stand auf und stellte meine Tasse auf die Spüle. Als ich an Andy vorbeikam, griff er nach meinem Arm.

»Kirsten, du darfst nichts mehr unternehmen wegen der Faschos, bitte.«

»Lass mich los!« Er hielt mich so fest umklammert, dass es wehtat. »Ich unternehme nichts. Aber der Rest der Welt. Es war gestern in den Nachrichten.«

»Wenn du bloß nichts machst.« Er ließ mich los.

Irritiert schüttelte ich den Kopf. »Bis heute Abend.«

*

Im Foyer des Polizeipräsidiums lief ich direkt in Kommissar Hantzsche hinein. Für seine Verhältnisse geradezu dynamisch und energiegeladen begrüßte er mich.

»Ihr Gefühl war richtig. Soeben komme ich von der Obduktion. Heinz Wachowiak ist mit einem Kissen erstickt worden.« Die Aussicht, am Anfang eines Falles zu stehen, verjüngte ihn um Jahre. »Ich wollte mir gerade ein Frühstück gönnen. Begleiten Sie mich?«

Das ungewöhnliche Angebot, die Aussicht darauf, Untersuchungsergebnisse aus erster Hand zu erhalten, holte mich aus meiner grüblerischen Stimmung.

»Vor einer Obduktion esse ich nie etwas. Ich kenne das

ja nun lange genug, aber ich werde mich nie an den Anblick gewöhnen.«

Hantzsche war in Plauderstimmung, das hatte ich noch nie erlebt. Wir betraten die Polizeikantine.

»Dafür brauche ich nun etwas Handfestes. So was, was mir der Arzt verboten hat.« Er ließ sich gebratenen Speck, Spiegeleier, Toast und Kaffee geben, scherzte mit der grauhaarigen Frau hinter der Wärmetheke über Cholesterinwerte und Laboruntersuchungen, runzelte die Stirn, als ich lediglich eine Tasse Tee nahm.

»Wollen Sie mir ein schlechtes Gewissen machen?«

»Würde es funktionieren?«, fragte ich zurück und dachte, dass das der Ton war, den Andy und ich immer gepflegt hatten. Niemals hatten mich seine vielen kleinen Unzulänglichkeiten wirklich gestört, sie gehörten schlicht zu ihm. Was war passiert? War meine Liebe abhandengekommen?

»Kaum«, entgegnete der Kommissar und machte sich über seine Mahlzeit her.

»Also wurden Faserspuren gefunden?«, fragte ich mit dem Wissen aus unzähligen Filmen.

Hantzsche nickte mit vollem Mund. »Eine leichte Übung für die Kollegen. Etwas, was die Spurensicherung mit ein bisschen Glück schon am Tatort entdecken kann, wenn es eine gibt. Ihr Verdienst, dass wir das nachgeholt haben, Frau Bertram.«

Ein solches Lob von dem Kommissar war wie ein Ritterschlag, und dankbar fühlte ich mich von meinen Privatproblemen abgelenkt.

»Wie geht es jetzt weiter?«

»Sobald ich meine Cholesterinwerte hochgetrieben habe, stelle ich den Antrag auf Haftbefehl für Ronnie Meyersfeld. Herr Ingram sagte, er habe bereits zugegeben, an dem Nachmittag bei seinem Großvater gewesen zu sein, sogar, dass er ihm Geld entwendet hat. Mal sehen, ob das alles war.«

»Hmm.« Ich trank einen Schluck Tee. »Sie meinen, dass Herr Wachowiak ihm Vorhaltungen gemacht hat, weil er sich mit den Nazis eingelassen hat?«

»Genau. Übrigens wohl tatsächlich mit diesem ›Sturmtrupp‹, soweit ich das gestern Nachmittag herausfinden konnte. Und die Angreifer von Herrn Rönn gehören auch zu dem ehrenwerten Verein. Sie haben mitbekommen, dass die Kollegen die Angelegenheit trotz seiner Aussage weiter verfolgen?«

»Ja, zum Glück.« Ich war froh, dass Hantzsche nicht über Andys Motive reden wollte.

»Das ist kein Glück, solch ein Angriff ist ein Offizialdelikt, da sind wir sogar gesetzlich verpflichtet, zu ermitteln. Und wenn es ein Kumpel war, der ihn so zugerichtet hat, dann bekommt der eine Anzeige. Sie können den Kollegen da nicht zufällig weiterhelfen?« Er lächelte.

»Bedaure, nein. Aber vielleicht kann ich Ihnen noch ein anderes Motiv für den Mord an Herrn Wachowiak liefern.«

»Erzählen Sie.« Der Kommissar hatte sein Frühstück vertilgt und hörte aufmerksam zu, als ich von den Vorwürfen gegen die Hyazinthus-Orthopädie berichtete.

»Das ist sehr vage«, meinte er und drehte seine leere Tasse hin und her. »Ich werde mich mit den drei Betroffenen unterhalten, aber das erscheint mir doch weit hergeholt.« Er ließ die Tasse los. »Keinen Kaffee mehr. Ein wenig muss man sich doch an die Anordnungen der Ärzte halten, nicht wahr?«

*

Irgendetwas störte mich an dem Szenario, das der Kommissar entwickelt hatte. Während ich versuchte, mich auf die Ausführungen der Grünen-Politikerin über wünschenswerte Aufforstungen am Rand der Dresdner Heide zu konzentrieren, war mein Unterbewusstsein mit unserem Gespräch beschäftigt. Schlagartig wurde es mir klar: Heinz Wachowiak hätte seinem Enkel keinerlei Vorhaltungen machen können. Nicht, wenn er die gleiche Magen-Darm-Infektion gehabt hatte wie Andreas. Der war schließlich quasi zu nichts in der Lage gewesen, und ein alter Mann litt garantiert stärker unter solch einer Erkrankung als ein junger.

Natürlich konnte Herr Wachowiak auch schlicht mitbekommen haben, dass sein Enkel ihn bestahl – und aus Angst vor Folgen, wenn es dem alten Herrn wieder besser ging, hatte der ihm das Kissen aufs Gesicht gedrückt. Dass Ronnie ein Hitzkopf war, der vor kriminellen Handlungen nicht zurückschreckte, wusste ich schließlich.

Hitzkopf, Wirrkopf? Wie kam es überhaupt, dass ein junger Mann, der in einem linken Jugendclub gearbeitet, eine Aktion gegen rechts mitgetragen hatte, bei den Nazis landete?

Überrascht stellte ich fest, dass das Pressegespräch schon beendet war. Die Kollegen zogen bereits ihre Jacken über, brachen auf. Ich ging zu Cindy John, die ich von früheren Terminen kannte, nach vorn, entschuldigte mich und fragte nach ihren letzten Äußerungen über die Positionen des Stadtrats.

Sie war nicht begeistert, listete aber trotzdem noch einmal knapp die unterschiedlichen Aussagen auf.

»Danke sehr.« Plötzlich hatte ich eine Idee. John machte immerhin schon seit 15 Jahren Politik. »Meine Unaufmerksamkeit hat einen Grund. Ich beschäftige mich mit einer schwierigen Geschichte. Sie haben doch da bestimmt Erfahrungen: Mir kommt es seltsam vor, dass ein Jugendlicher, der sich in linken Kreisen bewegt hat, plötzlich bei Neonazis anzutreffen ist.«

Die Frau schob ihre Brille hoch. »Das ist leider nicht so selten. Das prominenteste Beispiel sollten Sie auch kennen – und der war kein Jugendlicher: Horst Mahler.« Ich nickte. Natürlich, der ehemalige RAF-Anwalt, der heute zu den Rechtsextremen gehörte. »Bei jungen Leuten, die auf der Suche nach Orientierung sind, stoßen Sie häufig auf so etwas.« Sie griff nach ihrer Aktentasche. »Aber zum Glück gibt's das auch umgekehrt. Wenn ich Ihnen damit helfen konnte …«

*

Als ich in die Redaktion kam, war die Konferenz gerade vorbei. Martin hatte mir einen Zettel mit Terminen auf die Tastatur gelegt.

»Falls dich jemand wegen des Angriffs auf Andreas und der Schmierereien hier interviewen will, es bleibt dabei: Wir sagen nichts, verweisen auf die Kripo«, informierte Christina mich.

Ich wollte nicht nachfragen, inwieweit Andys zurückgezogene Aussage bereits allgemein bekannt war, und nickte nur, während ich mein Tagespensum sichtete. Um eins musste ich in Gorbitz sein. Da lag die Friedrichstadt doch fast auf dem Weg. Ich griff nach meiner Jacke, die ich über die Stuhllehne gehängt hatte, und verschwand wieder, bevor mich jemand für weitere Aufgaben einspannen konnte. Das schlechte Gewissen unterdrückte ich mit dem Gedanken, dass ich die Story vom Mordfall Heinz Wachowiak exklusiv hatte. Hantzsche hatte mir zugesagt, dass ich darüber berichten durfte. Ich sollte ihn am Nachmittag anrufen, um zu besprechen, was genau ich öffentlich machen konnte. Andy hätte über diesen Kompromiss die Nase gerümpft, ich fand jedoch, es war eine faire Übereinkunft.

Ich hatte Glück: Kaum war ich am Hauptbahnhof, lief eine S-Bahn ein, die mich blitzschnell in die Friedrichstadt brachte, und in der sonnigen Wachsbleichstraße sah ich Michaela Kattner aus ihrer Haustür treten. Ich setzte zu einem Sprint an und sprach sie außer Atem an.

»Ach, Sie sind es.« Begeistert hörte sich das nicht an. »Ich wollte gerade einkaufen.« Trotz des warmen Wetters trug sie einen dunkelgrauen Trenchcoat, den Gürtel eng zugezogen, was sie sehr dick aussehen ließ. Zögernd wandte sie sich nach links.

»Darf ich Sie begleiten?«, bat ich, und nahm ihr Schweigen als Zustimmung.

»Haben Sie dafür gesorgt, dass die Beerdigung abgesagt wurde?«, fragte sie nach einer Weile. Deshalb war sie so ablehnend. Natürlich, es musste ein Schock sein, wenn die Beisetzung eines geliebten Menschen auf die letzte Minute verhindert wurde.

»Nein, da überschätzen Sie meine Möglichkeiten«, versicherte ich ihr. »Haben Sie schon mitbekommen, dass die Obduktion ergeben hat, dass Ihr Großvater umgebracht wurde?«

»Was?« Michaela Kattner blieb wie angewurzelt stehen. »Nein. Was ist denn gefunden worden?«

Fieberhaft überlegte ich, ob ich es ihr sagen durfte, entschied mich dagegen. Sie nickte, als ich ihr erklärte, es sei Sache der Polizei, das öffentlich zu machen, und setzte sich langsam und tief in Gedanken wieder in Bewegung. Vorne sah man bereits den großen Supermarkt, in den sie offenbar gehen wollte.

Ich fragte nach dem Zustand ihres Großvaters am Tag des Mords. Recht schwach sei er gewesen, sagte sie, steckte einen Chip in einen Einkaufswagen und betrat die nüchterne, große Verkaufshalle.

»Meinen Sie, er wäre in der Lage gewesen, jemandem ernsthafte Vorhaltungen zu machen?«

»Warum fragen Sie das? Wem? Wieso?« Sie legte zwei Flaschen Limonade und eine Cola in den Wagen.

»Zum Beispiel Ihrem Cousin Ronnie.«

Ich beobachtete sie und meinte, verschiedene Emotionen in ihrem Gesicht und Seufzen zu entdecken: Resignation, Scham, aber auch so etwas wie Erleichterung.

»Ronnie. Sie verdächtigen ihn?«

Den Schwenk fand ich nun doch sehr zügig. »Ich verdächtige niemand. Wie gesagt, das ist jetzt alles eine Angelegenheit der Kripo. Ich habe bloß darüber nachgedacht, zu was Herr Wachowiak an diesem Nachmittag noch in der Lage war.«

Toastbrot, abgepackter Butterkuchen, Waffeln, wie ich sie an jenem Morgen nach dem Tod ihres Großvaters bei ihr gegessen hatte, landeten im Einkaufswagen.

»Also, ich war um sechs noch bei ihm unten, bevor ich zum Sport bin, und da war er sehr schläfrig, aber nicht total weggetreten, wenn Sie das meinen.« Kräftig stieß sie das Gefährt nach vorn.

»Wie ist Ihr Verhältnis zu Ronnie und seiner Mutter?« Fast kam ich mir gemein vor, aber ich wollte an der Fassade der glücklichen Großfamilie kratzen.

Eine Flasche spanischer Rotwein, eine Packung Äpfel.

»Meine Tante hat es immer schwer gehabt. Aber sie hat sich auch nicht helfen lassen. Irgendwann gibt man dann eben auf.« Abgepackte Salami. »Zu Ronnie habe ich nie viel Kontakt gehabt.«

Irgendwie klang das falsch, da war ein seltsam trotziger Ton in ihrer Stimme, der mich irritierte.

»Danke übrigens, dass Sie mir Marianne Gärtners Adresse gegeben haben«, sagte ich, auch um sie daran zu erinnern, dass sie manchmal nicht mit ihrer Familie übereinstimmte.

»Bitte.« Kochschinken, Sülze, Leberwurst. »Mein Onkel und seine Frau hatten immer etwas gegen die Frau, besonders er dachte wohl, sie störe das Andenken an seine Mutter.« Das sagte sie ohne Zögern.

»Wussten Sie, dass Ihr Großvater die Klinik«, mit dem

Kopf wies ich nach hinten, in die Richtung des Hyazinthus-Krankenhauses, »in Verdacht hatte, Frau Gärtner ein überteuertes Hüftgelenk eingesetzt zu haben?«

Michaela Kattner zuckte mit den Schultern. »Kann sein, dass er mal davon gesprochen hat. Aber wissen Sie, er hat sich ja mit so vielen Dingen beschäftigt – ehrlich gesagt, hat man da irgendwann gar nicht mehr genau hingehört.«

*

In der Redaktion kam ich nicht dazu, mich an meinen Schreibtisch zu setzen.

»Martin will mit dir sprechen«, sagte Sandra, kaum dass ich im Raum war, und ich musste mir ein Lachen verkneifen, weil es stets so wirkte, als sei die Volontärin auf jeden eifersüchtig, der ihrem Angebeteten nah sein durfte.

Ich ging in das Chefbüro, hätte am liebsten auf dem Absatz kehrtgemacht. Auf dem Besucherstuhl saß Andreas, der sich bei meinem Hereinkommen langsam umdrehte. Er sah deutlich besser aus als am Morgen, irgendwie hatte er es geschafft, sich zu rasieren und die Haare zu waschen. Außerdem war er auf eine weit geschnittene Leinenhose ausgewichen, die er vermutlich mit einer Hand öffnen und schließen konnte. Vor allem aber strahlte er wieder etwas von seiner gewohnten Selbstsicherheit aus, was bei mir den Fluchtreflex verstärkte.

»Was gibt's?«, fragte ich, wobei ich ganz betont in Martins Richtung blickte, der unbehaglich auf dem Schreibtischstuhl herumrutschte. »Ich habe sehr viel zu tun.« Andreas rückte ein Stück nach hinten, um mich besser sehen zu können. »Wir können als Aufmacher bringen, dass Heinz Wachowiak ermordet wurde«, fuhr ich fort. »Die Polizei hat Haftbefehl gegen einen Enkel von ihm erlassen, der zu den Rechten gehört. Gleich erfahre ich mehr.« Noch immer hatte ich Andy nicht direkt angeblickt, bekam jedoch mit, dass er gespannt zuhörte.

»Okay«, sagte Martin nur. Er trug ein enges T-Shirt, und es schien, als habe er im Urlaub etwas von seinem Babyspeck verloren. »Andreas hat sich mit dem möglichen Betrug im Krankenhaus befasst.«

»Ach ja?« Jetzt schaute ich ihn an, betont neutral.

»Du hattest recht. Da ist was faul«, sagte er eifrig.

»Und du hast eine tolle Story, vermute ich?«

»Nein.« Verunsichert stockte er. »Noch nicht, zumindest. Aber einen Anfang.«

»Gut, also dann hat das ja noch Zeit, oder?« Ich wandte mich zur Tür.

»Kirsten, ich will nicht wissen, was für private Probleme ihr beiden habt, aber spiel hier bitte nicht Kindergarten.« Martin klang etwas zu laut, aber durchaus wie ein richtiger Chef. »Andreas hat den Namen der Firma, die diese künstlichen Gelenke herstellt, herausgefunden. Als er dort anrief, reagierte man sehr zurückhaltend.«

»Ich hab direkt nach den vielen hochpreisigen Prothesen gefragt, und daraufhin ist der Mitarbeiter total ins Schwimmen gekommen«, fiel Andy ihm ins Wort.

»Es ist eine Dresdner Firma«, Martin verkürzte die Sprechpause, als er merkte, dass Andreas wieder etwas sagen wollte, »deshalb meinte der Chef, wir könnten ein Porträt des Unternehmens bringen.«

»Ich kann da ja schlecht hin, so wie ich aussehe.« Andy versuchte es mit seinem gewinnenden Lächeln, das auf der rechten Seite durch den Verband abgefangen wurde. »Aber wenn du ihnen vielleicht einen Besuch abstatten könntest, also vor Ort bekommst du bestimmt etwas raus.«

Die Idee war nicht schlecht, das musste ich zugeben. Ebenso wie die Vorarbeit. Gut, dann wollte ich nicht ›Kindergarten spielen‹, sondern würde einwilligen. Ich suchte noch nach einem Spruch über Andys lädiertes Aussehen, in den ich meine Zusage kleiden konnte, als das Telefon klingelte.

Martin meldete sich, gab ein »Ja, der ist noch hier« von sich, legte auf.

Unmittelbar darauf klopfte es an der Tür, und Kommissar Clausnitzer betrat mit seinem älteren Kollegen den Raum. Die Männer grüßten in die Runde.

»Herr Rönn, gut, dass wir Sie hier antreffen. Wir haben verdächtige Rechtsradikale festgenommen und bräuchten Sie für eine Gegenüberstellung.«

Andreas' Gesicht verlor schlagartig wieder seine Farbe. »Aber ich habe Ihnen doch schon gesagt, dass das …«

»Ein Missverständnis war, ja. Wir würden Sie trotzdem gern mitnehmen. Kommen Sie bitte?«

Andys linke Hand krallte sich um die Stuhllehne. Ich sah die Adern hervortreten.

»Nein.« Er flüsterte.

»Doch«, sagte ich laut. »Ich komme auch mit.«

»Auf gar keinen Fall!« Nun klang er durchdringend, fast hysterisch. »Du bleibst hier. Und wieso können Sie mich einfach mitnehmen? Ich habe meine Aussage gemacht!«

Was sollte das? Martin sah mich fragend an, ich zuckte die Achseln und ließ meinen Blick zu den beiden Beamten wandern. Die wirkten sehr cool.

»Wir möchten Sie lediglich bitten, einen Blick auf die Festgenommenen zu werfen«, beschwichtigte Herr Clausnitzer. »Aber vielleicht kann uns ja auch Frau Bertram weiterhelfen. Frau Rendille wartet draußen.« Er wandte sich zum Gehen.

Andreas sah aus wie ein in die Enge getriebenes Tier. »Ich komme mit«, presste er nach einer schier endlosen Pause hervor, fügte schnell an mich gerichtet hinzu: »Wenn du hierbleibst.«

Als ich hinter ihnen auf den Flur hinaustrat, und in Simones Gesichtsausdruck das Spiegelbild von Andys erkannte, wurde es mir schlagartig klar: Er hatte Angst. Nackte Angst.

»Einen Augenblick noch«, sagte ich zu der Praktikantin und den Beamten, zog Andreas zurück in sein Büro, an dem erstaunten Martin vorbei und durch die andere Tür in den Waschraum. Eine der vier Kabinen war belegt. Ich drehte einen Wasserhahn weit auf und zischte leise und scharf:

»Simone macht sich genauso in die Hose wie du, aber sie kneift nicht!«

Andy stützte sich mit der linken Hand auf dem Waschbecken ab, vermied den Blick in den Spiegel darüber ebenso wie den in meine Augen. In der Toilettenzelle rauschte es und Jonas Michaelis kam heraus, grüßte überrascht, als er Andreas sah. Der reagierte gar nicht, starrte weiter in das laufende Wasser. Ich versuchte, dem jungen Kollegen mit Blicken klarzumachen, dass er verschwinden sollte, was er jedoch erst nach quälend langsamem Händewaschen am Becken neben uns tat.

Nahezu tonlos flüsterte Andy etwas, als die Tür zugefallen war.

»Was?« Ich drehte den Wasserhahn zu.

»Ob du glaubst, dass ich Angst um mich habe?«

»Was denn sonst?« Ich studierte sein Profil. Er hatte den Kopf ein wenig angehoben, sah mich jedoch noch immer nicht an.

»Ach ja«, seine Stimme wurde lauter und bekam einen zynischen Ton, »natürlich. Ich bin der egoistische Scheißkerl, der sich nicht um andere kümmert, stimmt ja!«

»Das hab ich doch nie gesagt!«

»Es geht um dich, verdammt noch mal! Gestern früh haben mich zwei Typen in weißen Kitteln aus dem Krankenzimmer geholt, angeblich zu einer Untersuchung. Im Keller wurde mir dann klargemacht, dass sie sich dich vornehmen, wenn ich gegen sie aussage.« Wenn ich mich nicht täuschte, standen ihm Tränen in den Augen. »Sie wussten, wie du heißt, wo wir wohnen, dass wir beide hier arbeiten, einfach alles.« Er drehte den Hahn wieder auf und spritzte sich Wasser ins Gesicht.

»Aber …« Ich wusste nicht, was ich sagen sollte, strich ihm zaghaft über den Rücken.

»Und du hältst mich für einen Feigling, der vor solchen Schlägertypen davonläuft. Dabei«, er stieß ein trockenes Lachen aus, »hab ich die angeknackste Hand dem Versuch zu verdanken, mich mit Karate gegen sie zu wehren.«

Dieser Kindskopf! Nun kroch mir ein Schluchzen die Kehle hoch.

»Ich hab dich nie für einen Feigling gehalten. Nie.« Ich umfasste mit beiden Händen seine Schultern, drehte ihn zu mir herum, schaffte es endlich, Blickkontakt zu ihm aufzunehmen. »Du gehst jetzt mit den Kripomännern mit und sagst ihnen alles. Vielleicht haben sie ja ein spezielles Schutzprogramm.« Ich konnte nicht verhindern, dass mir in diesem Augenblick wieder einfiel, was der ›Zeit‹-Kollege gesagt hatte. Auch der Gedanke an unser ungeborenes Kind drängte sich mit Macht in mein Bewusstsein. Aber man durfte doch vor solchen Verbrechern nicht klein beigeben. Ich zwang mich zu einem Lächeln. »Irgendetwas, was besser ist als deine angestaubten Karatekenntnisse.«

10. KAPITEL

Ronnie war festgenommen worden, stritt allerdings vehement ab, Heinz Wachowiak getötet zu haben. Nachdem er seinem Großvater das Geld entwendet hatte, sei er unterwegs gewesen, gab Hantzsche seine Aussage wieder.

»Aber Sie schreiben bitte gar nichts dazu, lediglich, dass es sich bei dem tot aufgefundenen Mann um ein Mordopfer handelte.«

»Das ist nicht viel«, sagte ich, während ich mich durch eine Fotoauswahl für meinen Artikel über die geforderte Aufforstung klickte.

»Solange wir nicht sicher sind, dass Ronnie Meyersfeld der Täter ist, will ich über den Fall so wenig wie möglich lesen.« Da war er wieder, der alte Hauptkommissar.

»Dann geben Sie aber die Pressemeldung erst morgen raus«, forderte ich.

Nach einigem Murren willigte er ein und ich berichtete ihm von meinen Zweifeln, dass der alte Mann Ronnie überhaupt Vorhaltungen gemacht haben konnte.

»Ein wichtiger Punkt. Darum werde ich mich kümmern. Und Sie sind raus aus der Geschichte, ja? Das geht jetzt bei uns alles seinen Gang. Keine Veranlassung für Sie, weiter Detektiv zu spielen.«

Ich hätte ihm ohnehin nicht gesagt, dass ich gerade eben einen Termin für ein Unternehmensporträt der ›VitalMed‹ gemacht hatte, der mir überraschend schnell und bereitwillig eingeräumt worden war. Gleich am nächsten Morgen sollte ich in die Firma kommen.

*

»Ich hasse diese Schlabberhose«, sagte Andreas mit Blick in den Flurspiegel.

»Dann lass mich dir mit der Jeans helfen«, bot ich an.

Wir wollten endlich unser Essen nachholen. Ich trug ein blaugrünes Etuikleid aus grob gewebter Seide, das eindeutig enger anlag als beim letzten Mal, als ich es angehabt hatte. Andy hatte sich für ein dunkelbraunes Leinenhemd entschieden und die Hose vom Tag anbehalten.

»Von wegen. Damit du dich lustig machst über meinen dicken Bauch? Und was ist, wenn ich im Restaurant auf die Toilette muss?«

»Dann begleite ich dich einfach. Kann doch ganz aufregend sein.« Ich strich ihm mit der Hand über den Hosenbund, tat so, als wolle ich hineingleiten. Dabei trat ich hinter ihn, schmiegte mein Bein an seines.

»Weiche von mir!« Andy machte eine halbe Drehung. »Ich kann noch nicht mal richtig Luft holen ohne Schmerzen.« Er beugte sich vor und küsste mich lange und intensiv. »Obwohl: Vielleicht versuche ich einfach, nicht zu atmen …«

Ich fuhr mit den Händen sanft seinen Oberkörper herab, unter das Hemd und wieder nach oben. Ich war so froh, ihn zurückzuhaben. Er stöhnte in mein Ohr.

»Nicht atmen«, sagte ich und ließ die Hände kreisen.

In diesem Moment ertönte die Klingel. Wir zuckten beide zusammen.

»Die Faschos werden nicht anklingeln«, sprach Andreas aus, was ich dachte, dennoch hatte unsere Reaktion uns vor Augen geführt, dass wir im Ausnahmezustand lebten. Bei der Kripo war Andy gesagt worden, dass sie uns keinen Personenschutz zur Verfügung stellen könnten. Offenbar wurde die Gefahr für uns trotz der Drohung im Krankenhauskeller als nicht sehr groß eingeschätzt.

Ich betätigte den Öffner, vergewisserte mich mit einem Blick in den Spiegel, dass ich nicht derangiert aussah.

Andy zog sein Hemd wieder zurecht: »Ich bestehe auf einer Fortsetzung.«

»Dann üb schon mal das Nichtatmen«, sagte ich und öffnete die Wohnungstür, stutzte, als Dale am Treppenabsatz erschien. In einem grauen, neu aussehenden Sakko strahlte er mich an.

»Hallo.« Er nahm mich in den Arm, schien erst dann mein Kleid zu bemerken. »Ich störe wohl«, sagte er.

»Ein bisschen«, gab ich zu und ließ ihn in die Wohnung. »Wir wollten gerade essen gehen.«

»Das wollte ich auch«, entgegnete Dale, der Andreas die Hand entgegenstreckte.

Grinsend bot Andy ihm seine linke an.

»Sorry, stimmt ja. Hallo!«

Die beiden Männer musterten sich gegenseitig.

»Wie geht es dir?«, fragte Dale schließlich.

»Es geht«, antwortete Andy. »Ich darf nur nicht atmen.« Er zwinkerte mir zu.

»Ja, also dann.« Dale schickte sich an, wieder zu gehen.

»Warte doch!«, schaltete ich mich ein. »Willst du etwas trinken? Oder magst du uns vielleicht begleiten?« Schließlich hatten Andreas und ich noch die ganze Nacht, dachte ich.

»Wir gehen ins Villandry«, fügte Andy an. Vermutlich setzte er darauf, dass Dale vor den relativ hohen Preisen zurückschreckte.

»Warum eigentlich nicht?«, sagte der jedoch, und wir machten uns gemeinsam auf den Weg.

Auf der Straße legte Andreas demonstrativ seinen Arm um mich, Dale schlenderte auf meiner anderen Seite daher.

»Du hast also Kumpel, die dich so zurichten?«, fragte er über meinen Kopf hinweg.

»Manchmal kann man sich seine Begleitung nicht aussuchen«, parierte Andy.

Ich löste mich von ihm. »Die Nazis hatten Andreas damit

gedroht, mir etwas anzutun. Heute Nachmittag hat er seine Aussage revidiert.«

Dale entgegnete nichts, pfiff nur leise durch die Zähne.

»Die Kripo hat die Hauptschläger verhaftet und ihnen wird der Prozess gemacht.«

»Gut«, sagte er, holte seine Zigaretten heraus, steckte eine an. »Sei vorsichtig«, bat er mich nach einem tiefen Zug. »Vor allem, wenn du abends allein unterwegs bist.«

Andy legte seine Hand wieder um meine Hüfte und ich ließ ihn gewähren. Dale war immer übervorsichtig gewesen, sagte ich mir, konnte aber nicht verhindern, dass ich die Alaunstraße mit anderen Augen betrachtete. Würde das Paar dort vor dem japanischen Restaurant mir helfen, wenn jemand mich angriff? Oder der rauchende, junge Mann auf der Terrasse des Mexikaners?

Im Villandry wurde an unseren reservierten kleinen Tisch ein zweiter herangerückt. Andreas rutschte neben mich auf die Bank, Dale saß uns gegenüber. Der Kellner fragte, ob wir einen Aperitif wollten.

»Unbedingt«, sagte Andy, »wir haben etwas zu feiern. Drei Sekt?«

Dale zuckte zustimmend die Achseln, ich sagte: »Für mich ein Tonic, bitte.«

»Meinst du nicht, dass du so langsam wieder Alkohol verträgst?«, fragte Andreas.

»Lieber nicht«, antwortete ich. »Vielleicht trinke ich einen Schluck von dir mit.«

Dale lächelte in sich hinein.

»Also dann: zwei Sekt, ein Tonic.«

Als kurz darauf die Getränke kamen und wir angestoßen hatten, fragte Dale Andreas, was er zu feiern habe.

»Dass ich aus dem Krankenhaus raus bin, dass die Faschos festgenommen sind und dass ich mich heute noch auf was freuen kann.« Er sah mich dabei nicht an, strich aber mit den Fingerspitzen seiner eingegipsten Hand über mein linkes Bein in den dünnen Seidenstrümpfen.

»Ich gratuliere.« Dales Stimme hatte einen ganz leicht ironischen Unterton. »Ich kann feiern, dass ich einen neuen Auftrag habe: Ronnies Mutter will, dass ich die Unschuld ihres Filius beweise.«

»Was?« Neugierig schaute ich ihn an.

»Ja. Ursprünglich war der Fakt, dass sie ihrem Sohn anscheinend alles zugetraut hat, ausschlaggebend dafür, dass ich misstrauisch geworden bin, und nun das.« Er zuckte wieder die Achseln, eher ratlos jetzt. »Heute Nachmittag kam sie direkt von der Kripo zu mir, vollkommen aufgelöst und felsenfest überzeugt, dass er ihren Vater nicht ermordet hat.« Er wandte sich direkt an mich. »Deshalb wollte ich dich bitten, mir nochmals ganz detailliert alles zu berichten, was du weißt und vor allem gesehen hast an dem Abend.«

»Natürlich, gern. Vielleicht willst du mich morgen früh auch begleiten.«

Andy, der die Weinkarte studierte, griff nach seinem Sektglas und trank einen großen Schluck. Dale fragte nach, wohin.

»Du erinnerst dich an die künstlichen Gelenke? Andreas hat die Firma ausfindig gemacht, und morgen habe ich dort einen Termin für die Zeitung. Du kannst als Fotograf mitkommen.«

»Wunderbar.«

Der Kellner trat mit der großen Schiefertafel, auf der die Gerichte des Tages notiert waren, an unseren Tisch und stellte die Auswahl vor.

»Ich nehme die Artischockensuppe und die Dorade«, sagte Andy. »Und bringen Sie uns eine Flasche von dem sächsischen Weißburgunder.«

Das war bestimmt einer der teuersten Weine auf der Karte. Warum tat er das? Ich wusste, dass Dale da nicht mithalten konnte. Er verdiente kaum mehr als ein freier Journalist, und seit er alle zwei, drei Monate in die Staaten flog, dürfte er noch knapper dran sein als früher. Ich nahm mir vor, dafür zu sorgen, dass wir die Getränke bezahlten.

Dale wählte den Salat und Gnocchi mit Ziegenkäse. Ich nahm Ravioli und gefüllten Schweinebauch, worüber Dale sich still amüsierte, während bei Andreas offenbar noch immer der Groschen nicht fiel. Im Gegenteil: Er schien die Tatsache, dass ich auch den Wein ablehnte, persönlich zu nehmen. Ich konnte nicht anders, ich brach in lautes Lachen aus, in das Dale einfiel. Er hob sein Glas und prostete mir ironisch zu.

»Freut mich, dass ihr solch einen Spaß habt.« Nun war Andy richtig eingeschnappt. Er kippte den guten Wein herunter, als wäre es billiger Fusel, goss sich sofort nach.

»Tut mir leid.« Ich wischte mir eine Träne aus dem Augenwinkel. »Ich erklär's dir zu Hause, dann kannst du mitlachen.«

So ganz befriedigte ihn das nicht, mit verschlossenem Gesichtsausdruck griff er nach einem Stück Brot.

»Glaubst du, du bist sicher, so allein und verletzt bei euch zu Hause?«, fragte Dale Andreas in ernstem Ton.

»Im Krankenhaus war ich anscheinend auch nicht sicher, oder?«

Dale nickte nachdenklich. »Ihr habt eine Gegensprechanlage. Ihr solltet sie auch benutzen. Und vor allem auf der Straße aufpassen.«

Der Kellner brachte die Vorspeisen, sodass wir aus den düsteren Gedanken gerissen wurden. Andy mühte sich, seine Suppe mit der linken Hand zum Mund zu bringen, ich genoss die handgemachten Teigtaschen. Zwischendurch strich ich ihm über den rechten Arm, der auf seinem Oberschenkel lag.

Ich wollte nicht an dieses Nazipack denken, aber über ein paar Punkte mussten wir noch sprechen.

»Was meinst du, wie sehr ist Ronnie in diesen ›Sturmtrupp‹ involviert?«

Dale schob sich eine Gabel Rucola in den Mund, bevor er antwortete. »Nicht sehr tief. Ich denke, er ist einfach auf der Suche nach Autoritäten, und das bieten diese Nazis ja.«

Andy schnaubte verächtlich.

»Sieh es positiv«, wandte Dale sich an ihn. »Durch deine Aussage sind einige Rädelsführer aus dem Verkehr gezogen, und gerade weil sie so hierarchisch aufgebaut sind, bedeutet das bei solchen Organisationen eine Menge.«

»Hoffentlich.« Andy klang skeptisch, und ich konnte es ihm nachfühlen.

»Okay, Themenwechsel«, forderte ich und berichtete ein weiteres Mal, was vor genau einer Woche passiert war. Mittlerweile hatte ich es so oft beschrieben, dass ich fast das Gefühl hatte, eine Geschichte zu erzählen. Dale hörte aufmerksam zu, fragte immer wieder nach, machte sich auf seinem kleinen Block Notizen. Vor allem interessierte er sich für die Familienkonstellation: warum der kleine Leon dort gewesen war, wie seine Mutter reagiert hatte, ob und, wenn ja, welche Fotos von Verwandten bei dem alten Herrn hingen.

Bei der letzten Frage musste ich passen. »Es war einfach zu viel passiert an diesem Abend, als dass ich darauf geachtet hätte.«

Dale nickte. »Manchmal ist so was ja auffällig oder aber das Unterbewusstsein registriert etwas.«

In der Zwischenzeit waren die Hauptgänge gebracht worden, und wir schwiegen eine Zeit lang.

»Die Hyazinthus-Orthopädie macht ganz klar auf Sanatorium«, schnitt Andreas das andere Thema an.

»Du meinst die Schonkost«, zog ich ihn auf, froh, dass er sich am Gespräch beteiligte.

»Das genaue Gegenteil.« Er schenkte Dale und sich Wein

nach. »Ich war gestern Vormittag da in der Sprechstunde.« Dort war er also gewesen, als ich ihn zuerst ein Stockwerk tiefer, dann bei uns zu Hause gesucht hatte. »Frau Dr. Valerie Ehrhardt, die Chefärztin, hat keine Sekunde gezweifelt, dass wir eine passende Lösung für meine Großmutter finden. Vermutlich würde das dann nicht in voller Höhe ihre Versicherung übernehmen, aber ich solle doch bei Gelegenheit mit ihr in die Klinik kommen. Und auf der gesamten Station herrscht eine Atmosphäre, die mit einer Arztpraxis oder einem Krankenhaus wenig zu tun hat. So richtig zum Wohlfühlen.« Das Letzte betonte er sarkastisch.

»Also doch!« Aufgeregt legte ich mein Besteck ab. »Warum hast du das noch nicht erzählt?«

»Wann denn? Gerade zu Hause?« Er grinste mich an, mühte sich dann, mit einer Hand den Rest seines Fisches auf die Gabel zu bekommen.

»Zum Thema Wohlfühlen, ja«, griff ich seine Anspielung auf. »Na, wenn du meinst, dass man es auf dieser Station aushalten kann, dann müssen sie sich ja wirklich ins Zeug legen.«

»Hmm.« Andy schluckte den letzten Bissen herunter. »Heute habe ich mich auch noch mal im Wartezimmer herumgetrieben, und eine Patientin hat geradezu geschwärmt. Das Personal würde ganz individuell auf die Leute eingehen, Frau Doktor sei so einfühlsam.«

Man kreierte eine Atmosphäre, in der kranke Menschen sich geborgen fühlten, um ihnen dann besser das Geld aus der Tasche ziehen zu können. Die ganze Anlage der Klinik mit den herrlichen Gebäuden, der imposanten Geschichte, dem wunderbaren Park passte perfekt dazu. Hörte sich fast zu einfach an, um wahr zu sein.

Endlich, bei dem Gedanken, diese Geschäftemacherei aufdecken zu können, entspannte ich mich. Im Hintergrund lief leise Loungemusik, die vier Frauen neben uns lachten über eine Bemerkung des Kellners, die klassische Bar vor dem großen Spiegel vermittelte Weltstadtatmosphäre. Ich lehnte mich zurück und genoss den Moment, traf dabei Dales Blick und war fast erschrocken, wie schnell er die Augen abwandte.

»Als Dessert kann ich Ihnen Pflaumenjus, eine italienische Käseplatte oder unsere Crême brulée anbieten«, sagte der Kellner.

Dale winkte ab, Andreas bestellte einen Espresso und einen Cognac, ich die Creme brulée. Andy trank zu viel, dachte ich und fragte mich, ob mir das erst jetzt auffiel, weil ich selbst auf Alkohol verzichtete. Zurzeit nahm er, soviel ich wusste, außerdem Schmerztabletten, da sollte er sich wirklich etwas zurückhalten.

Das konnte ich aber kaum in Dales Gegenwart ansprechen. Stattdessen bat ich Andreas, am nächsten Tag die gesammelten Artikel über die Orthopädie des Hyazinthus', die sich noch immer auf meinem USB-Stick befanden, durchzusehen. »Dazu musst du nicht raus und kannst trotzdem was Sinnvolles tun.«

»Ach, es ist doch schön, wenn man als Invalider noch ein nützliches Mitglied der Gesellschaft ist«, lautete seine Antwort.

*

Dale bestand darauf, uns bis vor die Wohnungstür zu bringen, und kündigte an, mich am kommenden Morgen auch abzuholen. Ich willigte ein, obwohl ich das Gefühl hatte, dass seine Vorsicht bloß meine Angst schürte, worüber ich nicht gerade begeistert war. Ob er wirklich glaubte, dass uns in dem schönen Altbauhausflur jemand auflauerte?

Andy ließ ihn ohne Protest gewähren, und auch das gab mir zu denken. Er hatte nicht weiter ausgeführt, was sie dort im Krankenhauskeller mit ihm gemacht hatten und wie genau die Drohung gelautet hatte. Es schien jedoch schlimm genug gewesen zu sein.

In die Wohnungsdiele fiel ein schwacher Lichtschein durch die offene Küchentür. Dort wurde es dank einer Straßenlaterne vor dem Fenster nie richtig dunkel. Ich schloss sorgfältig ab und schlüpfte aus Trenchcoat und Pumps. Draußen hörte man ein Auto vorbeifahren. Andreas kämpfte mit dem Ärmel seines Jacketts, als er sich befreit hatte, zog er mich eng an sich.

»Ich hab extra auf den Nachtisch verzichtet«, flüsterte er mir ins Ohr.

»Aber nicht auf den Cognac«, sagte ich.

Anstatt zu antworten, tastete er mit der linken Hand nach dem Reißverschluss meines Kleides, ich strich ihm über den Arm, bremste ihn sanft ab.

»Wir müssen reden.«

»Weil ich nach einem guten Essen einen Schnaps getrunken habe?«

»Nicht darüber. Oder vielleicht auch. Aber willst du nicht wissen, worüber Dale und ich gelacht haben?«

»Nein, ich will nichts über Dale wissen.«

Mit den Fingerspitzen der rechten Hand schob er mein Kleid hoch. Mir lief eine Gänsehaut über den Rücken und ich beschloss, unser Gespräch noch einmal zu vertagen. Ich öffnete sein Hemd, rieb meinen Oberkörper an seinem, während ich mich mit der Hose beschäftigte. Aufstöhnend zuckte er zusammen, ging dann in die Knie und strich über die Innenseiten meiner Oberschenkel in den dünnen Nylons.

Irgendwie schafften wir es bis ins Schlafzimmer und aufs Bett. Selbst bei der weichen Unterlage hatte Andy Schmerzen, die er nicht unterdrücken konnte. Dennoch lag er danach selig lächelnd neben mir.

»Andreas Rönn, wir bekommen ein Kind«, sagte ich endlich. Aber da schlief er schon tief und fest.

*

»Ist sich Hantzsche sicher, dass er mit Ronnie den Täter hat?«, fragte ich Dale, als wir am nächsten Morgen in seinem Auto, dem alten Fiesta, saßen und hinaus nach Plauen fuhren.

Es war ein trüber, kühler Tag, der erste richtige Herbsttag. In den frühen Morgenstunden hatte es zu regnen begonnen, sodass die herabgefallenen Blätter die Straße rutschig machten. Fußgänger hetzten mit hochgeschlagenem Kragen unter Regenschirmen daher, ein Fahrradfahrer kämpfte sich mit erstaunlicher Geschwindigkeit die Friedrich-Löffler-Straße hoch.

»Das macht ihn doch gerade zu einem so guten Cop, dass er sich nie sicher ist.« Dale wusste, wovon er sprach. Er hatte selbst in Trenton und Atlantic City insgesamt sieben Jahre als Polizist gearbeitet, und es waren nicht zuletzt die vielen schlechten Kollegen gewesen, die ihn hatten den Dienst quittieren lassen.

Oben auf dem Berg hielt Dale sich rechts, wir fuhren die Münchner Straße entlang. Links lag die Technische Universität.

»Wie war dein persönlicher Eindruck von Ronnie gestern? Du hast doch mit ihm gesprochen, oder?«

»Ja, sicher.« Dale machte eine unentschlossene Geste. »Bockig. Er war's nicht. Das rotzt er jedem entgegen, sonst aber kaum was. Er scheint nicht zu begreifen, wie ernst die Lage für ihn ist.«

»Was meinst du denn nun? War er es?« Ich hatte ihm bereits von meinen Zweifeln berichtet.

»Ich habe den Auftrag, seine Unschuld zu beweisen.« Mit

gerunzelter Stirn schaute er mich an. »Aber wenn du die Wahrheit wissen willst: Daran glauben tue ich nicht unbedingt.«

Nach einiger Zeit bogen wir links in die Passauer Straße ein; an deren Ende stand ein unscheinbarer, langgestreckter Zweckbau. ›VitalMed‹ las ich auf dem über der Tür angebrachten blau-grünen Schild. Dale fuhr auf den Parkplatz, der fast komplett belegt war. Er stellte die Zündung ab.

»Ist Andreas sehr sauer, dass er hier nicht mit dabei ist, nachdem er die Vorarbeit geleistet hat?«

»Es war klar, dass er in seinem Zustand nicht in Erscheinung treten kann«, wich ich aus.

Natürlich wurmte es Andy noch immer, dass ich Dale angeboten hatte, mitzukommen, wenngleich er beruhigt zu sein schien, dass ich einen Beschützer an meiner Seite hatte. Was ich mir für ihn ebenfalls wünschen würde. Ich hatte ihn gebeten, die Wohnung nicht zu verlassen, worauf er aber bestimmt nichts geben würde.

Wir stiegen aus und betraten das Gebäude. Ein Pförtner fragte, wohin wir wollten, und bat uns, einen Moment zu warten.

Der Moment zog sich, und wir standen unschlüssig in dem kleinen Eingangsbereich, in dem es weder Sitzgelegenheiten noch irgendetwas zu betrachten gab. An der Wand neben dem Pförtnerfenster befand sich eine moderne, digitale Stechuhr. In seiner Loge stand ein Schreibtisch, darauf ein aufgeschlagener Aktenordner und ein Telefon sowie die Zeitung, in der der Mann gelesen hatte, als wir hereinkamen. Dumpfer Maschinenlärm drang durch die Milchglastür an der Seite.

Dale wippte auf den Fußballen, als wolle er sich zum Joggen warm machen. In seiner abgewetzten Lederjacke, die Nylontasche mit der Kameraausstattung über der rechten Schulter, musste ihm jeder den Fotografen abnehmen.

Gerade als ich den Pförtner bitten wollte, ein weiteres Mal bei unserem Gesprächspartner anzuklingeln, öffnete sich die Tür, die Geräusche wurden lauter und ein schlanker Mann Ende 50 kam mit ausgestreckter Hand auf uns zu.

»Es tut mir leid, dass Sie warten mussten. Brueckner. Wir hatten telefoniert.«

Dr. Brueckner war der Geschäftsführer der ›VitalMed GmbH‹. Andy hatte, angeblich als Angestellter einer privaten Krankenversicherung, mit einem Herrn Arndt, eine Hierarchie-Ebene tiefer, gesprochen. Als ich anrief, hatte man mich sofort mit dem obersten Chef verbunden.

»Bertram. Das ist Herr Imhaus, der Fotograf.« Nach all den Jahren in Deutschland hörte man Dales Akzent nur noch so schwach, dass er als Deutscher durchgehen konnte. Matthias Imhaus war ein freier Fotograf, der ab und zu für die Zeitung arbeitete. Er würde nichts dagegen haben, Dale seinen Namen zu borgen.

Brueckner stutzte kurz, gab dann auch ihm die Hand. »Über Fotos hatten wir im Vorfeld nicht gesprochen, aber gut. Wir setzen eine hübsche junge Mitarbeiterin an eine Maschine, mein altes Gesicht wollen Ihre Leser bestimmt nicht sehen.«

»Sie stehen für das Unternehmen«, schmeichelte ich ihm.

Er winkte ab. »Gehen wir in mein Büro.«

Hinter der Tür führte eine schlichte Steintreppe hoch, die eigentlichen Fabrikationsräume bekamen wir noch immer nicht zu sehen. Im ersten Stock hielt Brueckner uns die Tür zu einem mittelgroßen Raum auf, wies auf die Ecke, in der vier Ledersessel um einen niedrigen Tisch gruppiert waren, fragte, ob wir etwas trinken wollten. Dale winkte ab, ich bat um ein Wasser, das der Chef über die Sprechanlage orderte, dazu einen Kaffee für sich selbst.

»Ich hatte mir eine solche Fabrik größer vorgestellt«, begann ich das Gespräch.

»Wir sind das klassische mittelständische Unternehmen«, lautete die Antwort. »53 Angestellte. Und wir sind, wenn ich das gleich zu Beginn sagen darf, sehr stolz darauf, unsere Position am Markt gegen viel größere Mitbewerber zu verteidigen. Nicht zuletzt durch die vertrauensvolle Zusammenarbeit mit dem Hyazinthus-Krankenhaus.«

Oha, da trat aber jemand die Flucht nach vorn an, dachte ich und kritzelte ein paar Worte auf meinen Notizblock, nickte aufmunternd.

Ich fragte nach der Geschichte der Firma, erfuhr, dass sie direkt nach der Wende von einem Heidelberger Labortechniker gegründet worden war – wegen der geringeren Löhne im Osten, so viel klang zwischen den Zeilen an –, dass zunächst ausschließlich Zahnprothesen gefertigt wurden und man seit sechs Jahren die komplette Produktpalette im Bereich der Prothetik anbiete.

»Es gibt heutzutage ein enormes Spektrum allein an Materialien. Goretex kennen Sie vermutlich aus dem Outdoor-Bereich?« Brueckner schaute Dale an, dem er wohl eher Gebirgswanderungen zutraute als mir in meinem Hosenanzug. »Es ist aber auch einer der hochwertigsten Stoffe, aus denen wir Prothesen herstellen können. Teflon-Membran …«

Das ließ er quasi in der Luft hängen, und ich fragte nicht nach, was es damit auf sich habe, sondern äußerte die Vermutung, dass die unterschiedlichen Materialien verantwortlich seien für die Preisunterschiede.

»Jein.« Der Geschäftsführer zögerte, schien ein wenig irritiert. »Natürlich kostet beispielsweise Kobalt-Chrom richtig Geld. Aber auch die Fabrikation ist unterschiedlich aufwendig. Das spiegelt sich natürlich in den Preisen, die ich erzielen muss, wider.« Er rührte in seiner Kaffeetasse ohne zu trinken.

»Würden Sie sagen, dass Sie sich auf hochwertige Gelenke spezialisiert haben?«

»Wie ich Ihnen schon sagte, bieten wir die gesamte Palette an. Neben Gelenkprothesen auch nach wie vor Zahnprothesen.«

Ich trank einen Schluck Wasser, Dale spielte mit seiner Kamera herum. Wie ein richtiger Fotograf saß er ruhig dabei, schien nur auf seinen Einsatz zu warten. Ich war jedoch sicher, dass er aufmerksam zuhörte und die kleinen Ungereimtheiten registrierte.

»Für das Hyazinthus-Krankenhaus fertigen Sie vorwiegend hochpreisige künstliche Gelenke?«, hakte ich nach.

Ja, dort lege man großen Wert auf Qualität, lautete die Antwort.

»Sie wissen aber bestimmt, dass einige Ihrer angeblich besonders guten Gelenke schon nach kurzer Zeit Schmerzen verursachten?«

Brueckner blieb ganz ruhig. »Wir hatten bei rund 100 Gelenken, die wir in den vergangenen Jahren an das Krankenhaus geliefert haben, bislang zwei Beschwerden. In einem Fall hatte die Patientin nach der Operation stark zugenommen, was eine Haftung unsererseits ausschließt, den anderen müsste man genauer untersuchen. Sollte ein Fehler unseres Hauses vorliegen, werden wir natürlich für eine Ersatzprothese aufkommen.« Er blickte mich entschlossen an. »Wenn Sie keine weiteren Fragen haben, würde ich Sie gern durch die Produktion führen.«

11. KAPITEL

»Er hat sich doch total widersprochen. Die ganze Produktpalette«, ahmte ich Brueckners Stimme nach, »aber für Hyazinthus nur die hochpreisigen Gelenke. Und das blöde Theater mit den Zahnprothesen!«

Ich redete mich in Rage, weil Dale gesagt hatte, er sähe nach dem Gespräch keinen Ansatzpunkt für weitere Ermittlungen gegen die Firma.

»Er war nicht vollkommen logisch, ja. Wenn das strafbar wäre, säßen aber viele Leute im Knast. Du selbst auch, das weißt du doch wohl.«

Wir standen in einer langen Schlange vor einer Ampel. Obwohl der Regen aufgehört hatte, sah nach wie vor alles grau und dunstig aus. Ein Tag wie im November. Scheußlich.

»Ha, ha. Vielleicht hätte ich doch lieber Andreas mitnehmen sollen.«

»Weil der ja auch immer so logisch ist? Du erinnerst mich übrigens gerade an ihn, so wie du dich verrennst.« Dale klang noch immer ruhig und überlegt.

»Ich verrenne mich überhaupt nicht, ich lasse mich bloß nicht für dumm verkaufen. Wieso, meinst du, wusste Brueckner von den Beschwerden? So detailliert?«

Wir rollten wenige Meter vor und kamen wieder zum Stehen.

»Das kam mir auch ein bisschen seltsam vor, das gebe ich zu, aber insgesamt ist es zu wenig.« Dale zog seine Zigarettenschachtel aus der Jackentasche. »Stört es dich?«

»Ich kotz dir bloß ins Auto, sonst nichts.« Danach musste ich selbst über meinen Schlechte-Laune-Anfall lachen. »Tut mir leid. Aber den Geruch ertrage ich zurzeit wirklich nicht.«

»Schon klar. Herzlichen Glückwunsch übrigens.« Er hatte die Zigaretten wieder eingesteckt. »Was hat Andreas gesagt?«

»Er weiß es noch immer nicht.«

»Irgendein spezieller Grund?« Dale blickte auf die Straße. Er hatte den Gang eingelegt. Bei der nächsten Grünphase würden wir es über die Kreuzung schaffen.

»Nein, es hat sich einfach nicht ergeben.«

»Schau mal.« Nach der Ampel ging es zügig voran. »Selbst wenn die ›VitalMed‹ gemeinsam mit dem Krankenhaus Patienten betrügt, wo ist das Mordmotiv?«

»Dass Heinz Wachowiak das in Erfahrung gebracht und damit gedroht hat, an die Öffentlichkeit zu gehen«, sagte ich. »Er war schließlich bei uns und keiner weiß, was er wollte.«

»Eben. Er war schon Tage vorher bei euch. Das passt nicht, Kirsten.«

Die bunten Regenschirme auf den Bürgersteigen waren die einzigen Farbtupfer in dem verhangenen Licht.

»Aber er hat uns nicht erreicht. Es war also noch rechtzeitig genug, ihn zum Schweigen zu bringen«, beharrte ich.

Dale blieb skeptisch. »Was hat denn diese Frau Gärtner gesagt, wie Herr Wachowiak auf die Idee gekommen ist, dass sie ihr ein minderwertiges Gelenk eingesetzt haben?«

Es fiel mir nicht ein. Hatte sie dazu etwas gesagt? Verdammt, waren das Gedächtnisaussetzer? Möglichst cool zuckte ich die Achseln. »Muss ich noch mal nachfragen. Ich geb dir dann Bescheid.«

*

Dank des frühen Termins war ich wieder nicht bei der Konferenz gewesen, nun traf ich direkt im Flur auf Martin, der am Kopierer stand und mich in Andys Büro bat.

»Kirsten, ich will weiß Gott nicht den Chef rauskehren, aber du musst dich ein bisschen mehr um unsere Abläufe kümmern.«

»Was ist denn mit dir los? Ich schreib ein Firmenporträt über den Laden, bei dem ich gerade war. Und ansonsten sind wir doch bis auf Andreas wieder voll besetzt!«

Martin war die Situation sichtlich unangenehm. Ich hätte ausrasten können. Hackten heute alle auf mir herum?

»Es darf einfach nicht so aussehen, als wenn du irgendwelche Privilegien hast«, erklärte er unglücklich.

»Warte mal!« Ich stützte meine Arme auf den Schreibtisch und starrte ihn an. »Für wen könnte es denn so aussehen? Wer hat sich beschwert?«

Martin schüttelte den Kopf. »Niemand. Kirsten, mach bitte aus einer Mücke keinen Elefanten. Deine Termine liegen auf der Tastatur, ansonsten …«

Ich war schon aus dem Büro heraus, geradewegs in den Redaktionsraum hinein, auf den Platz zu, den Jonas Michaelis einnahm.

»Haben Sie Probleme mit mir, ja?« Der junge Mann blickte irritiert von seinen Notizen auf. »Ich habe schon journalistisch gearbeitet, da haben Sie noch in die Windeln geschissen! Und solche Arbeit kann man nicht daran messen, ob jemand seinen Platz am Newsdesk«, ich drehte meine Stimme in absurde Höhen, »pünktlich einnimmt. Das hat was mit Instinkt zu tun, wissen Sie? Also, wenn Sie sich über mich beschweren wollen: nur zu. Das stört mich ungefähr so viel wie eine Fliege an der Wand.« Ich spürte, wie mir die Wut ausging, zumal Herr Michaelis komplett ruhig blieb. Wie immer sah er perfekt gestylt aus, glatt rasiert und mit einem legeren Hemd angetan, die Haare modisch verweht.

»Da haben Sie wohl etwas missverstanden«, meinte er höflich. »Ich habe lediglich gesagt, dass ich nach wie vor meine Thesis schreiben möchte und das Thema jetzt so fassen werde, dass es die Arbeit in der Lokalredaktion einschließt. Da würde ich Ihre Erfahrungen gerne einfließen lassen. Sie und Andreas sind schließlich Journalisten, wie man sie sich vorstellt.«

Machte er sich über mich lustig? »Sie meinen Dinosaurier, Auslaufmodelle?«

»Keineswegs.«

Zum Glück klingelte in diesem Moment sein Telefon.

»Bevor Sie irgendetwas über mich schreiben, bekomme ich jedes Wort zu sehen, das ist ja wohl klar!«, raunzte ich, dann trat ich den Rückzug an meinen Platz an.

*

Martin hatte mir für den Nachmittag etliche Termine zugeteilt, über zwei Stunden konnte ich jedoch noch frei verfügen. Ich nahm meine Notizen, begann das Firmenporträt der ›VitalMed‹ zu schreiben, brach wieder ab.

Da war etwas faul, war ich mir sicher, auch wenn ich keine Ahnung hatte, was. Ich rief bei uns zu Hause an und war erleichtert, als Andy sich nach dem zweiten Klingeln meldete. Im Hintergrund hörte ich Johnny Cash.

»Hi, du Vorzeigejournalist, was machen die im Dienst der Aufklärung lädierten Rippen?« Ich hatte meinen Stuhl so weit herumgedreht, dass ich Jonas Michaelis sehen konnte und in seine Richtung sprach. Er war in Unterlagen vertieft und reagierte nicht. Ich schwenkte wieder zurück.

»Wollen sehr aufrecht gehalten werden. Ich glaube, ich habe noch nie so gerade am Schreibtisch gesessen. Was ist bei dem Unternehmen rausgekommen?«

»Reichlich wenig.« Ich berichtete und versuchte, die Ungereimtheiten deutlich zu machen. Andreas verstand, was ich meinte. Aber er war ja genauso unlogisch wie ich. Wahrscheinlich würde unser Kind ein launenhaftes, unberechenbares Wesen sein, nicht in der Lage, strukturiert zu denken.

»Seit wann gibt's die Firma?«

»1990.«

Er gab einen unzufriedenen Laut von sich.

»Worauf willst du hinaus?«

»Valerie Ehrhardt hat vor sechs Jahren ihren Dienst als Chefärztin angetreten. Das hab ich aus den Artikeln auf deinem Stick. Ich dachte, es gibt vielleicht eine Übereinstimmung.«

»Doch, die gibt es. Warte.« Ich schlug eine Seite in meinem Notizblock um. »Seit sechs Jahren fertigt ›VitalMed‹ auch künstliche Gelenke, vorher nur Zahnprothesen.«

»Ha, also doch!« Ich hörte, wie Andy aufstand und ins Wohnzimmer ging. Die tiefschwarze Version von ›Bridge over troubled Water‹ wurde lauter, erstarb dann. »Im Archiv findet sich übrigens nichts zu der Firma. Ich hab heute Morgen als Erstes einen Auftrag abgegeben. Sylvia Nordheim vermisst dich, schöne Grüße.«

Die Ärmste. Ich hoffte, ihre kranken Kollegen waren zurück in der Abteilung. Andreas' Schritte führten ihn in die Küche, zur Kaffeemaschine.

»Frau Dr. Ehrhard kommt aus Berlin«, sagte er nach einem hörbaren Schluck. »Zumindest hat sie dort studiert und gearbeitet, bevor sie herkam. Passt das etwa auch?«

»Der Firmengründer stammte aus Heidelberg, über den Brueckner weiß ich nichts. Aus dem Osten ist er nicht, würde ich sagen. Und Berlin höchstens gestreift. Nicht annähernd so lange wie du.« Andy hatte sieben Jahre in der heutigen Hauptstadt gelebt und noch immer eine leichte Färbung in der Stimme.

»Vorname?«

»Ulrich.«

»Ich schau mal, ob ich irgendetwas rausbekomme. Außerdem gibt es noch diesen Herrn Arndt …« Leise drang das Klicken der Tastatur durch den Telefonhörer. »Hast du sonstige Namen?«

Ich verneinte. »Du arbeitest aber nur von zu Hause aus, ja?«

»Großes Indianerehrenwort: Ich beweg mich nur im Datennetz, wenn mir auch etwas reale Bewegung guttun würde. Bekomme ich die Erlaubnis, für ein schönes Abendessen einzukaufen?«

Ich spürte, wie sich meine Mundwinkel nach oben zogen. »Ungern. Außerdem diniere ich heute Abend bei den ›Alten Meistern‹. Die Dresden-Touristik stellt ihr neues Vermarktungskonzept vor.«

Andy gab ein unwilliges Geräusch von sich.

»Eigentlich ging die Einladung an dich, klar. Martin wollte mir wohl was Gutes tun – und ich vermute, er macht Diät.« Ich musste lachen, als ich Sandras Blick auffing, die anscheinend zugehört hatte. »Was?«

»Mach das nicht. Sag Martin, er soll gehen.«

»Ich werde doch nicht seine Versuche, abzunehmen, sabotieren.« Sandra schaute weg.

»Kirsten, ich meine es ernst. Du sollst nicht abends allein durch Dresden laufen.«

»Der Termin ist um sieben. Da ist doch noch alles voller Menschen.«

»Und danach?«

Ich antwortete nicht. Andy hatte es geschafft, mich mit seiner Angst anzustecken. Bis gerade eben war ich überhaupt nicht auf die Idee gekommen, dass ein früher Abendtermin mitten in der historischen Altstadt eine Gefahr bedeuten könnte, nun stellte ich mir vor, wie der Theaterplatz nach dem Essen aussehen würde. Ziemlich leer.

»Ich gehe selbst«, sagte Andreas mit belegter Stimme.

»Tust du nicht. Ich nehme mir für den Rückweg ein Taxi.«

Noch immer wehrte ich mich gegen den Gedanken, dass diese Nazis unseren Alltag bestimmten, aber sie taten es ganz offensichtlich.

Andy wollte das partout nicht akzeptieren, ich blieb jedoch hartnäckig. Immerhin war ich körperlich fit und konnte deshalb im Zweifelsfall mit einer gefährlichen Situation besser umgehen als er, dachte ich. Laut versuchte ich, das Ganze ins Lächerliche zu ziehen, erinnerte ihn an seine eigenen Diätbemühungen und kappte schließlich das Gespräch. Direkt danach versuchte ich, Frau Gärtner zu erreichen, hatte aber kein Glück.

Ich machte mich wieder an meine Arbeit, probierte diverse Anspielungen auf die zeitliche Übereinstimmung aus, schrieb schließlich ganz schlicht, dass ›die »VitalMed GmbH« seit dem Antritt Frau Dr. Valerie Ehrhards als Chefärztin der Hyazinthus-Orthopädie auch künstliche Gelenke fertigt und seitdem mit dem Krankenhaus besonders gut zusammenarbeitet.‹

*

Der Termin zog sich. Um halb acht begann die Dresden-Touristik nach einem Begrüßungstrunk mit der Multimedia-Präsentation des Vermarktungskonzepts, das vor allem junge Leute in die Stadt holen sollte und fast eine Stunde dauerte.

Danach wollte ich Andreas anrufen, um ihm zu sagen, dass er sich keine Sorgen machen brauche, wenn es später würde. Es klingelte allerdings nur einmal, dann erstarb mein Handy. Verdammt! Bevor ich losgegangen war, hatte ich mich extra vergewissert, dass der Akku geladen war. Zwei Striche hatte das Gerät angezeigt. Und nun das.

Meine Kollegen waren schon sämtlich aus dem kleinen Konferenzraum in das Restaurant gewechselt, wo ein herrlich gedeckter Tisch wartete. Jetzt jemanden zu bitten, mir sein Handy zu leihen oder an der Theke nach dem Telefon zu fragen, wäre sehr unhöflich gewesen, zumal mir der Gastgeber, der Chef der Dresden-Touristik, entgegenkam und mich persönlich an die Tafel führte.

Es würde schon nicht allzu spät werden. Ich setzte mich und las das kleine Kärtchen neben meinem Teller, auf dem ein Drei-Gänge-Menü angekündigt wurde, dessen Beschreibung mir das Wasser im Mund zusammenlaufen und mich meine Bedenken vergessen ließ. Andreas kannte diese Termine schließlich. Er würde sich denken, dass die Präsentation lange gedauert hatte.

Es war bereits nach neun, als die Hauptspeise, Lammkarree mit Feigenkruste, aufgetragen wurde. Der Chef der Touristik hielt mich intensiv in ein Gespräch verwickelt. Endlich wandte er sich meinem Sitznachbarn zu, kurz darauf wurden die Teller abgeräumt und ich bat, man möge mir ein Taxi bestellen. Falls es kam, bevor ich den Crêpe mit Apfelschaum essen konnte, würde ich mich zwar ärgern, aber ich war sicher, dass Andy mittlerweile wirklich nervös auf meine Rückkehr wartete.

Ich konnte jedoch in Ruhe mein Dessert genießen. Auch als etliche aus der Runde einen abschließenden Espresso tranken, andere schon aufbrachen, war noch kein Taxi erschienen. Doch, sie habe angerufen, beteuerte die Bedienung und erbot sich, noch einmal nachzufragen.

Als die letzten Gäste unserer Gesellschaft die ›Alten Meister‹ verließen, schloss ich mich ihnen an. Es konnte ja nicht mehr lange dauern. Ich ging ein paar Meter nach vorn, aus dem idyllischen Vorhof des Restaurants heraus, auf den Weg, der an der Sempergalerie mit den nicht-kulinarischen Alten Meistern entlangführte. Der Wagen würde in die kleine Straße einbiegen, die hinter Grünflächen und einem Springbrunnen an der Seite des Theaterplatzes lag.

Die große, an eine italienische Piazza erinnernde Fläche inmitten des touristischen Zentrums lag menschenleer da. Im gelblichen Schein der nostalgischen Straßenlampen schimmerte das Kopfsteinpflaster. Anscheinend hatte es heute keine Aufführung in der Semperoper gegeben und das feucht-kühle Wetter hielt Bummler fern. Ab und an rollte ein Auto über die Augustusbrücke und die Sophienstraße, sonst war kein Geräusch zu hören. Wieder setzte leichter Nieselregen ein. Ich schlug den Kragen meines Trenchcoats hoch. Wenn ich einfach zügig loslief, über den Platz und die Brücke auf die Neustädter Seite, dann durch die Hauptstraße, über den Albertplatz und die Alaunstraße, war ich in 20 Minuten zu Hause.

Schon war ich zwischen zwei Rasenstücken bis an das Sträßchen gegangen, als mir zwei Gestalten an dem Denkmal des sächsischen Königs, dessen Namen ich immer wieder vergaß, auffielen. Sie trugen dunkle Kleidung, wodurch sie im Schatten des hohen Sockels kaum auszumachen waren; ich hatte jedoch den Eindruck, dass sie mich beobachteten.

Mit lautem Rumpeln fuhr eine Straßenbahn die Haltestelle an der Hofkirche an. Würde ich sie erreichen, wenn ich rannte? Nein, das war nicht zu schaffen. Während ich noch hinüberstarrte, setzte sie sich bereits wieder in Bewegung. Als ich zurück zum Denkmal blickte, sah ich, dass die beiden Personen sich auf mich zubewegten. Es waren zwei Männer, das erkannte ich jetzt. Ohne nachzudenken, drehte ich mich um und lief los, zurück auf den Weg. Ich schaute nach links zum Schloss und mein Magen krampfte sich zusammen, als ich von dort einen weiteren jungen Mann herankommen sah – auch er tiefschwarz gekleidet, ich meinte, eine Bomberjacke zu erkennen. Der einzige Ausweg war der große Bogeneingang in den Zwinger. Ich stürzte hindurch, die Treppen hinunter und fand mich in der riesigen, prachtvollen Barockanlage wieder.

Aber hier würden sie mich sofort sehen. Die symmetrischen Wege und Rasenflächen, die die Springbrunnen einfassten, alles großzügig und ohne Mauern oder Hecken im sanften Licht daliegend, kamen einer Bühne gleich. Ich wich zurück bis an die Rasenböschung an der rückwärtigen Mauer der Sempergalerie und rannte an ihr entlang. Als ich eine Ecke erreicht hatte, blickte ich mich kurz um und sah die beiden Männer in der Mitte der Anlage stehen. Plötzlich wurde mir bewusst, dass mein beigefarbener Mantel wie ein Leuchtsignal wirken musste. Ein Wunder, dass sie mich noch nicht bemerkt hatten. Ich riss an den Knöpfen, zwei flogen mit leisem Geräusch zu Boden, zerrte den Trenchcoat vom Körper und knüllte ihn mit dem dunklen Futter nach außen so klein wie möglich zusammen. Sofort drang die feucht-kalte Nachtluft durch den Baumwollstoff meines Hosenanzugs, ließ den Schweiß, der mir in den letzten Minuten über den Rücken gelaufen war, eisig werden.

Ich musste aus dieser Ecke heraus. Zurück konnte ich nicht, das Tor, durch das ich gekommen war, war hell beleuchtet. Ich holte tief Luft und rannte schnell und gebückt an dem seitlichen Pavillon mit seiner ausladenden, halbrunden Treppenausbuchtung entlang. An der nächsten Ecke stolperte ich die drei flachen Stufen hinauf, drängte mich ganz nah an die Mauer und versuchte, meinen Atem unter Kontrolle zu bekommen. Die beiden Männer waren nah, keine zehn Meter entfernt, sie bewegten sich in Kreisen, taxierten das Geviert. Anscheinend hatten sie gerade etwas am Eingangstor entdeckt. Beide blickten in die Richtung.

Ich nutzte die Gelegenheit und lief weiter, in den großen Halbkreis hinein, der Seite zum Zwingerteich zu. Dort führte eine Treppe hoch auf die zweite Ebene, und ich meinte mich zu erinnern, dass man vom Nymphenbad aus wieder hinunter auf den Theaterplatz gelangte.

Keuchend vor Anstrengung, rannte ich oben auf dem knirschenden Schotter nach rechts, vorbei an der Balustrade der großartigen Brunnenanlage, ins Dunkle hinein, wo ich den Ausweg vermutete, und stand vor einem verschlossenen Tor. Fast hätte ich aufgeschrien, dann drehte ich mich schnell um. Ich hatte keine Zeit zu verlieren.

Ich hastete den Weg zurück, den ich gekommen war, verlangsamte meine Schritte an der Treppe, blickte vorsichtig hinunter, lief weiter. Am Eckgebäude presste ich mich an die Mauer und schaute in das offene Geviert, suchte die beiden Männer. Vergeblich. Vorsichtig machte ich einen Schritt nach vorn, um einen größeren Blickwinkel zu haben. Nun war ich nur noch durch die durchbrochene Balustrade verborgen. Aber die beiden waren nirgendwo zu sehen. Natürlich konnten sie sich in den Schutz einer Mauer begeben haben, die Zeit, die Hunderte von Metern mit den Augen abzusuchen, wollte ich mir jedoch nicht nehmen. Wieder lief ich los. Es war ewig her, dass ich auf dieser oberen Ebene des Zwingers gewesen war, ich glaubte jedoch, dass an der nächsten Ecke, an dem Mathematisch-Physikalischen Salon, wieder eine Treppe lag, und man dann relativ schnell das Kronentor und die Brücke über den Zwingerteich erreichte.

Eine freie Fläche kündigte das naturwissenschaftliche Museum an. Fenster glänzten im schwachen Licht, und da war die Treppe. Versperrt mit einer Kette, die ich überstieg. Ich stolperte die Stufen nach unten und stand vor der verriegelten Eingangstür in die Ausstellung. Rechts ging es tief hinab in den Zwingerteich, von wo ich eine Ente quaken hörte. Waren sie dort? Ich stürzte die Treppen wieder hoch.

Gigantisch ragte das Kronentor auf, wirkte gespenstisch in dem Herbsthimmel, an dem der satte, volle Mond hinter Wolken hervorlugte und mit seinem Licht die Szenerie zusätzlich beleuchtete. Plötzlich hörte ich von hinten ein Keuchen. Ich rannte, so schnell ich konnte. Unter der großen Kuppel war eine kreisrunde Auslassung im Boden, der

Blick über das Geländer offenbarte das prachtvolle Innere des Eingangstores. Da unten käme ich heraus. Aber es führte kein Weg dort hin, gab keine Möglichkeit, den Abstand zu überwinden, nichts, woran ich hätte herabklettern können.

Weiter. Rechts sah man jetzt auf den großen, freien Postplatz, geradeaus war schon das nächste Eckgebäude. Wieder ein Keuchen von hinten, fast erstickt diesmal. Ein modernes, quadratisches Glasdach wölbte sich hinter der Ecke aus dem Boden heraus. Ich lief auf das nächste Museum zu, die Porzellansammlung. Hier musste es nach unten gehen.

Nein, hier ging gar nichts. Ich stand wieder vor einer geschlossenen Eingangstür, und nun blieb keinerlei Weg mehr als der zurück. Der Pavillon des Museums nahm die gesamte Breite der Anlage ein, links und rechts ging es steil in die Tiefe – links in den Zwinger, rechts auf die Sophienstraße. Verdammt! Zitternd vor Angst, Wut und Erschöpfung ließ ich mich an einer Sandsteinsäule hinabsinken auf den kalten Boden, starrte in die Richtung, aus der ich gekommen war. Zumindest im Moment schien alles menschenleer. Was sollte ich tun, wenn sie auf mich zukamen? Die steinernen Figuren auf der Balustrade schienen mich zu verhöhnen.

Ich wusste nicht, wie lange ich dort gesessen hatte. Irgendwann bemerkte ich, dass meine Zähne vor Kälte klapperten, obwohl ich den Trenchcoat über mich gebreitet hatte, das Futter nach außen, als wenn mir das noch etwas helfen könnte. Mit unendlich steifen Gliedern stand ich auf, blickte hinunter auf die Straße. Ein Auto raste gerade hindurch, der Lärm hallte vielfach verstärkt nach. Keine Chance. Selbst wenn dort unten Passanten auftauchten, könnte ich sie kaum auf mich aufmerksam machen. Zumindest würde mich jeder, der sich hier oben befand, deutlich besser hören und wäre schneller bei mir. Es gab keinen anderen Weg, als vorsichtig zurückzuschleichen, in der Hoffnung, dass die Verfolger aufgegeben hatten.

Ich lief bis zu dem gläsernen Quader zurück, bückte mich dort und hielt in seinem Schutz auf das Eckgebäude zu, blieb wie angewurzelt stehen. Da war etwas, direkt vor mir an der Wand. Eine Sekunde später vergaß ich jede Vorsicht, stürzte los.

»Andy!«

Er lehnte an einer Säule, die Beine zitternd, der Oberkörper unnatürlich gestreckt und versuchte, etwas zu sagen, brach ab, deutete mit einer schwachen Bewegung der offenen linken Hand auf seinen Mund, seine Nase, nach unten auf die Rippen. Offenbar bekam er keine Luft. Das also war das Keuchen gewesen.

Ohne dass ich es zuerst auch nur merkte, liefen mir Tränen über die Wangen. Ich tastete in Andreas' Jackentaschen nach seinem Handy, seufzte erleichtert auf, als ich es fand, und rief den Rettungsdienst an. Dann streichelte ich sein Gesicht und beschwor ihn, Ruhe zu bewahren, blieb ganz dicht bei ihm stehen und lauschte auf die gequälten, flachen und unregelmäßigen Atemzüge. Wäre einer der Schläger erschienen, ich wusste nicht, was ich getan hätte. Vielleicht hätte ich mich auf ihn gestürzt und ihn über die Balustrade geworfen oder aber ich wäre komplett zusammengebrochen.

Endlich hörte ich die Sirene des Krankenwagens.

12. KAPITEL

Sie bringen uns ins Hyazinthus-Krankenhaus, dachte ich, während wir auf der Ostra-Allee dahinrasten, und war unfähig, mir darüber klarzuwerden, ob ich das verhindern sollte. Andy lag auf der Trage des Rettungswagens, den Oberkörper leicht aufgerichtet, eine Beatmungsmaske vor dem Gesicht. Ich saß neben ihm und hielt seine Hand, strich immer wieder darüber und versuchte so, auch mich selbst zu beruhigen. Der Notarzt hatte, nachdem ich von den drei gebrochenen Rippen berichtet hatte, den Kopf geschüttelt und Andreas eine Spritze gegeben. Ich tippte auf ein Schmerzmittel. Mir war im Auto eine Decke gereicht worden, da ich noch immer zitterte.

Was war passiert? Hatten die Schläger Andy angefallen und waren danach abgehauen? Auf dem Weg zurück war niemand mehr zu sehen gewesen. Wieso war er überhaupt dorthin gekommen? Ich suchte seinen Blick über dem weißen Trichter, aber er hielt die Augen geschlossen, schien weggedämmert zu sein. Ich musste unbedingt die Kripo informieren.

Bahnhof Mitte, Weißeritzstraße, Friedrichstraße, Klinikgelände, Notaufnahme.

Déjà-vu, ich fühlte mich wie in einem Film, und das half mir wahrscheinlich, nicht durchzudrehen.

»Rippenfraktur, vermutlich Serie«, sagte der Notarzt. »Verdacht auf Pneumothorax. War Patient hier, wenn ich das richtig verstanden habe.«

Fragende Blicke auf mich, ich nickte, nannte Andreas' Namen und die Fakten, während Andy auf eine andere Trage gehoben wurde und zwei Pfleger mit ihm verschwanden.

»Wo bringen Sie ihn hin?« Unvermittelt schossen mir wieder die Tränen in die Augen.

»Zum Röntgen. Wir müssen wissen, ob die Lunge verletzt ist«, sagte eine Krankenschwester. »Nehmen Sie doch hier Platz.« Sie wies auf eine Reihe schwarzer Freischwinger und verschwand.

Ich konzentrierte mich darauf, mit dem Weinen aufzuhören, registrierte irgendwann, dass ich noch immer in die Decke aus dem Rettungswagen gehüllt und mir trotzdem kalt war. Die Lunge verletzt. Durchbohrt von einer der Rippen? Was konnte das bedeuten? Ich knetete die Deckenzipfel mit beiden Händen, versuchte, an etwas anderes zu denken. Ich musste die Polizei anrufen. Diese jungen Männer …

»Frau Rönn?« Ich sprang auf. »Nein, Bertram. Aber ich bin … was ist mit Herrn Rönn?«

Vor mir stand ein kleiner Mann Anfang 60 mit schütterem Haar. »Dr. Stricker.« Er musterte mich aufmerksam. »Was ist mit Ihnen? Sind Sie schon untersucht worden?«

»Ich habe nichts, ich friere bloß ein wenig. Herr Rönn, bitte …« Meine Stimme war ganz schwach geworden.

»Die Lunge ist leicht verletzt. Wir müssen eine Dränage legen, damit die eingedrungene Luft aus dem Brustkorb entweichen kann. Wir bereiten gerade alles dafür vor. Zum Glück haben wir ja die Patientenakte hier – keine Allergien, soweit ich sehen kann.« Er blickte auf einen Bogen Papier in seiner Hand.

Mir wurde schwindlig und ich spürte, wie meine Hände sich um die Decke krampften. »Was heißt das?«

»Keine Angst. Wir behalten ihn so lange wie nötig auf der Intensivstation.«

Was war das für eine Antwort?

»Aber Sie gefallen mir überhaupt nicht. Was ist denn passiert?« Endlich meinte ich, echte Anteilnahme in seiner Stimme zu hören, nicht bloß professionelle Pflichterfüllung. »Gehen Sie doch mal bitte dort durch die Tür und in den Untersuchungsraum 3. Ich möchte Sie mir gerne ansehen.«

»Aber …«

Er schob mich sanft in das Zimmer, wo ich mich auf eine Untersuchungsliege setzte, die Decke wie einen Poncho um mich gewickelt. Ich hatte keinerlei Zeitgefühl mehr und erschrak, als ich auf meine Armbanduhr blickte: Es war kurz vor Mitternacht. Jetzt würde ich niemanden bei der Kripo erreichen. Vielleicht stand Hantzsches Privatnummer im Telefonbuch, aber selbst wenn: Was könnte er tun, mitten in der Nacht?

Endlich kam Dr. Stricker herein, teilte mir mit, dass er Andreas eine Dränage gelegt hätte und er auf dem Weg zur Intensivstation sei, maß dann bei mir Blutdruck und Temperatur, kontrollierte Puls und Reflexe.

»Sie haben einen leichten Schock und sind stark unterkühlt. Ich würde Sie gerne ebenfalls über Nacht hierbehalten, nur zur Sicherheit.«

Meine Gedanken fuhren Achterbahn. Ja, ich wollte nah bei Andy sein, aber solch eine übertriebene Fürsorge mir gegenüber? Was steckte dahinter? Wusste der Arzt von unserem Verdacht gegen die Klinik? War Andy hier überhaupt in Sicherheit? Es war in diesem Haus gewesen, dass zwei Schläger ihn von der Station geholt hatten …

»… ein leichtes Beruhigungsmittel.« Dr. Stricker hielt eine Spritze in der Hand.

»Nein!« Ich klang schrill. »Nein, ich bin schwanger, bitte nicht.«

»Gut, der Wirkstoff ist zwar zulässig bei Schwangerschaften, aber wenn Sie nicht wollen … Dann bringt die Schwester Sie auf die Station.«

*

Ob das die richtige Entscheidung gewesen war? Ich landete in einem Dreibettzimmer zwischen einer schnarchenden, alten Frau und einer leise vor sich hinschluchzenden jüngeren. In einem Krankenhaushemdchen lag ich zitternd unter zwei Decken, die Beine hochgelagert. Es dauerte Ewigkeiten, bis mir warm wurde, und ich dachte die ganze Zeit an Andreas auf der Intensivstation. Am liebsten wäre ich direkt wieder aufgestanden und hätte ihn gesucht.

Als im Morgengrauen eine Krankenschwester zum Fiebermessen kam, hatte ich das Gefühl, gerade erst eingeschlafen zu sein. Meine Temperatur war normal, ebenso der Puls. Dankbar stieg ich aus dem Bett, wusch mich in dem angrenzenden Bad und zog die schmutzigen Sachen von der vergangenen Nacht an. Auf dem Flur war niemand zu sehen und ich beeilte mich, die Station zu verlassen.

Vor der Intensivstation musste ich eine Weile warten, bis jemand auf mein Klingeln reagierte. Endlich erschien eine Schwester, die genauso übernächtigt aussah wie ich, fragte, zu wem ich wolle. Vorsichtshalber gab ich mich als Andreas' Ehefrau aus, da ich nicht wusste, ob es Probleme geben würde, wenn ich von meinem Lebensgefährten sprach. Sie öffnete eine Seitentür, wies auf die grüne Schutzkleidung, die dort hing, und bat mich, auch eine Mundmaske anzulegen.

Durch eine Schleuse betrat ich endlich einen großen Raum, dessen gekachelte Wände mich an eine Metzgerei denken ließen. Einzelne Betten standen in reichlichem Abstand zueinander, jeweils mit etlichen Apparaturen ringsherum.

Andy fand ich wieder in halb sitzender Position vor, in seine linke Hand mündete ein Schlauch aus einem Tropf, unter der Decke sah ich auf der rechten Seite einen zweiten hervorkommen und in einen Plastikbehälter an der Seite des Bettes führen. Das musste die Lungendränage sein. Der Verband über der Wange war erneuert worden und glänzte in frischem Weiß, seine Gesichtshaut sah durchsichtig und wächsern aus. Die Augen waren geschlossen, er machte gleichmäßige, anscheinend schmerzlose Atemzüge.

Ich ging um das Bett herum auf die linke Seite und strich ihm übers Haar. Er reagierte nicht. Erst, als ich ihn ansprach, öffnete er langsam die Augen; er schien gegen tiefen Schlaf anzukämpfen. Es dauerte, bis er realisierte, dass ich neben ihm stand, endlich spielte sich ein kleines Lächeln auf seinen Mund.

»Schmerz- und Beruhigungsmittel«, informierte mich die Schwester.

Andy versuchte, etwas zu sagen, ich beugte mich über ihn.

»… musst weg«, verstand ich. »Nicht allein …«

»Ich lass dich nicht allein«, sagte ich.

Er riss die Augen auf, schien alle Kraft zusammenzunehmen: »Du«, kam laut und deutlich heraus, er machte eine lange Pause. »Brauchst Schutz.« Das war zwar leiser gewesen, aber noch immer verständlich. Er ließ die Lider wieder sinken.

»Ja«, versicherte ich ihm. »Ich pass auf.«

Eine kaum sichtbare, aber deutlich unwillige Kopfbewegung war die Antwort. Ich spürte, dass die Krankenschwester neben mir kurz davor war, mich hinauszuschicken.

»Ich gehe zu Hantzsche und mache, was er für richtig hält.« Das endlich schien Andy zu beruhigen und damit auch die Schwester, die mich noch ein wenig an seinem Bett sitzen ließ. Ich streichelte seine Wange, bis er wieder tief und gleichmäßig atmete, während ich selbst kurz vorm Losheulen war.

»Ist er außer Gefahr?«, fragte ich draußen die Schwester, die mit einer schwachen Bewegung die Schultern hob.

»Das müssen Sie Dr. Stricker fragen.«

Zum Glück hatte der mittlerweile auch sehr müde aussehende Arzt für mich Zeit. Er saß in einem kleinen Büro, vor sich einen Stapel Papier, und brauchte einige Sekunden, bis er mich wiedererkannte.

»Sie sehen besser aus«, stellte er dann fest. »Hat Sie oben schon jemand untersucht?«

Ich gab zu, dass ich die Station direkt nach dem Fiebermessen verlassen hatte.

Der Arzt seufzte gequält auf. »Sie passen gut zu Ihrem Mann. Das hier ist kein Hotel. Sie sind gestern Nacht nach meinem Befund eingewiesen worden, und Sie müssen noch einmal untersucht werden, bevor wir Sie wieder gehen lassen.«

»Sie haben gesagt, ich sehe besser aus, Temperatur und Puls waren okay, damit haben wir das doch, oder?«

Er verzog das Gesicht, zuckte dann mit einer Schulter. »Meinetwegen. Aber Sie sagten, dass Sie schwanger sind«, fragend blickte er mich an. Ich nickte. »Dann gehen Sie um Himmels willen zu Ihrem Frauenarzt, damit Sie von der Seite her Sicherheit haben.«

Ich bemühte mich, mein Erschrecken nicht zu zeigen, fragte stattdessen nach Andreas.

»So weit stabil«, sagte Dr. Stricker knapp. »Wissen Sie, dass ihm gesagt worden ist, dass er sich mit dieser Rippenserienfraktur unbedingt schonen muss – wenn er schon vorzeitig entlassen wird? Und er veranstaltet Verfolgungsjagden durch den Zwinger. Also da fragt man sich als Arzt schon manchmal, warum man eigentlich seine Arbeit macht!«

Er hatte die Stimme erhoben und ich konnte es ihm nicht verdenken. Vergeblich suchte ich nach Argumenten zu Andys Verteidigung, mir fiel allerdings nichts ein, was ich sagen konnte, ohne eine unendliche Geschichte zu erzählen. Der Arzt sah mich prüfend an, fuhr dann fort.

»Der Eingriff ist gut verlaufen, jetzt braucht er vor allem Ruhe. Und zwar auch, wenn wir die Dränage ziehen. Er muss unbedingt hierbleiben, bis die Rippenfraktur so weit ausgeheilt ist, dass keine Gefahr mehr besteht.«

Ich nickte. Und wenn ich Andy persönlich im Krankenhausbett anketten musste, er würde sich nicht wieder selbst entlassen. Andererseits: Sollte er wirklich hier, im Hyazinthus, bleiben? Vielleicht sollte ich ihn in eine andere Klinik bringen lassen.

Von der Intensivstation würde er aller Voraussicht nach bereits heute auf eine normale Station verlegt, so Dr. Stricker. »Machen Sie sich nicht zu große Sorgen.« Nun klang er geradezu väterlich. »Das Schlimmste hat er überstanden.«

*

Es war kalt und noch immer nicht richtig hell, als ich aus dem Gebäude trat. Ich beschloss, mir ein Taxi nach Hause zu gönnen, wo ich in Ruhe darüber nachdenken wollte, was ich tun konnte. Ich war also definitiv die nächsten Tage, vielleicht sogar Wochen, auf mich allein gestellt. Und irgendwo da draußen liefen Nazis herum, die mich auch gerne im Krankenhaus sehen würden.

Aber ich konnte doch nicht vor ihnen davonlaufen, dachte ich, während ich die Stufen zu unserer Wohnung hochstieg. Auf dem Treppenabsatz schaute ich auf und hätte fast laut aufgeschrien. ›Verreckt‹ stand quer über unsere Tür und die angrenzende Wand gesprüht – die gleichen Schriftzeichen wie am Verlagsgebäude. Mit zitternden Händen schloss ich auf, wobei ich den Kopf zur Seite wandte, um die Botschaft nicht sehen zu müssen, flüchtete hinein.

Sie waren bis vor die Wohnung gekommen. Fast fühlte ich mich, als wären sie jetzt hier, verhöhnten mich in meiner scheinbaren Sicherheit. Ich holte tief Luft und blickte in alle Räume, drehte einen tropfenden Hahn im Bad zu, ließ mich schließlich im Arbeitszimmer auf meinen Schreibtischstuhl sinken und starrte ins Nichts. Endlich rief ich auf dem Polizeipräsidium an und fragte nach Herrn Clausnitzer. Der habe erst in einer Stunde Dienstbeginn, teilte man mir mit. Das Gleiche galt für Kommissar Hantzsche. Ich bedankte mich und legte auf. Logisch, es war gerade erst sieben Uhr. Im Telefonbuch fand ich Hantzsche nicht. Ich spürte, wie die Angst wieder in mir hochkroch, und ging in die Küche, um mich abzulenken. Sorgfältig deckte ich den Frühstückstisch, zwang mich dann, den schmutzigen Hosenanzug gegen Jeans und Pulli auszutauschen und etwas zu essen und zu trinken.

Um halb acht hielt ich es nicht länger aus und drückte die Wahlwiederholungstaste. Clausnitzer war noch nicht im Haus, aber bei Hantzsche hatte ich Glück. Ich seufzte erleichtert auf und berichtete so strukturiert wie möglich, was passiert war. Er versprach, sofort mit der Spurensicherung vorbeizukommen und Clausnitzer eine Nachricht zu hinterlassen, dass er folgen solle.

Als es klingelte, dachte ich an Dales Worte und benutzte die Gegensprechanlage, die sonst bei uns ungenutzt blieb.

Hantzsche keuchte, als er den zweiten Stock erreicht hatte, und bei aller Anspannung musste ich denken, dass er zwar noch nicht wieder die Leibesfülle besaß, die er vor seinem Herzinfarkt mit sich herumgetragen hatte, seine Kondition aber genauso grauenhaft war. Er blieb stehen und betrachtete den Schriftzug, gab dann den Weg für eine Frau im weißen Overall frei, betrat die Wohnung.

»Wir warten auf Herrn Clausnitzer, sonst müssen Sie nachher alles wiederholen«, schlug er vor, nachdem er sich in der Küche niedergelassen und mein Kaffeeangebot angenommen hatte.

Dankbar registrierte ich, dass er wohl so schnell gekommen war, um mir Beistand zu leisten. Ich hantierte mit der Kaffeemaschine, stellte Tassen, Milch und Zucker auf den

Tisch, dann gab es nichts mehr zu tun und ich setzte mich ihm gegenüber.

»Vielleicht aber schon so viel.« Der Kommissar schaute mich ernst an. »Sie sind in Gefahr, wie es scheint. Und ich weiß nicht, wie wir Sie schützen sollen.«

Ich schluckte, entgegnete nichts.

»Sie kommen doch aus dem Westen, oder?«

»Aus Dortmund.«

»Das ist wunderbar weit weg. Wollen Sie nicht Ihre Familie besuchen?«

Die Kaffeemaschine setzte zu ihrem lärmenden Finale an, bei dem Geruch wurde mir aus heiterem Himmel übel.

»Nein. Nicht solange Herr Rönn hier in der Klinik liegt«, sagte ich entschieden.

Es klingelte, und ich stand auf, um den Türöffner zu drücken. Im Gegensatz zu Hantzsche kam der junge Clausnitzer vor Energie sprühend die Treppe hochgelaufen. Er begrüßte die Kollegin von der Spurensicherung, begutachtete die Schmiererei, streckte mir die Hand entgegen.

In der Küche erzählte ich ausführlich vom gestrigen Abend.

»Sie wissen nicht, ob diese Männer Herrn Rönn überfallen haben oder ob er wegen der Anstrengung zusammengebrochen ist?«, fragte Hantzsche.

»Nein. Sichtbare neue Verletzungen hat er nicht. Und er ist zurzeit nicht in der Lage, eine Aussage zu machen«, fügte ich gleich an.

»Können Sie eine Beschreibung der Männer abgeben?«, wollte Clausnitzer wissen. Er rührte in seiner Kaffeetasse herum.

Zögernd nickte ich. »Ich kann es versuchen.«

»Sie erstatten Anzeige und helfen uns weiterhin?«

»Ja, natürlich.«

»Gut.« Er fixierte mich mit festem Blick, und ich dachte,

dass er mindestens zehn Jahre jünger als ich war, aber desillusioniert wirkte wie ein tausendfach enttäuschter 50-Jähriger.

»Ich musste gestern Ronnie Meyersfeld laufen lassen«, berichtete Hantzsche. »Der war wohl nicht dabei?«

»Was? Nein. Wieso haben Sie ihn freigelassen?«

»Herr Ingram hat sein Alibi beigebracht. Herr Meyersfeld hat den betreffenden Abend mit seiner Cousine verbracht.«

»Mit welcher Cousine?«

»Mit der Mutter des kleinen Jungen.«

Ich schüttelte den Kopf. Deshalb war Michaela Kattner so seltsam gewesen, als die Rede auf Ronnie kam. »Aber ...«

»Keine Sorge. Wir haben den jungen Mann noch auf dem Zettel«, winkte Hantzsche ab. »Sie könnten zu Herrn Ingram ziehen«, sagte er dann unvermittelt, mit Blick auf Clausnitzer. Der zuckte die Achseln.

»Können Sie Frau Bertram schützen, Herr Kollege?«, fragte er direkt.

Der Jüngere schnitt eine Grimasse. »Sie kennen die Antwort.«

»Eben. Ingram ist ein ehemaliger Polizist, Privatdetektiv.«

»Und mein Exfreund«, ergänzte ich.

»Sie sind doch erwachsene Menschen, oder? Wir können hier in Dresden nicht für Ihre Sicherheit garantieren, Sie wollen die Stadt nicht verlassen. Wir müssen eine Lösung finden.« Hantzsche zerbröselte einen Zuckerwürfel zwischen den Fingern. »Sie können unmöglich allein hier in der Wohnung bleiben. Sie sollten auch, wo wir gerade dabei sind, keine Abendtermine wahrnehmen.« Er klang sehr bestimmt.

»Aber ...« Ich wusste keine Alternative, dachte bloß, dass ich das Dale nicht antun konnte.

»Wir räumen der Fahndung nach diesen Schlägern oberste Priorität ein«, versicherte Clausnitzer, »und versuchen unser Möglichstes, den ganzen sogenannten Sturmtrupp auszuheben. Aber das braucht ein wenig Zeit.«

»Was ist mit Herrn Rönn? Um ihn müssen Sie sich kümmern«, forderte ich.

Hantzsches Blick, der mich bislang fixiert hatte, ging zu seinem Kollegen. Der nickte.

»Ja, das kriegen wir hin. Bis es ihm besser geht, wird jemand vor seinem Zimmer postiert. Tag und Nacht.«

*

»Hast du freie Kapazitäten für einen Job als Leibwächter?«, fragte ich in betont lockerem Ton.

Ich war mit gepackter Reisetasche in die Redaktion gekommen, da Hantzsche darauf bestanden hatte, dass ich am Abend nicht in unsere Wohnung zurückkehrte. Falls Dale nicht zustimmen würde, sollte ich mich unter falschem Namen in einem Hotel einquartieren.

»Was ist passiert?« Dale war sofort alarmiert.

Ich gab den gestrigen Abend wieder, wobei ich versuchte, alles ein wenig herunterzuspielen, erwähnte zum Schluss die Schmiererei an unserer Wohnungstür. »Jetzt meint Hantzsche, dass ich ein Kindermädchen brauche.«

Jonas Michaelis hatte während meiner letzten Sätze den ansonsten leeren Raum betreten, er starrte mich mit leicht offen stehendem Mund an.

Dale räusperte sich: »Ich stehe zu Diensten.«

»Dale, ich weiß, dass das komisch ist …«

»Ich stehe zu Diensten, wenn du mir fest zusagst, dass du nichts mehr auf eigene Faust unternimmst. Sobald es dunkel wird, bleibst du hier, auch wenn ich nicht da bin, und du befolgst alles, was Hantzsche oder ich sagen!«

Wie er das herunterratterte, meinte ich, den Cop zu hören, der er mal gewesen war.

»Und im Morgengrauen gibt's den Appell zum Frühsport«, ahmte ich seine Stimme nach. Herr Michaelis schaute endlich weg.

Dale begann zu lachen. »Jawohl!«

Wir vereinbarten, dass ich um sieben Uhr bei ihm sein würde. Er wollte mich in der Prager Straße abholen, davon konnte ich ihn abbringen. Tatsächlich hielt die Angst mich stärker im Griff, als ich zugab. Ich hatte Martin unter vier Augen berichtet, was geschehen war, und ihn gebeten, mir keine Abendtermine zu geben. Er machte den Vorschlag, mich für die nächsten Tage nur im Innendienst einzusetzen. Zu meinem eigenen Erstaunen hatte ich sofort zugestimmt. Nun bereitete ich das Layout für die Seiten vor und schrieb den Text über die neue Kampagne der Dresden-Touristik. Gleich würde ich ein Telefoninterview mit einem Dresdner Weltenbummler führen, später mit Simone einen Text durchgehen und Meldungen schreiben – und dabei die ganze Zeit daran denken, dass draußen in der Stadt Schläger unterwegs waren, die es auf mich abgesehen hatten.

Die Männer vom Vorabend hatte ich weder auf Fotos der Polizei noch auf Andys Aufnahmen vom Samstag erkannt, die Phantomzeichnungen, die nach meinen Angaben gemacht wurden, fand ich reichlich nichtssagend. Kommissar Clausnitzer hatte mir versichert, dass sie Zeugen aufspüren würden – am Zwinger, in oder vor unserem Haus. Ich war skeptisch. Wären am gestrigen Abend Menschen dort unterwegs gewesen, wäre schließlich alles nicht passiert. In der Böhmischen Straße konnten sie schon eher Glück haben. Immerhin schien Clausnitzer entschlossen, ›mit dem eisernen Besen zu kehren‹, wie er es ausdrückte. Auch Ronnie sollte noch einmal verhaftet und in die Mangel genommen werden. Vielleicht würde man von ihm weitere Hinweise auf Mitglieder des ›Sturmtrupp‹ bekommen.

Mir war alles recht. Ich klammerte mich daran, dass die Polizei möglichst viele der Schlägertypen dingfest machte und die Gefahr für Andy und mich damit kleiner wurde. Kleiner – nicht verschwunden. Ob sie jemals aus der Welt sein würde, konnte niemand sagen. Clausnitzer hatte mich nicht geschont, sondern außer von den realen Gruppierungen vor Ort auch von den Internet-Netzwerken gesprochen, in denen die Feinde der Nazis mit ausführlichen Beschreibungen aufgelistet waren. Es sei zu vermuten, dass unsere Namen und Steckbriefe bereits dort kursierten. Wenn ich nur daran dachte, lief es mir kalt über den Rücken und mein feiges Unterbewusstsein wünschte sich, ich hätte niemals etwas mit diesem Pack zu tun bekommen.

Der junge Kommissar würde mich nachmittags abholen, um gemeinsam zu Andy ins Krankenhaus zu fahren. Mit ein bisschen Glück war er dann in der Lage zu sprechen.

*

Am späten Mittag lief ich die Prager Straße hoch und kaufte bei Karstadt eine Desperate Housewives-DVD für Dale, streifte im Tiefgeschoss durch die Feinkostabteilung. Ich legte Weintrauben und Schokolade für Andreas in den Korb, obwohl ich nicht wusste, ob er schon wieder normal essen konnte; außerdem als kulinarische Mitbringsel für Dale Parmaschinken, einige Stücke Käse und einen guten Chianti. Schließlich nahm ich noch Marshmallows und Erdnussbutter mit. Ich wusste, dass er diese amerikanische Teenagerkost noch immer liebte, wenn er es auch ungern zugab.

Als ich mit einer prall gefüllten Einkaufstüte wieder auf die Fußgängerzone trat, meinte ich, wenige Meter entfernt die hochgewachsene Gestalt von Heinz Wachowiaks Schwiegertochter zu erkennen. Ich schob mich durch die Menschen hindurch und grüßte freundlich, sie tat jedoch, als habe sie mich nicht gesehen und ging schnell weiter. Seltsam. Aber vielleicht hatte ich mich auch getäuscht.

In der Redaktion hatte ich gerade die verderblichen Lebensmittel im Kühlschrank untergebracht und mich wieder an meinen Schreibtisch gesetzt, als Kommissar Clausnitzer den Raum betrat. Er sah sich neugierig um, offenbar war er das erste Mal in einer Zeitungsredaktion.

»Kein großes Geheimnis hier, heutzutage wird alles am Computer gemacht«, sagte ich.

»Wo sind die Kette rauchenden Männer mit den Ärmelschonern geblieben?«, fragte er grinsend. »Ich überlege, ob wir die Tatsache, dass Sie hier arbeiten, nicht irgendwie nutzen können, um den Mob aufzuscheuchen. Aber gucken wir erst mal, ob Herr Rönn uns etwas sagen kann.«

Während wir nebeneinander die Treppen hinuntergingen, berichtete er, dass die Fahndung auf Hochtouren laufe. Schriftexperten hatten herausgefunden, dass das Wort an unserer Wohnungstür von dem gleichen Sprüher stammte wie das Geschmiere am Verlagsgebäude, auch die Farbe war vom gleichen Hersteller.

»Bis gerade eben haben wir schon sechs einschlägig bekannte Hooligans verhaftet. Wir werden sie zwar spätestens morgen wieder laufen lassen müssen, unsere Strategie ist aber im Moment, die Szene aufzumischen.« Er zuckte die Achseln. »Ein bisschen wie Poker spielen, ohne das eigene Blatt zu kennen.«

*

Andreas war auf die Station verlegt worden, die er am Montag verlassen hatte, in ein Zimmer wenige Meter den orangegelben Flur hoch. Vor der Tür saß eine uniformierte Frau, die sich von Clausnitzer seinen Dienstausweis zeigen ließ, bevor wir passieren durften.

Wieder lag er allein in dem Raum, der dem anderen ähnelte wie ein Ei dem anderen. Sogar die Bilder an der Wand sahen gleich aus. Er schlief nicht, seine Augen waren jedoch glasig. Noch immer tropfte etwas in die Vene an der linken Hand, rechts kam der Schlauch unter der Bettdecke hervor. Als er uns wahrnahm, wurde sein Gesichtsausdruck lebendiger. Ich gab ihm einen Kuss auf die Stirn.

»Wie geht es dir?«

»Gut.« Die Andeutung eines Lächelns huschte über sein Gesicht. Er sprach sehr leise.

»Herr Rönn, wir haben zu Ihrem Schutz eine Wache vor dem Zimmer platziert«, sagte Clausnitzer, der an die andere Seite des Bettes getreten war. Andy nickte kaum merklich. »Aber wenn Sie uns erzählen können, was gestern Nacht passiert ist, wird es leichter, den Vorfall aufzuklären.«

Andreas drehte den Kopf leicht nach links, Richtung Nachttisch. »Wasser, bitte.«

Ich goss etwas aus der dort stehenden Flasche in ein Glas und hielt es ihm an die Lippen. Er trank drei kleine Schlucke.

»Ich hab mir Sorgen gemacht«, begann er, an mich gerichtet. »Du bist nicht gekommen. Das Telefon hat einmal geklingelt, niemand war dran, und dich konnte ich nicht erreichen.«

»Der Akku hatte sich verabschiedet«, schob ich dazwischen.

»Da bin ich in die Altstadt zu dem Restaurant.«

Er machte eine Pause, offensichtlich strengte das Sprechen ihn sehr an, und ich fragte mich, ob wir den Arzt hätten um Erlaubnis fragen sollen. Ich strich ihm über den Arm, sagte, dass ich einen Schlafanzug und Waschzeug mitgebracht hätte, außerdem Weintrauben und Schokolade. Wieder lächelte er, wollte etwas sagen. Ich hielt ihm den Finger vor den Mund, redete weiter, dass Hantzsche vorgeschlagen hatte, ich solle zu Dale ziehen, was ich auch tun würde.

»Und ich arbeite nur tagsüber und nur in der Redaktion. Bis die Polizei das Pack hat.«

»Gut.« Die Pause war nötig gewesen, und ihm schien nun bewusst zu sein, dass er ökonomisch mit seinen Kräften umgehen musste. »Ihr wart weg. Als ich da raus bin, sah ich dich in den Zwinger rennen. Zwei Typen hinterher.« Wieder stockte er.

»Du bist denen gefolgt«, mutmaßte ich.

Er nickte. Ich hielt ihm erneut das Wasserglas hin, doch er verzog ablehnend das Gesicht.

»Dich hab ich nicht mehr gesehen, die starrten mich an, ich bin auf sie zu, da haben sie sich verpisst.«

Eine Welle zärtlicher Gefühle durchflutete mich.

»Ich dachte, du hast dich nicht quer durchgetraut und bist an der Seite die Treppe hoch. Also bin ich auch da rauf.«

»Stopp«, forderte ich, da ich ihm ansah, dass er nicht mehr konnte.

»Wir können das auch vertagen«, bot der Kommissar an, der bislang ruhig dagestanden hatte.

Andy hob die eingegipste Hand in einer ungeduldigen Bewegung.

»Einer in Bomberjacke hinter mir.«

»Der Dritte?«, fragte Clausnitzer, an mich gerichtet.

Ich nickte.

»Ich war oben an der Treppe und hab ihn erwischt.«

»Wie, erwischt?«, fragten der Kommissar und ich fast im Gleichklang.

»Tritt. Karate.« Andy machte eine Pause, suchte mit den Augen das Wasserglas. »Er ist nach hinten runtergestürzt.«

13. KAPITEL

»Du hast was?«, fragte ich fassungslos, während Clausnitzer in lautes Lachen ausbrach.

»Großartig! Also«, er sammelte sich, grinste jungenhaft. »Ich gehe natürlich davon aus, dass es sich um Notwehr gehandelt hat. Als Sie später mit den Rettungssanitätern dort hinunter sind, haben Sie niemanden mehr gesehen?«

Die Frage ging an mich.

Ich schüttelte den Kopf, jetzt ebenfalls lachend. »Da hatte er sich wohl schon verkrochen.«

Andy genoss die Reaktionen offensichtlich. Er hatte einen Schluck getrunken und grinste mich an. »So angestaubt ist mein Karate nicht.«

»Du Idiot«, sagte ich, konnte aber vermutlich in meiner Mimik den Stolz auf ihn nicht leugnen. »Danach hast du mich gesucht«, vermutete ich.

Er nickte. »Aber da hatte ich schon die Schmerzen im Rücken und kriegte kaum noch Luft.« Das Letzte kam nur noch sehr leise heraus.

»Pscht!«, machte ich. Wir sollten diese Sitzung beenden, dachte ich. Andreas brauchte dringend Ruhe.

Kommissar Clausnitzer war in Gedanken versunken. »Sie haben diesen Mann vermutlich recht gut gesehen?«

Andy gab ein zustimmendes Geräusch von sich.

»Vielleicht finden wir ihn sogar hier«, er tippte auf seine große Umhängetasche. »Wenn nicht, müssten wir improvisieren …«

In diesem Moment betrat eine Krankenschwester den Raum.

»Es reicht, meine Herrschaften. Morgen ist auch noch ein Tag.« Der Ton ließ keinen Widerspruch zu. Ohne uns auch nur weiter zu beachten, inspizierte sie den Tropf und die Dränage, fragte Andreas, wie er sich fühle.

»Ich muss Herrn Rönn noch Fotos von Verdächtigen zeigen.« Clausnitzer klang ebenfalls entschieden.

Andy beteuerte, dass es ihm gut ginge, konnte aber die Krankenschwester nicht umstimmen.

»Wenn es unbedingt sein muss, kommen Sie in einer Stunde wieder. Nun ist fürs Erste Schluss.«

Unwillig blickte der Kommissar auf seine Uhr. »In Ordnung.«

Ich gab Andy einen Kuss und verließ nach Clausnitzer das Zimmer.

»Sie haben eine Idee?«, fragte ich, als wir auf den Aufzug warteten.

»Ich stelle mir vor, dass Sie einen Artikel in die Zeitung bringen – natürlich ohne Ihren Namen – in dem wir behaupten, dass dieser Bomberjacken-Typ von einem potenziellen Opfer überwältigt wurde und danach bei der Polizei ausgepackt hat.«

Mit einem leisen Geräusch öffneten sich die matt silbernen Türen vor uns.

»Was soll das bringen?« Wir glitten nach unten.

»Unruhe. Im besten Fall flüchtet derjenige sich zu uns, weil er Angst vor der Rache seiner Leute hat.«

Das erschien mir eine sehr gewagte Vorgehensweise. »Er wird doch durchschauen, dass das von der Polizei eingestielt wurde.«

Aber Clausnitzer ließ sich nicht abbringen. »Ich denke, Ihren Mann kann ich dafür begeistern.«

»Da bin ich mir sicher«, antwortete ich.

*

»Er riskiert ein Menschenleben«, war Dales Einschätzung.

Wir saßen in seiner Küche beim Abendessen. Er hatte Spaghetti mit leckerer Hackfleisch-Kräuter-Soße gemacht, dazu einen Salat. Ich fühlte mich herrlich verwöhnt.

»Du meinst, dass die Nazis diesen Typ als Verräter lynchen könnten?«

Er nickte.

»Vielleicht gut, dass Andy ihn auch nicht in dem Fotoalbum der Polizei wiedererkannt hat und wir ihn jetzt bloß beschreiben.«

Dale guckte skeptisch. »Es war einer der ›Sturmtrupp‹-Hooligans? Andreas hat die Binde an seinem Ärmel gesehen?«

»Ja. Da ist er sich sicher.«

»Na ja, vielleicht ist der Kerl schlau genug, zu einer Aussteiger-Organisation zu gehen. Dann hätte die Aktion zumindest ein Gutes.« Er trank einen Schluck Wasser.

»Du musst meinetwegen nicht auf Wein verzichten«, sagte ich.

Dale lächelte. »Mache ich nicht. Ich muss später noch mal weg und brauche einen klaren Kopf.«

Mehr würde er dazu nicht sagen. Nicht, ob es ein Routineauftrag war oder gefährlich sein könnte. Mit Sicherheit würde er mir aber zuvor einschärfen, das Haus nicht zu verlassen.

»Den Auftrag Ronnie hast du jetzt also zum zweiten Mal abgeschlossen.«

»Ja«, antwortete er nur.

»Sein Alibi war Michaela Kattner – heißt das, sie haben ein Verhältnis?«

Dale drehte ein paar Nudeln auf seine Gabel. »Scheinbar. Das war Frau Kattners Sport.«

»Und wo?«

»In der Wohnung von Ronnies Mutter. Die hat dienstags immer einen Frauenabend.«

»Und du glaubst das?« Die Vorstellung, mit diesem heruntergekommenen, schlecht riechenden jungen Mann engeren Körperkontakt zu haben, sorgte spontan dafür, dass mir übel wurde und ich das leckere Essen wegschob.

»Ja. Frau Kattner hat lange herumgedruckst, bis sie damit rausgerückt ist. Es ist ihr offenbar sehr peinlich. Ich vermute, die Geschichte hat angefangen, als Ronnie vielleicht ein wenig den Outlaw gegeben hat, aber eigentlich der normale liebe Junge von nebenan war.« Er zuckte die Achseln. »Sie kennen sich ja schon ewig.«

»Eben. Sie sind nahe Verwandte! Er ist aber nicht Leons Vater, oder?« Ich fühlte einen Schauder.

»Keine Ahnung. Das herauszufinden, war nicht mein Job.« Er lächelte und stand auf. »Du willst keinen Kaffee, oder?«

*

Vielleicht sollte ich noch einmal selbst mit Michaela Kattner sprechen, dachte ich, als ich nach dem Essen die Küche aufräumte. Dale war, wie erwartet, gegangen, ohne mir zu sagen, was er tat. Ich hatte ihm versprochen, im Haus zu bleiben und niemanden hereinzulassen.

Es war seltsam, allein in diesen Räumen zu sein. Viel hatte sich nicht verändert, seitdem ich ausgezogen war. Meine Bilder, Bücher, CDs fehlten, auch die Möbel, die ich mit in die Böhmische Straße genommen hatte – die Atmosphäre war jedoch gleich geblieben.

Ich trocknete mir die Hände ab und ging nach oben, um meine Tasche auszupacken. Dale hatte mir mein altes Zimmer hergerichtet, das er sonst als eine Art zweites Büro – oder auch nur als Lager für Papierkram – nutzte. An einer Wand standen ein Aktenschrank und ein Bücherregal, beides voll mit Ordnern und Heftern, nur ein Sessel im Erker erinnerte daran, wie wohnlich der Raum früher gewesen war. Nun lag eine Matratze mit frisch bezogenem Bettzeug auf dem Fußboden, daneben stand ein Stuhl, auf dem saubere Handtücher lagen.

Ich hatte nicht viele Sachen mitgenommen, ich rechnete fest damit, bald zurückzukönnen. Die Anziehsachen stapelte ich auf Stuhl und Sessel, trug dann mein Waschzeug in das Bad mit der bullernden Heizung und der riesigen Badewanne, in der ich immer so gern gelegen hatte. Kurz entschlossen ließ ich Wasser einlaufen. Einen Schaum- oder Ölzusatz, der das Wohlbehagen noch steigern könnte, würde ich kaum finden. Dale hatte immer höchstens in Eukalyptus gebadet, wenn er erkältet war. Und auch auf eine weitere übliche Zutat, einen Schluck Whisky, musste ich nun verzichten.

Es dauerte, bis die Wanne voll war. Ich breitete Handtuch und Nachthemd auf der Heizung aus, legte auch ein Buch bereit. Als ich endlich in dem heißen Wasser lag, schloss ich aber zunächst die Augen und versuchte, Ordnung in meine Gedanken zu bringen.

Die Hooligans wurden also aufgemischt, und mit viel Glück konnten diejenigen ausfindig gemacht werden, die mich im Zwinger verfolgt hatten.

Gut. Ich wäre erleichtert – wobei es immer wieder passieren konnte, dass jemand aus dem Haufen glaubte, er könne uns mundtot machen. Wie lange musste ich mit der Angst leben? Bis Andys Angreifer verurteilt waren? Es ging ihnen doch wohl darum, die Anzeige zu verhindern, oder wollten sie einfach Terror verbreiten?

Hatten sie Heinz Wachowiak auf dem Gewissen? Wenn Ronnie es nicht gewesen war, wohl kaum. Wie hätten sie in die Wohnung gelangen sollen? Die Tür war nicht beschädigt gewesen.

Im Dunkel hinter der Fensterscheibe knackte etwas laut und durchdringend. Ich schrak zusammen, sagte mir dann, es müsse von den alten Bäumen im Garten gekommen sein.

Ich war todmüde. Kunststück nach der vergangenen Nacht. Als ich merkte, dass ich kurz davor war einzuschlafen, stieg ich aufgeweicht aus dem heißen Wasser und ging im Nachthemd nach unten ins Wohnzimmer. Ich legte mich mit einer Wolldecke aufs Sofa und schaltete den Fernseher ein, zappte ein bisschen herum.

Was war mit ›VitalMed‹? Konnte man dem Unternehmen betrügerische Verbindungen zum Hyazinthus-Krankenhaus nachweisen? Hatte Andy noch etwas herausbekommen? Ich würde morgen vor der Arbeit zu ihm fahren und ihn fragen.

Ich spürte noch, wie mir die Augen zufielen, und schaffte es kaum, sie wieder zu öffnen, als mein Handy klingelte.

»Bertram«, brachte ich mühsam heraus und hoffte, dass es nicht die Klinik mit schlechten Nachrichten war. Auf Andys Station hatte ich die Nummer angegeben, und deshalb trug ich das Telefon ständig mit mir herum. Das Fernsehbild zeigte ein nicht mehr ganz junges Paar kurz vorm Happy End. Ich tastete nach der Fernbedienung und schaltete den Apparat aus.

»Gärtner. Ich hoffe, ich störe Sie nicht«, hörte ich eine sanfte, weibliche Stimme, die mir bekannt vorkam.

Ich beteuerte, dass das nicht der Fall sei, und blinzelte auf die Uhr des Videorekorders: 21.37 Uhr.

»Wissen Sie, mein Rhythmus ist ein anderer als der der meisten Menschen. Ich habe jahrelang, bis ich in Rente gegangen bin, Spätschicht gearbeitet. Das prägt einfach. Ich war Ingenieur bei den Flugzeugwerken.«

Bei dem Wort ›Rente‹ fiel der Groschen: Marianne Gärtner, die Freundin Heinz Wachowiaks. »Kein Problem«, sagte ich wesentlich wacher. »Was kann ich für Sie tun?« Ich richtete mich auf.

»Ich dachte, es würde Sie interessieren, dass ich heute von der Hyazinthus-Orthopädie angerufen worden bin. Aus heiterem Himmel.«

»Was wollten die?«

»Mir anbieten, ein neues Hüftgelenk einzusetzen. Kostenlos. Wir haben direkt einen Termin vereinbart: Schon morgen werde ich aufgenommen, am Montag operiert.«

Unwillkürlich schüttelte ich den Kopf, um meine schläfrigen Gedanken in Schwung zu bringen. »Also erkennen sie an, dass sie Mist gebaut haben?«

Die alte Frau lachte leise. »Das ausdrücklich nicht. Nach Prüfung sämtlicher Fakten stehe fest, dass keine Schuld ihrerseits vorliege, es sei reine Kulanz, damit die Angelegenheit vom Tisch sei.«

»Hatten Sie denn in letzter Zeit noch einmal Ansprüche angemeldet?«

»Nein. Das ist es ja. Ich hatte mit der Sache doch längst abgeschlossen.«

Nachdem wir das Gespräch beendet hatten, war ich hellwach. Warum solch ein Angebot? Und warum jetzt? Sollte mein Artikel über die ›VitalMed‹ das bewirkt haben?

Noch etwas irritierte mich. Es dauerte einen Moment, bis ich darauf kam: Marianne Gärtner hatte Schichtarbeit geleistet. Zwar als Ingenieur, wie sie ihr Geschlecht in DDR-Sprachtradition neutralisierte, aber dennoch … Das passte wieder so gar nicht zu dem Bild, das Heinz Wachowiaks Sohn von ihr gezeichnet hatte. Worauf war dessen Ablehnung begründet gewesen?

Verdammt, nun hatte ich die Frau am Telefon gehabt und vergessen, sie zu fragen, woher das Misstrauen ihres Freundes gegenüber der Klinik kam! Schnell strampelte ich mich aus der Decke heraus und suchte nach meinen Notizen, stellte fest, dass ich sie in der Redaktion hatte liegen lassen, ging in Dales Büro, um das Telefonbuch zu suchen. Dort stank es nach wie vor ekelhaft nach kaltem Rauch. Als ich den Schreibtisch sah, überkam mich Neugierde und ich öffnete die linke Tür. Der eingebaute Tresor stand offen, Dales Smith

& Wesson war fort. Ich schlang meine Arme um mich, fror in dem dünnen Nachthemd, und wollte nicht darüber nachdenken, wo er sich aufhielt und was er tat.

Schon nach dem zweiten Klingeln nahm Marianne Gärtner ab.

Sie hätten keine Produktbeschreibung des Gelenks bekommen, lautete die Antwort auf meine Frage.

»Aber kriegt man denn normalerweise so etwas?«, fragte ich einigermaßen entgeistert.

Wieder dieses leise Lachen. »Das war Heinz. Wenn er einen Fernseher kaufte, musste er genau wissen, wie er funktionierte, wenn man mit ihm essen ging, konnte es passieren, dass er dem armen Kellner die Hölle heißmachte, weil auf der Karte nichts von Zusatzstoffen stand, die doch bestimmt im Essen waren. Und wenn ich mich bereiterklärte, einen solchen Eingriff vornehmen zu lassen, wollte er darüber auch so viel wie nur möglich in Erfahrung bringen.« Zum Schluss ihrer Ausführungen klang die Stimme traurig. »Es war nicht immer einfach mit ihm, aber er hat es gut gemeint.«

Der alte Querulant, dachte ich und bemitleidete die Frau, die mit ihrer Trauer von der Familie ihres toten Partners nicht akzeptiert wurde. Ich bedankte mich und beendete das Gespräch. Ich würde sie im Krankenhaus besuchen – um ihr beizustehen und Antworten darauf zu finden, warum eine ansonsten äußerst geschäftstüchtige Station ihr dieses Angebot gemacht hatte.

*

Als ich am nächsten Morgen um acht Uhr den Frühstückstisch deckte, kam Dale verschlafen in die Küche. Er trug Jogginghose und Sweatshirt, seine Haare waren verklebt und rochen nach Rauch.

»Für mich erst mal nichts.« Er wies auf den Tisch. »Ich will laufen, dann unter die Dusche …«

War er verkatert oder einfach nur übernächtigt? Ich hatte ihn nachts nicht mehr gehört, er musste spät nach Hause gekommen sein.

»Könntest du mir nicht ganz kurz erzählen, was du von welchen Familienmitgliedern des alten Herrn erfahren hast? Du hast doch bestimmt mit allen gesprochen, oder?«

»Du kannst ja mit laufen kommen.« Dale grinste. »Ein bisschen Sport würde euch beiden guttun!«

»Ich lebe schon so gesund! Und ich gönne dir nicht den Spaß, mich hinter dir herkeuchen zu hören.«

Er lachte, setzte sich auf das alte Sofa, schnupperte in Richtung Kaffeemaschine. Ich goss eine Tasse ein und reichte sie ihm.

»Du sollst nicht durch die Gegend ziehen und Leute befragen«, sagte er ernst.

»Wer hat denn gesagt, dass ich jemanden befragen will?« Ich nahm mir einen Tee und setzte mich ihm gegenüber.

Ich sah ihm an, dass er mir nicht glaubte. Dennoch begann er: Er habe nur mit Michaela Kattner sprechen müssen. Deren Reaktion auf die Nennung ihres Cousins sei ihm komisch vorgekommen, also habe er nachgehakt.

»Sie quälte ihr schlechtes Gewissen, weil sie ihn vorher nicht entlastet hatte, denke ich. Psychologisch alles ganz verkorkst. Er behandelt sie bestimmt wie ein Stück Dreck, deshalb war es vielleicht eine Art Racheakt; außerdem musste ich ihr hoch und heilig versprechen, dafür zu sorgen, dass ihre Familie nichts davon erfährt.« Er trank einen Schluck Kaffee, kniff das rechte Auge zusammen, als er mich anschaute. »Das war's. Mehr kann ich dir nicht bieten.«

»Ronnie selbst hat nichts gesagt von diesem Alibi?«

Kopfschütteln.

»Wo warst du gestern Nacht?« Ich war frustiert. Er musste mehr wissen.

»Ein anderer Job.« Dale stand auf. »Die Geschichte ist für mich abgeschlossen, Kirsten. Ich muss Geld verdienen. Schließlich will ich bald mal wieder in die Staaten fliegen.« Er zwinkerte mir zu und verließ die Küche.

Ich glaubte ihm nicht. Dale gab sich nicht so schnell zufrieden, wenn ein Fall nicht gelöst war, auch wenn er sein Geld bekommen hatte. Oder sollte er sich so verändert haben? Ich folgte ihm in den Flur, wo er gerade seine Turnschuhe anzog.

»Du hast gar nicht mit den anderen Verwandten gesprochen?«

»Nein, das brauchte ich nicht mehr.« Er richtete sich auf und kam auf mich zu, umfasste meine Schultern. »Kirsten, Hantzsche wird den Mord aufklären. Du musst nichts unternehmen.«

Ich wich seinem Blick aus.

»Versprich mir, dass du nur zur Arbeit und hierhin zurückfährst!«

Stand ich unter Hausarrest? »Ich werde ja wohl noch meinen Freund im Krankenhaus besuchen dürfen.«

»Genehmigt. Aber keine weiteren Erkundigungen. Bitte.« Er zog mich kurz an sich. »Also: heute Abend um sieben?«

»Ich lade dich zum Essen ein«, bot ich an, in der Hoffnung, dass er dann gesprächiger sein würde.

»Das wird nicht klappen. Ich muss kurz nach sieben schon wieder weg.«

*

Andreas ging es viel besser. An der rechten Seite lag noch die Dränage, aber der Schlauch an der Hand war verschwunden. Er trug seinen eigenen Schlafanzug, die Gesichtshaut wies ein wenig Farbe auf, seine Augen blickten mich wach an. Er hatte es geschafft, jemanden dazu zu bringen, ihm die aktuelle Ausgabe der Zeitung zu besorgen, und beschwerte sich, dass wir den Artikel über den vermeintlich gesprächigen Rechtsradikalen nicht größer aufgezogen hatten.

»Ohne Namen und dann so klein. Was soll das bringen?«

»Möglichst keine Toten«, murmelte ich schlecht gelaunt.

»Wenn ich in der Redaktion gewesen wäre, sähe das anders aus. Zeit, dass ich wieder meinen Job antrete«, sagte er und grinste mich an.

»Untersteh dich! Was sagt der Arzt?«

»Gleich soll wieder geröntgt werden, und dann wird wahrscheinlich die Dränage gezogen. Alles im grünen Bereich.« Er schien tatsächlich schon wieder voller Tatendrang zu stecken.

»Wenn du mir versprichst, ohne Murren hierzubleiben, solange die Ärzte es für richtig halten, erzähle ich dir, was ich gestern erfahren habe.«

»Du vertraust den Ärzten hier?«, lautete seine ironische Antwort.

»Gute Frage, aber die einzige Alternative ist eine andere Klinik.«

Er drehte sich etwas zur Seite, um an das Wasserglas auf dem Nachttisch zu kommen, und verzog das Gesicht. »Keine Bange, ich bin bekehrt. Ich gelobe, meine Rippen erst wieder in Bewegung zu setzen, wenn es nicht mehr wehtut.«

Ich reichte ihm das Glas, er trank einen Schluck.

»Aber dann hast du gestern doch noch etwas unternommen? Du hattest mir auch etwas versprochen!«

»Die Informationen sind zu mir gekommen.« Ich setzte mich auf seinen Bettrand, strich über die Decke und berichtete von dem Anruf Marianne Gärtners.

»Das ist wirklich auffällig. Meine Recherchen zu ›VitalMed‹ am Mittwoch haben übrigens auch noch etwas erbracht.« Vorsichtig veränderte er seine Position. »Die Firma hat in den vergangenen Jahren stark expandiert, Gerüchte sprechen von großen Gewinnsteigerungen.«

»Würde ins Bild passen. Eine gut organisierte Kungelei von Krankenhaus und Herstellerfirma, von der beide profitieren – und die Leidtragenden sind die Patienten.« Nachdenklich ließ ich meinen Blick aus dem Fenster schweifen, wo ein Windstoß gerade Blätter vor sich hertrieb.

»Bloß, was kann man da weiter tun?«, fragte Andy.

»Gar nichts, mein Lieber. Du hast mir was versprochen, und ich habe dir was versprochen.« Ich beugte mich hinunter und gab ihm einen Kuss. »Es gibt übrigens noch etwas sehr Schönes …«

»Dass du trotzdem machen kannst, was du willst, weil ich es nicht mitkriege?« Seine grünen Augen blitzten.

In diesem Moment kam ein Pfleger ins Zimmer. »Einmal Thorax röntgen«, kündigte er mit munterer Stimme an.

Nach einem kurzen Blick auf die Uhr sagte ich, dass ich versuchen würde, am Nachmittag wieder vorbeizukommen.

*

Mitten in der Konferenz, wir besprachen gerade die Wochenendausgabe, platzte Ingeborg in die Redaktion, ihr direkt auf den Fersen Hartmut Müller, der sofort das Wort ergriff.

»Entschuldigen Sie die Störung, Herr Alex.« Er grüßte knapp in die Runde. »Aber das geht uns alle an. Es wurde eine einstweilige Verfügung erwirkt. Die aktuelle Zeitung darf seit«, er schaute auf seine Armbanduhr, »25 Minuten nicht mehr verkauft werden.«

»Was? Weshalb?«, fragte Martin entgeistert.

»Wegen des Hooligan-Artikels. Der beschriebene Nazi hat einen guten Rechtsanwalt, der dem Gericht glaubhaft gemacht hat, sein Leben sei durch diesen Artikel gefährdet.« Er machte eine Pause. »Herr Seltmann ist not amused, wie Sie sich denken können.«

»Aber …«, begann Martin.

Ich setzte an zu argumentieren, dass die Idee von einem Kripobeamten gekommen war, als Jonas Michaelis mir ins Wort fiel.

»Der Artikel ist von mir. Ich hatte Herrn Rönn in der Klinik besucht und erfahren, dass er den Rechtsradikalen gut beschreiben kann. Dann habe ich den Text geschrieben. Weder Herr Alex noch Frau Bertram wussten davon.« Er machte eine Pause. »Wenn das negative Folgen für die Zeitung hat, tut es mir leid, aber wir haben schließlich einen Auftrag.«

War der Junge bekifft? Was wollte er beweisen? Gerade in diesem zweifelhaften Fall? Auch der Chefredakteur sah ihn an, als wisse er nicht so recht, was er davon halten sollte. Nach einigen Sekunden, in denen niemand etwas sagte, räusperte er sich.

»Nun sind zunächst die Rechtsanwälte am Zug. Herr Alex, Sie planen die nächste Ausgabe und ich teile Ihnen mit, ob wir eine Gegendarstellung bringen müssen. Sollten Sie sonstige Artikel über diese Nazis im Köcher haben«, er ließ seinen Blick rundum schweifen, »bitte alles über meinen Tisch.« Er verließ den Raum.

Martin war zu verdattert, um etwas zu sagen. Er führte die Konferenz zu Ende, forderte dann Jonas Michaelis und mich auf, mit ins Chefbüro zu kommen.

»Also, was ist Sache? Der Artikel war doch von dir, oder?«, wandte er sich an mich. Mittlerweile war seine Fassungslosigkeit in Wut umgeschlagen.

Ich nickte.

»Und warum habe ich gestern nichts davon erfahren? Ich hasse es, dich daran zu erinnern, aber: Ich bin zurzeit für alle Vorgänge hier verantwortlich. Und ich hätte diesen Text nicht abgesegnet. Wenn Müller nicht reingeplatzt wäre, hätte ich dich darauf in der Konferenz ohnehin angesprochen!«

Wieder beschränkte ich mich auf ein Nicken. Er hatte recht, das wusste ich.

»Denn was du da gerade von dir gegeben hast, Jonas, von wegen unseres Auftrags, zeugt nur davon, dass du noch nicht annähernd genug gelernt hast, um als Redakteur zu arbeiten.« Ich registrierte, dass auch er den jungen Kerl duzte. »Auch wenn es dich ehrt, dass du Kirstens Kopf retten wolltest, wie ich vermute.«

Martins Zorn schien verraucht, die Ratlosigkeit zurückgekehrt.

»Aber so kann Journalismus doch etwas bewirken«, argumentierte der Abgekanzelte, ohne auf den letzten Satz einzugehen.

»Himmel! Andreas' Einfluss auf junge Leute ist kriminell!« Martins Blick wanderte zu mir. »Tatsächlich steckt er hinter dem Text, oder?«

Ich musste unwillkürlich lachen, weil der jugendliche Martin Jonas Michaelis jung nannte, stimmte dann zu: »Irgendwie schon. Dann sorge du mal dafür, dass Sandra auf dem Boden bleibt«, fügte ich an.

Martin grinste verlegen.

Ich beschloss, über meinen Schatten zu springen. Wahrscheinlich hatte der junge, offenbar von Andy schwer beeindruckte Michaelis mir wirklich meine Zukunft in diesem Haus erleichtert. »Danke«, sagte ich und streckte ihm die Hand entgegen. »Ich heiße Kirsten, aber das weißt du ja schon.«

14. KAPITEL

Es dauerte lange, bis ich zu Kommissar Clausnitzer durchgestellt wurde. Ich war im Chefbüro geblieben, um nicht so viele Mithörer zu haben, und starrte aus dem Fenster in einen grau-trüben Himmel, während die viel zu laute Warteschleifenmusik aus dem Hörer dudelte. Endlich meldete er sich.

»Ihr Plan hätte mich meinen Job kosten können«, sagte ich direkt nach der Begrüßung und berichtete, was vorgefallen war.

»Das tut mir leid, aber ich bin sicher, dass sich unsere Behauptung in dem Artikel noch heute als richtig erweisen wird.« Der Beamte klang angespannt, aber voller Energie. »Wir haben den jungen Mann mit seinem Anwalt hier im Haus. Er wollte Herrn Rönn wegen Körperverletzung verklagen.«

»Er hat den Namen genannt?«, fragte ich entgeistert. Sämtliche Vorwürfe, die ich dem Kommissar machen wollte, waren vergessen.

»Genau.« Clausnitzer lachte glucksend auf. »Er ist ihm rausgerutscht. Der Anwalt bemüht sich nun natürlich, das wieder hinzubiegen, aber ich denke, wir haben einen Ansatzpunkt. Wir versuchen alles, in diesen Minuten müsste ich den Hausdurchsuchungsbeschluss bekommen. Wir beißen uns durch, Frau Bertram, keine Bange.«

Wie auf Bestellung brach die Sonne kurz durch die Wolkendecke. Martin kam zurück ins Büro, eine Bäckertüte in der Hand.

»Aber was ist mit der Anzeige?«

»Die mussten wir aufnehmen. Da sollte Herr Rönn auf Notwehr plädieren. Ich muss jetzt zurück zu unserem jungen Freund. Ich halte Sie auf dem Laufenden, auch darüber, was Sie heute schreiben können.«

»Ich glaube, das hätte ich lieber offiziell von der Pressestelle«, sagte ich trocken. Er lachte wieder und legte auf.

Martin hatte ein riesiges Plunderteilchen aus der Tüte gezogen und hineingebissen.

»Ich brauche Nervennahrung«, sagte er entschuldigend.

»Du hättest mir was mitbringen können.«

»Wieso, du bist doch fein raus. Mein Gott, weißt du, was das bedeutet? Wenn wir morgen tatsächlich noch eine Gegendarstellung bringen müssen … Und ich bin verantwortlich, egal, was unser junger Freund erzählt.« Er war noch immer sauer, und ich konnte es ihm nicht verdenken.

»Wenn sie dir wirklich ans Leder wollen, dann sagst du, dass die Idee von einem Kripobeamten kam und Andreas sie abgesegnet hat. Das soll er dann auf seine Kappe nehmen oder ich.« Ich zog eine Grimasse. »Der Polizist hat dadurch erreicht, was er wollte, und zumindest um die Gegendarstellung sollten wir herumkommen.«

Ich hatte den Schreibtischstuhl geräumt und Martin ließ sich schwer darauffallen.

»Hier, nimm.« Er reichte mir das angebissene Gebäck. »Ich mag nicht mehr.«

*

Verdammt, ich hätte etwas darum gegeben, bei der Befragung des Nazis dabei zu sein. Eine Vernehmung war es ja wohl nicht, wenn er freiwillig gekommen war …

Ich saß an meinem Schreibtisch, starrte auf den Monitor, konnte mich auf nichts konzentrieren. Was für ein Selbstbewusstsein, ins Polizeipräsidium zu marschieren und Anzeige zu erstatten! Wie hatte Müller gesagt? Ein guter Rechtsanwalt musste dahinterstecken. Vermutlich auch so ein Faschist, und damit gefährlicher als die ganzen Schläger. Ich schüttelte mich.

Wenn wir Erfolg hatten, war es unser Risiko wert, dachte ich. Ein Verkaufsstopp hatte bei einer Abonnement-Zeitung schließlich kaum wirtschaftliche Folgen, und ein Imageverlust stand bei dem Thema nicht zu befürchten, eher das Gegenteil. Vielleicht sollte das mal jemand unserem Geschäftsführer beibringen. Dann hätten wir ihn bestimmt auf unserer Seite.

Clausnitzer würde diesen Nazi ordentlich in die Mangel nehmen und bei der Durchsuchung fanden sie bestimmt irgendwelche Abzeichen, Bücher, CDs. Wobei sich natürlich die Frage stellte, was davon verboten war. Der ›Sturmtrupp‹ als solcher schon mal nicht.

Entnervt klickte ich mich durch meine eingegangenen Mails. Was konnte ich tun? Jonas war nicht in der Redaktion, vermutlich rechtfertigte er sich gerade bei der Geschäftsführung. Ob ich selbst hochgehen und die Angelegenheit richtigstellen sollte? Nein, ich würde abwarten, bis ich Ergebnisse hätte, wüsste, was wir schreiben konnten.

Neben der Tastatur lag Martins süßes Gebäck. Auch mir war der Appetit vergangen. Ich zwang mich, diszipliniert meine Arbeit zu machen. Etwa eine halbe Stunde später kam Jonas zurück. Er hatte eine Verwarnung kassiert, wollte aber nichts davon wissen, dass ich Müller die Wahrheit sagte.

»Du hast was gut bei mir und Andreas«, bescheinigte ich ihm.

Mit betont cooler Geste winkte er ab. »Aber wenn es heute noch mal was zu dem Thema gibt …«

»Kannst du das gerne schreiben«, sagte ich. »Aber sprich bloß jedes einzelne Wort mit oben ab!«

Ich zeichnete Layouts, schrieb Meldungen, bearbeitete den Text eines freien Mitarbeiters und wollte gerade auf meinen knurrenden Magen hören und mir etwas Handfestes zu essen holen, als Clausnitzer anrief. Ich stellte den Lautsprecher an und winkte Jonas zu mir.

»Neun Namen außer denen der drei Schläger, die wir schon in U-Haft haben«, verkündete er. »Darunter die der beiden anderen, die Ihnen vorm Zwinger aufgelauert haben. Unser Freund selbst ist für die Schmierereien verantwortlich. Darüber haben wir ihn gekriegt. Die Spraydosen waren noch in seiner Wohnung.« Der Kommissar hörte sich erschöpft an. »Der Kern des ›Sturmtrupps‹ dürfte damit ausgehoben sein.«

Ich sah Jonas an, der strahlte, als sei das sein Verdienst. Ich war irritiert:

»Warum geht jemand, der selbst so viel Dreck am Stecken und belastendes Material in seiner Wohnung hat, zur Polizei?«

»Selbstüberschätzung, kann ich nur vermuten«, tönte Clausnitzers Antwort aus dem Lautsprecher. »Der Anwalt wusste von alledem nichts, oder er hat sehr gut geschauspielert.« Er lachte kurz auf. »Sie müssen noch Anzeige erstatten wegen Bedrohung, dann können wir das hier richtig festzurren. Ach ja, und die Pressemitteilung erhalten Sie in der nächsten Stunde. Sie wird in etwa lauten, dass es gelungen ist, Angehörigen der rechtsradikalen Hooligan-Gruppierung ›Sturmtrupp‹ diverse Straftaten nachzuweisen.«

Er wollte sich schon verabschieden, als ich nachfragte, ob er etwas über den Mörder Heinz Wachowiaks herausfinden konnte.

»Leider nicht. Ich habe die Fakten von Kollege Hantzsche auf dem Tisch, aber dazu wusste unser Mann nichts. Ronnie Meyersfeld ist nach seinen Worten ein kleines Licht in der Szene. Originalton: ›ein Niemand‹.«

Erst, als ich mich nach Beendigung des Gesprächs selbst aufseufzen hörte, wurde mir bewusst, wie groß meine Anspannung gewesen war. Die Gefahr war vorüber. Ich konnte wieder normal arbeiten, zu Hause wohnen, auch nachts ohne Angst, überfallen zu werden, durch die Stadt laufen.

»Komm mit!«

Jonas hinter mir, stürmte ich ins Chefbüro und erstattete Martin Bericht. »Den Artikel überlassen wir dem jungen Kollegen«, schloss ich und bat die beiden, sich zu einigen, wie detailliert sie auf die Straftaten eingehen wollten. »Meinetwegen kann mein Name und alles, was passiert ist, drinstehen. Andreas ist es bestimmt auch recht. Wir sollten Flagge zeigen.« Auf einmal fühlte ich mich unverwundbar. »Ich fahre jetzt raus in die Friedrichstadt und überbringe ihm die gute Nachricht.«

Ich war schon fast wieder aus der Tür, als Martin mich zurückrief:

»Stopp! Kirsten, bitte, erzähl Andreas das am Telefon. Die Geschichte ist so kompliziert, da möchte ich, dass du mit nach oben gehst und wir alles gemeinsam durchsprechen. Auch, ob wir wirklich eure Namen präsentieren. Sie haben vielleicht den harten Kern gefasst oder sind ihm auf der Spur, aber es wird immer noch genug von den Idioten geben, die Rache üben wollen.«

Das wirkte wie eine kalte Dusche. Natürlich war die Gefahr nicht gebannt. Das würde sie vielleicht sein, wenn möglichst viele der Nazis möglichst hohe Strafen bekommen hatten. Aber wozu würden die, die mir am Zwinger aufgelauert hatten, schon verurteilt werden? Der, aus dem Clausnitzer die Namen herausgeholt hatte, durfte vermutlich auf mildernde Umstände hoffen. Blieb Körperverletzung bei denen, die Andy angegriffen hatten. Die waren schon vorher in Haft gewesen.

»Stimmt«, sagte ich kleinlaut.

Martin sah mich an wie früher meine Mutter, wenn etwas, womit ich fest gerechnet hatte, nicht eingetreten war. Gutes Wetter zum Ferienbeginn, die Einladung zur wichtigsten

Party der Schule, der Anruf des Jungen, mit dem ich einen tollen Abend verbracht hatte.

»Ich schlage vor, wir drei setzen uns zusammen und beratschlagen, was wir für das Beste halten. Dann können wir Müller etwas unterbreiten, was Hand und Fuß hat.«

Jonas platzte fast vor Stolz, dass Martin ihn einbezog; ich erbot mich, Pizza zu holen. Vorher rief ich bei Andy an und teilte ihm die Neuigkeiten mit. Seine spontane Reaktion ähnelte meiner: Er wollte, dass ich eine Flasche Sekt ins Krankenhaus schmuggelte, um zu feiern.

»Ich versuchs. Aber erst mal dauert das hier noch. Tut mir leid. Wie gehts dir? Ist die Dränage raus?«

»Ja, ist sie. Das Loch in der Lunge hat sich wieder vollständig geschlossen. Der Arzt meint, wenn ich verspreche, mich zu schonen, kann ich Anfang nächster Woche raus.«

»Das lass ich dich aber auf eine Flasche Whisky schwören. Die ich dir eigenhändig über den Schädel ziehe, wenn du dich nicht daran hältst!«

Es war typisch für Andy, mich nicht daran zu erinnern, dass er wieder im Krankenhaus lag, weil er meinen Verfolger aufgehalten hatte. Wofür ihn nun noch eine Anzeige erwartete. Stattdessen behielt er das letzte Wort, indem er ankündigte, den Whisky auszutrinken, bevor ich ihn zweckentfremden konnte.

*

Im Endeffekt saßen wir den ganzen Nachmittag in der Chefredaktion. Der Hausjurist meldete bei jeder einzelnen Formulierung Bedenken an. Ich lief zwischendurch ins Polizeipräsidium, um meine Anzeige aufnehmen zu lassen, bekam von Clausnitzer weitere Detailinfos, die wiederum dem Anwalt suspekt waren. Gegen vier war die einstweilige Verfügung aufgehoben, um halb sechs saßen wir endlich wieder erschöpft in der Redaktion mit einem fürchterlich steifen, fix und fertig ausformulierten Text, der nichtsdestotrotz der lokale Aufmacher werden sollte, und unendlich viel liegen gebliebener alltäglicher Arbeit vor uns.

Während ich schon ein Feld für einen Artikel aufzog, rief ich Andy an, um ihm zu sagen, dass wir unsere kleine Feier vertagen müssten. Er war geknickt, vor allem wohl, weil er gern in der Redaktion gewesen wäre. Wir sollten uns nicht allen Biss nehmen lassen, forderte er. Ich war kurz davor, ihm vorzuschlagen, das selbst mit der Chefetage durchzudiskutieren. Da ich jedoch wusste, dass er der Aufforderung sofort nachkommen würde, ließ ich es.

Danach wählte ich Dales Nummer, erreichte aber nur den Anrufbeantworter. Ich hinterließ ihm ein paar Sätze: dass die größte Gefahr vorbei sei, wir außerdem noch entsetzlich viel Arbeit hätten, ich also später kommen und sofort wieder in unsere Wohnung umsiedeln würde. Dann machte ich mich konzentriert daran, Fotos einzupassen, Texte zu redigieren und die Seiten fertigzustellen.

Um kurz nach acht hatten wir es geschafft. Auf der Eins prangte das Foto der beschmierten Fassade des Verlagshauses mit einem dicken Schriftzug darüber: »Rechtsextremisten vor dem Aus«; in dem Artikel wurde die Geschichte des ›Sturmtrupp Dynamo‹ angerissen, eine Chronologie der Geschehnisse der letzten Woche gegeben sowie über die Fahndungen und Festnahmen der Kripo berichtet. Als Autoren waren Martin, Jonas und ich genannt – im Text hatten wir allerdings Andy und mich nicht namentlich erwähnt.

»Und tschüss!« Martin schickte die Seite per Mausklick in die Druckerei, nachdem wir sie abschließend zu dritt begutachtet hatten, drehte sich zu uns um. »Das war's. Ich glaube, bei Ingeborg steht noch eine Flasche Sekt. Wie wär's?«

»Für mich nicht«, sagte ich, »aber –«

Dale klopfte kurz an den Rahmen der offenen Tür, trat ein.

»Hallo zusammen!«

»Hi! Hast du meine Nachricht nicht bekommen?«

»Doch, aber ich wollte gern mit dir essen gehen.« Sein Gesicht war unbewegt, ohne Lächeln.

»Okay«, stimmte ich überrascht zu. »Dann feiern wir wann anders«, verabschiedete ich mich von den beiden Kollegen, holte meine Jacke und verließ mit Dale die Redaktion.

Er war mit dem Auto gekommen und dirigierte mich zum Parkstreifen der St. Petersburger Straße.

»Ich dachte, du musst heute Abend auch wieder weg?«, fragte ich, als wir im Auto saßen.

»Später.« Er hatte den Blinker gesetzt und starrte in den Rückspiegel. »Bist du mit der Casa Ingram einverstanden?«

Ich schaute zu ihm herüber. Das scharf geschnittene Profil verriet nichts von seinen Gedanken. »Aber warum? Du hast gerade gefragt, ob wir essen gehen. Ich würde dich gerne einladen.«

Dale wedelte mit der rechten Hand herum, bevor er hochschaltete. »Das musst du nicht.«

Er wendete an der Ampel und nahm Kurs auf die Neustadt.

»Ich will es aber.«

Er sagte nichts, zog seine Zigarettenschachtel aus der Jackentasche, legte sie auf die Ablage.

»Was ist los, Dale? Warum lockst du mich von meinen Kollegen weg, wenn du bloß mit mir in deiner Küche sitzen willst und danach wieder abhaust? Ich habe Grund zu feiern: Die Kripo hat einen der Nazis in die Mangel genommen und Namen bekommen. Der ›Strumtrupp‹ dürfte erledigt sein!«

Wir passierten die große Kreuzung am Pirnaischen Platz und befuhren die Carolabrücke. Das beleuchtete Altstadtpanorama glänzte idyllisch vor dem dunklen Herbsthimmel.

Dale schwieg. Erst als wir bereits auf der anderen Seite angekommen waren, begann er:

»Kirsten, du bist naiv, wenn du denkst, dass die Gefahr damit vorüber ist. Ich will, dass du noch bei mir bleibst. Und ich denke, es ist praktikabler, wenn wir bei mir essen.«

»Praktikabler? Was soll das denn heißen? Ich weiß, dass noch immer ein Risiko besteht, aber du übertreibst doch maßlos.«

Dale steuerte den Wagen in den Kreisverkehr des Albertplatzes hinein.

»Vielleicht. Aber bitte vertrau mir.« Er machte eine Pause, blinkte, um in die Antonstraße einzubiegen. »Ich hatte Lasagne eingefroren, die habe ich aufgetaut«, verlegte er sich auf einen überredenden Tonfall.

Ich hätte gern mit Martin und Jonas angestoßen, und vielleicht wären wir noch in eins der Restaurants in der Weißen Gasse gegangen. Oder ich hätte doch Andreas kurz besucht. Und mich naiv zu nennen, fand ich dreist von Dale. Andererseits war die Situation, wie sie war, und die Aussicht, mir irgendwo etwas zu essen zu besorgen und dann allein in unserer leeren Wohnung zu sitzen, lockte mich nicht besonders.

»Na gut«, stimmte ich zu.

Wir hatten die Antonstraße Nummer 4 erreicht. Ich stieg aus, öffnete das Tor. Dale fuhr auf das Grundstück, stellte den Fiesta ab. Hintereinander gingen wir den Gartenweg entlang, betraten das Haus.

»Ich versuche, heute früher nach Hause zu kommen. Dann können wir noch die Desperate Housewives gucken«, sagte Dale im Plauderton, während er den Backofen einschaltete und die Lasagne begutachtete, die in der Küche auf der Arbeitsfläche stand.

»Okay.« Ich begann, den Tisch zu decken, er bugsierte den Auflauf in eine Form und schob sie in den Ofen. Dann hielt er seine Zigarettenschachtel hoch.

»Ich gehe mal raus.«

Als er die Küche verlassen hatte, ließ ich mich auf das Sofa fallen. Morgen war es eine Woche her, dass ich hierhin zum Frühstück gekommen war, die Nazis Andy zusammengeschlagen hatten und mein Verdacht in Bezug auf Heinz Wachowiak konkreter geworden war. Eine schier endlose Woche mit positivem Schwangerschaftstest, Obduktion, Verfolgungsjagd durch den Zwinger, schrecklicher Angst um den Vater meines Kindes. Der jetzt allein in einem tristen Klinikzimmer lag, während ich bei meinem Exfreund, seinem Langzeitrivalen, Unterschlupf gesucht hatte. Ich strich über meinen Bauch in der Jeans.

Ein dumpf knallendes Geräusch am Fenster ließ mich aufspringen. Was war das? Angestrengt starrte ich auf das dunkle Glas, bis ich erkannte, dass die Scheibe mein Bild anders als sonst zurückwarf. Dale hatte die hölzernen Läden von außen geschlossen. Kurz darauf hörte ich den gleichen Ton aus dem angrenzenden Büro, dann leiser aus dem Wohnzimmer. Warum tat er das? Er musste etwas wissen, wovon er mir nichts sagte – er hatte Angst um mich.

Als er wieder im Haus war, ging er durch alle Räume und verriegelte die Läden von innen, bevor er in die Küche kam, wo die Lasagne einen angenehmen Geruch zu verströmen begann. Er schaute durch das Fenster in der Backofentür, stellte Salz und Pfeffer auf den Tisch, lehnte sich an die Arbeitsfläche.

»Dale, was ist los?« Ich hielt seinen Blick fest, aber die dunklen Augen waren unergründlich.

»Nichts Konkretes«, wiegelte er ab. »Wahrscheinlich hast du recht und ich übertreibe.« Er verzog den Mund zu einem Lächeln, das seine Augen nicht erreichte. »Tu mir einfach den Gefallen und bleib heute Abend hier, ja? Und mach die Tür nicht auf.« Das klang so eindringlich, dass ich nickte und es versprach.

Als wir das Essen beendet hatten, war es bereits halb zehn. Mir fielen nach der Anspannung des Tages und dem guten Auflauf fast die Augen zu, und ich dachte, dass es mit den Desperate Housewives kaum noch etwas werden würde – sagte aber nichts. Am liebsten wäre es mir gewesen, wenn Dale gar nicht mehr wegfahren, sich nicht in Gefahr begeben würde.

Er ging jedoch betont locker in sein Büro, nachdem er mich gefragt hatte, ob ich das Spülen übernehmen würde. Ich hörte die Schreibtischtür, als er die Smith & Wesson herausnahm. Mit einem dicken Schal über dem Kragen der Lederjacke kam er in die Küche, um sich zu verabschieden.

»Bis später.«

Ich nahm ihn fest in den Arm. »Pass bitte auf dich auf.«

»Klar. Schließt du hinter mir ab?«

Ich blieb in der Haustür stehen und sah ihm nach, wie er den Weg entlangging. Kurz darauf hörte ich, wie der Fiesta angelassen wurde und vom Grundstück fuhr. Er hatte nicht einmal gewollt, dass ich das Gartentor hinter ihm wieder schloss, sondern erledigte das selbst. Ich zwang mich, in die Küche zu gehen und dort aufzuräumen. Als alles blitzte, setzte ich mich wieder an den Tisch und blickte zu dem verrammelten Fenster. Ich war sicher, dass Dales Abwesenheit etwas mit mir zu tun haben musste. Vermutlich hatte er auch am Morgen nicht die Wahrheit gesagt, als er behauptete, für einen anderen Job unterwegs gewesen zu sein.

Ich seufzte. Was konnte ich tun? Ich war zur Untätigkeit verdammt, dazu, seine Spielregeln einzuhalten und zu hoffen, dass er unversehrt zurückkehrte. Grässlich!

Ich ging ins Büro, holte das Telefon in die Küche, wählte Andys Anschluss im Krankenhaus. Verschlafen meldete er sich.

»Entschuldigung, jetzt hab ich dich geweckt.«

»Ja, das Nachtleben ist hier nicht so richtig aufregend, da fallen einem schon mal die Augen zu.«

»Tut mir leid.«

»Ich freu mich doch, von dir zu hören.« Nun klang er viel wacher. »Was gibt's? Bist du wieder zu Hause?«

Sollte ich ihn auch noch verrückt machen? Was hatte ich überhaupt mit dem Anruf bezweckt? Doch nur, mich selbst abzulenken und zu beruhigen.

»Ja«, log ich. »Ich wollte dir nur eine gute Nacht wünschen. Ich gehe jetzt auch schlafen. Und morgen früh komme ich zu dir.«

»Vergiss den Sekt nicht!«

»Schluckspecht«, sagte ich und legte auf.

Ich kochte mir einen Kräutertee, der Beruhigung und Entspannung versprach, fragte mich, seit wann Dale so etwas im Haus hatte, und kuschelte mich damit auf die Wohnzimmercouch. Ich fand eine Talkshow im Fernsehen, die mich ein wenig von meinen Grübeleien ablenkte. Ich wollte auf Dale warten, ich musste wissen, dass er wohlbehalten zurück war. Irgendwann fielen mir jedoch die Augen zu und ich fuhr, zu Tode erschrocken, hoch, als ich eine Berührung wahrnahm. Dale stand vor der Couch, in einer Wolke von kaltem Rauch, er wirkte erschöpft.

»Alles in Ordnung«, sagte er. »Geh ins Bett.«

Im Fernsehen lief eine Quizshow. Ich blinzelte auf meine Armbanduhr. Es war halb zwei.

*

Als ich am nächsten Morgen wach wurde, strahlte die Sonne. Es war bereits nach zehn. Schnell zog ich mich an und ging nach unten. Dale saß in der Küche vor dem gedeckten Frühstückstisch, wo sogar schon frische Brötchen dufteten. Er hatte den Lokalteil der Zeitung neben seinem Teller liegen.

»Morgen«, grüßte ich. »Du hättest mich ruhig wecken können. Ich hab geschlafen wie eine Tote.«

Er erwiderte die Begrüßung und goss mir Tee ein. Seine Augen wiesen tiefe Ringe auf, er konnte nicht gut geschlafen haben.

Erst als wir beide angefangen hatten zu essen, begann er mit müder, aber wütender Stimme: »Ihr seid doch komplett wahnsinnig, das hier so zu bringen.« Er deutete auf den Aufmacher.

Ich schluckte einen Bissen herunter. »Davon ist jedes Komma juristisch abgesichert. Da kann uns keiner etwas!«

»Alles, was euch passiert ist, dass Andreas noch im Hyazinthus-Krankenhaus liegt, und dann eure Namen über dem Text. Das ist Selbstmord!« Er hatte seine Brötchenhälfte abgelegt.

»Du spinnst doch.« Ich schaute aus dem Fenster in den sonnigen Vormittag. »Hast du mir gestern nicht zugehört? Die Kripo ist jedem wichtigen Mitglied des ›Sturmtrupp‹ zumindest hart auf den Fersen. Die haben jetzt anderes zu tun, als Journalisten zu verprügeln.« Ich ließ es mir weiter schmecken, realisierte nebenbei glücklich, dass dies schon der fünfte Tag ohne Morgenübelkeit war.

»Ich spreche nicht von den wichtigen Mitgliedern«, sagte Dale.

»Ja, ich weiß, dass es immer noch genügend Fußvolk gibt. Aber von dem kann man sich doch nicht tyrannisieren lassen.«

»Ronnie.«

»Was?« Nun legte auch ich mein Marmeladenbrötchen hin.

»Ronnie Meyersfeld ist kurz vorm Durchdrehen. Seine Geliebte hat ihm den Laufpass gegeben, nachdem die Affäre bekannt wurde, und der neue Freundeskreis wird auseinandergenommen. In seinen Augen seid ihr beide für alles verantwortlich.«

Ich starrte ihn an, ohne etwas zu verstehen. »Woher weißt du das?«

»Ich bin ihm auf den Fersen geblieben.«

»So viel zu dem anderen Job. Du hast sein Alibi nicht geglaubt.«

»Ich war mir nicht sicher, bin ich auch immer noch nicht. Aber eins weiß ich mittlerweile mit Gewissheit: dass der Junge eine tickende Zeitbombe ist. Und wenn er jetzt mitbekommt, dass ihr euch damit brüstet, seine Freunde der Polizei in die Arme getrieben zu haben …«

»Wir brüsten uns mit gar nichts.« Ich trank einen Schluck Tee. »Und ich glaube kaum, dass Freund Ronnie Zeitung liest.«

»Vielleicht nicht«, gab Dale zu, »trotzdem würde ich dich am liebsten aus der Stadt schaffen.«

15. KAPITEL

»Und was ist mit Andreas? Nein!« Dale war einfach der übervorsichtige Cop, stand für mich fest. Ich nahm meine Brötchenhälfte wieder auf und biss hinein. »Außerdem, wie lange willst du mich verstecken? Bis Ronnie sich beruhigt hat?«, hakte ich mit vollem Mund nach.

Dale hob die Augenbrauen. »Du bist jetzt nicht nur für dich allein verantwortlich«, erinnerte er mich.

Das war unfair. »Schlag etwas Sinnvolles vor«, forderte ich.

Er goss sich noch einen Kaffee ein, stand auf und nahm seine Zigaretten vom Büfett, signalisierte, dass er nach draußen gehen würde: »Nachdenken.«

Als er verschwunden war, nahm ich mir noch eins der leckeren Brötchen. Ronnie. Musste man vor ihm Angst haben? Davonlaufen?

Unberechenbar war er bestimmt. Und Dale hatte immer noch Zweifel an seinem Alibi …

Wenn man ihn provozierte, aus der Reserve lockte? Klar war schließlich, dass Weglaufen auf Dauer nichts brachte. Wir sollten zusehen, dass wir die Zügel in der Hand behielten, uns nicht von ihm vorführen ließen. Ja. Ich schnitt dicke Streifen von dem alten Gouda ab.

»Ich nehme ihn mir heute Abend vor und mache ihm klar, dass er richtig Ärger bekommt, wenn er dir oder Andreas auch nur ein Haar krümmt«, verkündete Dale entschlossen, als er wieder in die Küche kam, kühle, rauchige Luft mitbrachte.

Er konnte Kriminelle einschüchtern, das wusste ich. Aber ob das bei Ronnie funktionierte? Würde die Zeitbombe nicht einfach weiterticken? Ich legte Dale dar, was ich mir überlegt hatte.

»Ihm eine Falle stellen? Viel zu gefährlich.«

»Du wärst doch als Schutz im Hintergrund.«

Er drehte seine Kaffeetasse hin und her. »Was stellst du dir vor? Ihn zu Andreas ins Krankenhaus locken?«

»Nein. Ich gehe in eine seiner Stammkneipen und töne da laut rum, dass ich den ›Sturmtrupp‹ aufgemischt hab.«

»Auf gar keinen Fall!«

Es dauerte, bis Dale einsah, dass es die beste Möglichkeit war. Endlich willigte er ein, wohl auch nur, weil ihm keine Alternative einfiel und ich verkündet hatte, ansonsten einfach wieder in unsere Wohnung zu ziehen. Ich gab mich viel mutiger und entschiedener, als ich war – aus dem schlichten Grund, dass ich nicht ständig in Angst leben wollte. Dann lieber einmal die Konfrontation, dachte ich. Nachdem wir uns so weit geeinigt hatten, sannen wir über einen Partner nach, mit dem ich mich unterhalten konnte.

»Zu dumm, dass Andreas nicht zur Verfügung steht. Er wäre nicht nur ein zweiter Köder für Ronnie, sondern ist ja anscheinend noch fit in Karate.«

Ich unterdrückte ein Grinsen. Dass Dale sich Andy dazuwünschte und ihm körperliche Fitness attestierte, war neu. Ich freute mich darauf, es meinem Liebsten zu berichten, irgendwann. Heute würde ich ihm gar nichts von der geplanten Aktion erzählen, er würde sich bloß unnütze Sorgen machen und im schlimmsten Fall darauf bestehen, mitzumischen.

»Ich ruf Martin an«, sagte ich.

In dessen Wohnung erreichte ich allerdings nur seine Freundin, die mir mitteilte, Martin sei übers Wochenende bei einem ehemaligen Kommilitonen. Ich hatte da meine Zweifel, verzichtete aber darauf, bei Sandra oder auf seinem Handy anzuklingeln. Mir war es lieber, wenn ich darüber nicht allzu viel wusste – und schließlich war ich die Letzte, die in Liebesdingen den Moralapostel spielen durfte.

»Was ist mit dem anderen, der gestern Abend noch da war?«, fragte Dale.

»Jonas? Der wäre begeistert, möchte ich wetten.«

»Na dann.« Dale nahm sich endlich noch ein Brötchen. »Er sah auch sportlicher aus als Martin.« Ihm war nach wie vor äußerst unwohl bei unseren Plänen, und ich wusste, er würde sich erst beruhigen, wenn wir es hinter uns gebracht hätten.

Zum Glück stand der junge Kollege im Telefonbuch und ging gleich an den Apparat. Ich konnte seinen Stolz, von mir um Hilfe gebeten zu werden, regelrecht spüren. Er redete, als heuerte ihn James Bond an, das Vereinigte Königreich zu retten. Ich betonte, dass wir uns nur gut vernehmlich über unser Vorgehen gegen den ›Sturmtrupp‹ austauschen würden – und flüchten, sobald es gefährlich würde, schärfte ihm noch ein, Andreas nichts davon zu sagen, falls er ihn besuchte.

»Okay, das hätten wir«, sagte ich. Nun, da alles so weit organisiert war, spürte auch ich die Angst. Davon wollte ich Dale allerdings nichts zeigen, sondern kündigte betont fröhlich an, einkaufen zu gehen und am Abend etwas zu kochen.

*

Lautes Lachen drang aus Andreas' Zimmer, vor dem kein Polizist mehr saß, wie ich mit Schrecken feststellte. Bevor ich hineinging, rief ich Dale an und bat ihn, alles zu versuchen, damit die Wache wieder eingesetzt wurde. Seine Antwort klang skeptisch, er wollte es jedoch versuchen. Ich atmete tief ein und nahm mir vor, niemanden etwas davon merken zu lassen, was an diesem Tag noch passieren sollte.

Martin und Sandra waren zu Besuch. Sandra saß auf Andreas' Bettkante, Martin auf dem einen Besucherstuhl. Alle drei begrüßten mich gut gelaunt.

Andy hielt sich die Seite und schnitt eine Grimasse.

»Hi, sag deinen Kollegen, sie sollen mich nicht zum Lachen bringen.«

Ich gab ihm einen Kuss. »Da ist wohl eiserne Selbstbeherrschung gefragt.«

»Meine große Stärke.«

»Du kannst ja üben und auf den Sekt verzichten«, schlug ich vor und zog die Piccoloflasche aus meiner Umhängetasche.

Sandra prustete los, bückte sich und fischte eine große Flasche zwischen Nachttisch und Bett hervor. Eine Strähne ihres glänzenden blonden Haares fiel ihr in die Stirn, die Wangen glühten. Ich kann Martin verstehen, dachte ich kurz. Die junge Volontärin wirkte so kindlich, so unschuldig.

»Aber ohne Gläser«, monierte ich und brachte zwei Sektflöten zum Vorschein.

Andy hob die linke Hand mit seinem Wasserglas.

»Pass auf, dass dir keine Krankenschwester zu nahekommt. Die wird wissen, dass deine Fahne nicht von Medikamenten stammt.«

»Aber wenn mir eine Krankenschwester so nahkommt, ist sie doch schon meinem Charme erlegen.« Er zwinkerte und hielt mir das Glas hin.

Ich war froh, ihn so gut gelaunt zu sehen und trank einen winzigen Schluck, reichte meinen Kollegen die anderen Gläser. Martin begann erneut mit dem anscheinend gerade abgebrochenen Bericht über unseren gestrigen Nachmittag in der Chefredaktion. Andreas fragte an etlichen Stellen nach und ich schaffte es nach einer Stunde, mich wieder zu verabschieden, ohne dass jemand etwas von meiner Anspannung gemerkt hatte. Lediglich als Andy sagte, er habe am Vormittag angerufen, um mich zu bitten, ihm ein Duschtuch mitzubringen, aber ich sei nicht da gewesen, geriet ich ein wenig ins Stottern.

Als ich wieder auf dem Flur stand, schloss ich kurz die Augen. Eine Krankenschwester, die gerade vorbeikam, fragte, ob mir etwas fehle. Ich versicherte, dass alles in Ordnung sei, und bat sie, bis die Polizei wieder einen Posten vor Andreas' Zimmertür eingesetzt hatte, ein Auge auf Besucher meines Freundes zu haben.

Die junge Frau nickte eifrig.

»Das kann ich tun. Ist ja richtig aufregend.«

Ich dachte, dass der Drachen, der Clausnitzer und mich am Donnerstag von Andys Bett verscheucht hatte, bestimmt effektiver wäre, lächelte sie aber dennoch bestätigend an. »Ja, da haben Sie recht. Also, wenn Ihnen irgendwas nicht geheuer vorkommt, schlagen Sie Alarm, bitte.«

Sie versprach es, und ich fühlte mich ein bisschen sicherer, als ich den Lift in den vierten Stock nahm, um Marianne Gärtner einen Besuch abzustatten. Die Station wirkte stiller als die untere, auch weitläufiger. Die in hellen Terrakottafarben gehaltenen Wände strahlten Ruhe aus. In einer geschmackvoll eingerichteten Sitzecke unterhielten sich drei Patienten. Der Pfleger, bei dem ich mich nach Frau Gärtner erkundigte, war sehr zuvorkommend, seine Nachfrage, ob ich eine Verwandte sei, schien ehrliches Interesse zu signalisieren. Es könnte nicht schaden, dachte ich, zu vermitteln, dass die alte Dame nicht allein auf der Welt war, und gab eine positive Antwort.

Marianne Gärtner lächelte mir erfreut entgegen. Ihr Einzelzimmer war doppelt so groß wie Andys, ein großes Fenster und eine Glastür führten auf einen Balkon, wo ein Liegestuhl in der Herbstsonne lockte. An der Wand hing ein riesiger Flachbildschirm, um einen runden Tisch waren drei Stühle gruppiert, darauf stand ein prachtvoller Blumenstrauß.

»Das ist ja eine Überraschung! Nehmen Sie Platz.« Mühsam erhob sie sich von dem Bett, auf dem sie gelegen hatte, und schritt mit langsamen Bewegungen zur Besucherecke. Sie trug eine Art Hausanzug aus dunkelblauem Samt, ihre Haare waren wieder perfekt onduliert. »Mit ein bisschen Glück kommt gleich der Nachmittagskaffee, dann kann ich Ihnen sogar etwas anbieten.«

Ich winkte ab und fragte, wie es ihr ginge.

»Wunderbar. Ich werde behandelt wie eine Königin. Natürlich ist es ein wenig langweilig, aber wissen Sie, das Problem habe ich nun mal zu Hause auch, seit Heinz nicht mehr ist. Aber Sie sehen aus, als ob Sie etwas bedrückt, wenn ich das sagen darf, meine Liebe.«

Ich fühlte eine seltsame Vertrautheit mit dieser Frau, die ich kaum kannte. Die Versuchung, ihr zu erzählen, was mich am Abend erwartete, war groß. Zum Glück trat in diesem Augenblick der Pfleger, mit dem ich im Flur gesprochen hatte, in den Raum, ein voll beladenes Tablett in den Händen.

»Frau Gärtner, ich habe gedacht, Ihre Großnichte mag bestimmt auch ein Stück Kuchen und eine Tasse Kaffee.«

Ich zwinkerte der alten Dame verschwörerisch zu, sie lachte leise und bedankte sich bei dem Mann. Während wir den Apfelstrudel genossen, erzählte ich von meinem Lebensgefährten und den Folgen seiner Zusammenstöße mit Hooligans.

»Verständlich, dass Sie das quält.« Betroffen ließ sie ihre blassgrauen Augen auf mir ruhen.

»Es sind genau die rechtsextremen Fußballfans, mit denen sich auch Herr Wachowiak beschäftigt hat«, ergänzte ich.

Sie nickte bloß.

»Sein Enkel Ronnie gehört wohl auch zu ihnen, wusstensie das?«

»Ronnie? Nein, das ist mir neu.« Ungläubig schüttelte sie den Kopf.

»Kennen Sie ihn?«

»Wie den Rest der Familie mehr vom Hörensagen. Aber gerade Ronnie hatte Heinz mal zu mir mitgebracht und ihn meinen Keller aufräumen lassen. Er sagte, der Junge habe keine Arbeit und bräuchte ein bisschen Selbstbestätigung und Taschengeld. Er hat das sehr ordentlich gemacht, saß dann auch bei uns beiden und hat mit uns zu Abend gegessen. Ich hatte den Eindruck, dass sein Großvater der Einzige war, der ihm gesagt hat, was er machen soll, und dass er genau das brauchte.«

Ich nickte. Vermutlich traf das ziemlich gut Ronnies Problem. »Wann war das?«

»Ach, herrje. Vor einem Jahr? Nein, warten Sie, es war noch Winter, also ist es länger als eineinhalb Jahre her.« Nachdenklich trank sie einen Schluck Kaffee.

»Und Herr Wachowiak hat nicht erzählt, dass er sich danach größere Sorgen um den jungen Mann machte oder sich vielleicht mit ihm zerstritten hatte?« Mit der Gabel schob ich ein letztes Apfelstückchen auf dem Teller umher.

Frau Gärtner verneinte. Ich sah auf meine Uhr.

»Ich fürchte, ich muss Sie schon wieder verlassen. Eine Frage aber noch: Haben Sie mittlerweile eine Idee, warum man Ihnen kostenlos das neue Gelenk einsetzen will und Sie hier so hofiert?«

Die Antwort war ein erneutes Kopfschütteln.

*

Jonas Michaelis kam pünktlich um halb acht, geschniegelt und mit einer Flasche Wein in der Hand. Dale schaute ihn an, als wollte er auf der Stelle den gesamten Plan kippen. Bereits den ganzen Nachmittag über, während ich mich um den Gemüseauflauf gekümmert hatte, der nun im Backofen bräunte, war er mehrfach kurz davor gewesen. Mit seinen

Ausführungen darüber, wie gefährlich die Situation werden könnte, hatte er mich fast in den Wahnsinn getrieben.

»Kein Alkohol«, sagte er knapp. »Hast du schon etwas getrunken?«

»Nein«, entgegnete Jonas empört. »Natürlich nicht!«

»Gut.« Dale ging voran in die Küche.

»Ich habe mich nur deshalb von Kirsten überreden lassen, diese Falle zu konstruieren, weil ich glaube, dass eine geplante Eskalation das kleinere Übel ist. Im Vergleich zu der Gefahr, die von diesem Ronnie Meyersfeld ausgeht, wenn er irgendwann auf Kirsten trifft und ich nicht in der Nähe bin.« Sein Blick fixierte Jonas, der unbehaglich ihm gegenüber in der Mitte des Raums stand.

»Setzt euch doch«, versuchte ich die Situation aufzulockern. »Willst du Mineralwasser oder einen Saft?«

Dankbar nickte mein junger Kollege. »Habt ihr Cola?«

Da Dale das süße Getränk ebenso wenig mochte wie ich, konnte ich ihm damit nicht dienen, aber wenigstens war die Anspannung etwas gelöst. Die beiden Männer setzten sich, ich schaute nach dem Auflauf, stellte den Ofen aus, begann den Tisch zu decken.

»Wichtig ist, dass ihr euch genau an das haltet, was wir absprechen, und im Falle des Falles die Aktion auf ein Zeichen von mir sofort abbrecht. Wir wissen nicht, wie riskant es werden kann, und werden keine unkontrollierbare Gefahr eingehen, ist das klar?«

Ich versuchte, Jonas durch Augenrollen ein wenig aufzumuntern, er war jedoch komplett eingeschüchtert von den Ermahnungen. Dale stand plötzlich wieder auf und griff nach seinen Zigaretten.

»Wir können doch ein paar Minuten später essen, oder?« Ohne meine Antwort abzuwarten, verließ er die Küche.

Jonas schaute mich an und ließ hörbar Luft entweichen.

»Ich hab doch schon gesagt, dass er Polizist war und Privatdetektiv ist. Er hat oft genug gesehen, was alles passieren kann«, erklärte ich, »und es ist fast ein Wunder, dass er dieser Aktion heute Abend überhaupt zugestimmt hat.«

Jonas lächelte leicht gequält. »Du liegst ihm sehr am Herzen, was?«

Ich nickte. »Ja, das ist wohl so.«

Während des Essens beschrieb Dale einen typischen Abend Ronnies, der ihn durch etliche Kneipen führte. Jonas' Frage, wie er das finanziere, beantwortete er mit einem ironischen Grinsen. »Beg, steal or borrow. Vielerorts kriegt er auch nichts mehr.«

In den vergangenen Nächten sei der Junge stets um Mitternacht herum in einer winzigen Eckkneipe in Löbtau gelandet, die letzte Station seiner Tour. »Von dort aus geht er entweder nach Hause zu Mama oder er schläft auf einem brachliegenden Grundstück gegenüber.«

Ich stand auf, um Kaffee zu kochen. Ausnahmsweise würde ich auch eine Tasse trinken. Ein Glück, dass ich so ausgeruht war. Dales Augenringe waren hingegen noch dunkler geworden, er sah, wohl auch durch die Sorgen, die ihn den ganzen Tag umgetrieben hatten, gerädert aus und viel älter, als er war.

»Unser Trumpf ist, dass er schon besoffen ist, wenn er dort ankommt. Und dass dort keine Rechtsextremen verkehren. Schließlich ist das Letzte, was wir brauchen können, dass der Kerl Unterstützung von anderen bekommt. Er steht meist draußen vor der Tür, sodass ich mich gut in der Nähe aufhalten kann.« Dale blickte von mir zu Jonas.

»Also: noch Fragen?«

*

Es war eine düstere Ecke hinter dem Friedrichstädter Güterbahnhof, in die Dale den Fiesta lenkte. An der Fröbelstraße gab es noch etliche Geschäfte, die Straßenbahn und Autos sorgten für Betrieb, an der Gambrinus-Straße standen jedoch unsanierte Häuser, auf dem Kopfsteinpflaster holperte der Wagen. Durch das offene Fenster roch es nach Braunkohle. Am Ende der Straße sah ich auf der rechten Seite ein witziges rundes Werbeschild ›Bären-Batterie‹, das wohl ehemals selbst beleuchtet gewesen war, nun nur im Schein der Straßenlaterne sichtbar wurde. Gegenüber standen die Flügeltüren des Gambrinus-Eck weit offen. Dale bog nach links in die Altonaer Straße ein, fuhr noch etwa hundert Meter, parkte.

»Ihr bleibt erst einmal hier, ich schaue, ob er schon da ist«, sagte er und verließ den Wagen, schlenderte die Straße zurück, schon wieder eine Zigarette im Mund.

Der Schein des Feuerzeugs loderte kurz auf, beleuchtete seine schmalen Züge. Er hatte in der nächsten Woche Geburtstag, fiel mir ein. Der 39., er war ein halbes Jahr älter als ich.

»Eine seltsame Situation, oder?«, ließ sich Jonas vom Rücksitz vernehmen.

»Du kannst immer noch aussteigen.« Vermutlich war die Abenteuerlust, die ihn heute Mittag sofort hatte zustimmen lassen, jetzt, da es ernst wurde, verflogen, dachte ich.

»Nein, das meine ich nicht«, sagte er. Ich drehte mich zu ihm um. In dem dämmerigen Licht konnte ich seine Gesichtszüge nicht genau erkennen, aber er schien verlegen. »Na ja, er und du und Andreas.«

»Ja«, entgegnete ich nur.

Vor der Kneipe standen drei Männer herum, Bierflaschen in der Hand. Der Leuchtwerbung neben der Tür nach musste es Sternquell sein. Dale kam bereits wieder aus dem Gebäude heraus, überquerte die Straße. Ich stellte den rechten Außenspiegel so ein, dass ich den Bürgersteig hinter dem Fiesta sehen konnte. Dale machte gerade einen Schritt hinter eine Backsteinmauer und verschwand.

Kurz darauf kam er zum Auto zurück, ließ sich in den Fahrersitz fallen.

»Nein, noch nicht da.«

Er drehte seine Rückenlehne etwas schräger, justierte den Innenspiegel und lehnte sich zurück. So verbrachte er also viele Stunden seines Berufslebens. Geduldig abwarten, den richtigen Moment erwischen, dann mit wachen Sinnen bereit sein. Die Uhr an der Konsole zeigte halb zwölf.

»Es ist ja auch noch früh«, sagte ich. »Hinter der Mauer schläft er manchmal?«

»Ja. Die Plastiktüte mit seinem Schlafsack liegt da.«

Ich blickte hinaus in die feuchtkühle Nacht, versuchte mir vorzustellen, wie es war, bei solchem Wetter ohne Dach über dem Kopf zu leben. Es gelang mir nicht.

»Wir provozieren Ronnie jetzt zu einer Straftat – und dann?«

»Dann wird ihm geholfen.« Aus Jonas sprach ein Glaube an die Gesellschaft, der noch nie erschüttert worden war.

Dale schwieg lange. »Für das Jugendstrafrecht ist er zu alt. Im schlimmsten Fall kommt er in den Knast. Zu lauter guten Vorbildern.« Er warf einen Blick zur Seite, um meine Reaktion zu sehen, zuckte dann betont cool die Achseln. »Aber wenn er so weitermacht, landet er da sowieso irgendwann. Und vielleicht für länger, wenn er zum Beispiel eine Oma, der er die Handtasche klauen wollte, zu fest gestoßen hat. So gesehen, ist für ihn eigentlich alles besser.«

»Das ist zynisch«, fand ich, wusste aber auch keine Lösung. Mir fiel ein, was Marianne Gärtner erzählt hatte. Sie könnte Ronnie doch aufnehmen, der ihr dafür im Alltag half. Sozialromantische Spinnerei, schalt ich mich selbst. Der Verdacht, dass dieser junge Kerl Heinz Wachowiak auf dem Gewissen hatte, war noch nicht vom Tisch.

Dale antwortete nicht, von Jonas kam plötzlich ein lautes Aufstoßen, danach ein »Entschuldigung«. Einige Minuten saßen wir schweigend in dem kleinen Auto, trotz des halb offenen Fensters beschlugen die Scheiben.

»Vielleicht ist es besser, wenn ihr euch schon in Position bringt«, schlug Dale vor. »Und, Jonas …«

»Ja?«

»Jetzt wäre es mir recht, wenn du ein Bier trinkst. Falls du danach noch schnell reagieren kannst.«

Während er sich schon an der umgeklappten Lehne vorbei ins Freie schob, gab Jonas ein schnaubendes Geräusch von sich, sagte nichts. Ich nickte Dale zu, der im Wagen sitzen blieb, und wir schlenderten auf die Kneipe zu.

Das Innere war klein, ein einziger Raum, an dessen Seitenwand sich ›Sternquell‹-Kästen bis an die Decke stapelten. Zwei Männer standen an der Theke, drei weitere saßen an einem Tisch am Fenster. Alle rauchten, und mir wurde sofort übel. Ich bat Jonas, mir ein Malzbier mit herauszubringen und ging schnell wieder auf die Straße.

Da standen noch immer die drei Kerle von vorhin, auch sie rauchten, zum Glück wurde der Qualm aber von der feuchten Nachtluft absorbiert. Einer von ihnen musste drei Zentner wiegen, sein gewaltiger Bauch hing wie ein Ballon über der Jeans, die um die Beine herumschlabberte. Auch den anderen beiden sah man die vielen Biere, die sie vermutlich täglich konsumierten, an, neben ihrem Kumpel wirkten sie jedoch geradezu schlank. Alle drei beäugten mich neugierig. Vermutlich verirrten sich Frauen nur selten ins Gambrinus-Eck.

Jonas kam mit zwei Bierflaschen heraus. »Guck mal lieber, ob du ein Verfallsdatum findest«, riet er mir. »Er musste so lange danach suchen.«

»Egal, wenn es noch schmeckt, ist es okay.«

Ich wollte so wenig Aufsehen wie möglich erregen. Wir fielen ohnehin genug auf. Jonas trug Designerjeans und eine Lederjacke, die garantiert etliche 100 Euro gekostet hatte, die auffällige, schwarz eingefasste Brille machte ihn in den Augen der anderen Gäste wahrscheinlich zum Intellektuellen. Wenigstens würden sie auch seine Frisur nicht als das Kunstprodukt, das sie war, identifizieren.

Ich hatte extra gammelige Klamotten angezogen – was total falsch war, wie mir klar wurde, als eine junge Frau auf die Kneipe zukam. Sie trug hohe Pumps, knallenge Röhrenhosen und eine mit Strass besetzte Kunstlederjacke, in deren offenem Kragen ein pralles Dekolleté zur Geltung kam. Mit einem lässig geworfenen Handkuss stöckelte sie an den Männern vorbei die Stufen hinauf in die Kneipe hinein. Den Hinweis hätte Dale mir geben können, dachte ich verärgert. Aber gut, in solchen Schuhen könnte ich niemals schnell weglaufen, und eine vergleichbare Jacke wies mein Schrank nicht auf.

»Das ist das fürchterlichste Bier, das ich jemals getrunken habe«, beschwerte Jonas sich leise.

»Tröste dich, meins ist auch nicht besser.«

Dale stieg aus seinem Auto, schloss es ab und bewegte sich die Altonaer-Straße hoch, weg von der Kneipe. Was hatte er vor? Da sah ich von der anderen Seite Ronnie herankommen, unsicher auf den Beinen, schmal und jung wirkend.

Dale hatte die Straßenseite gewechselt und kam im Schatten der Häuser wieder näher. Ich gab Jonas ein Zeichen, dass es losging.

Ronnie stierte geradeaus, nichts als den Eingang im Blick. Er ging ganz dicht an uns vorbei, bemerkte mich aber nicht.

»Also los!«, flüsterte ich, als er im Innern verschwunden war.

Wir hatten nichts vorbereitet, und ich kam mir vor wie auf der Bühne eines Schmierentheaters, als Jonas viel zu laut und mit übertriebener Betonung prahlte, dass »wir es den Nazis gegeben haben. Einen Denkzettel haben sie gekriegt, den sie so schnell nicht vergessen werden!«

Die drei Männer schauten zu uns herüber. Ich ergriff das Wort und hörte mich genauso unmöglich an. »Ja, die werden so schnell niemanden mehr zusammenschlagen!«

Ronnie tauchte in der Türöffnung auf, eine Flasche Bier in der Hand. Neben ihm stand die aufgetakelte Frau, einen Arm um seine Schulter gelegt.

»Verdammte Hooligans!«, fluchte ich, und das klang authentisch.

»Die werden ordentliche Haftstrafen kriegen – und wir haben dafür gesorgt«, fiel Jonas ein.

Ronnie blieb oben auf der Treppe stehen, schwankend. War er zu besoffen, um uns zu verstehen? Die Frau sagte etwas zu ihm, er schüttelte sie unsanft ab. Die ganze Zeit starrte er mich an, versuchte wohl, sich zu erinnern, wo er mich schon gesehen hatte. Der dicke Mann verabschiedete sich nach einem irritierten Blick auf uns von seinen Saufkumpanen; als er um die Ecke bog, schien er den gesamten Bürgersteig einzunehmen. Die beiden anderen wandten sich ein wenig von uns ab.

»Die Bullen wollen ja in den nächsten Tagen eine große Razzia machen, dann werden sie wohl noch mehr einlochen«, fantasierte ich. »Wir müssen noch einmal aussagen, und dann ist auch der letzte Dreck weg von der Straße.«

Das Bier spritzte in alle Richtungen, als Ronnie die Flasche an der Hauswand zerschlug. Mit erstaunlich sicheren Bewegungen sprang er die Treppe hinunter, geradewegs auf mich zu und riss mich um. Ich spürte einen brennenden Schmerz am Hals. Dann lag er auf mir, ich roch seinen sauren Atem und begann zu würgen. Er hob den Oberkörper an und holte mit dem rechten Arm aus. Die zackigen Ränder der halben Bierflasche glänzten bedrohlich.

»Du bist das, du alte Fotze!« Er spuckte aus, und obwohl ich den Kopf zur Seite warf, traf der klebrige Schleim meinen Mund.

Ohne es kontrollieren zu können, übergab ich mich in einem hohen Schwall. Ronnie zuckte zurück, und endlich reagierte Jonas, riss ihm den Arm mit der Flasche auf den Rücken. Ich sah die beiden Männer herankommen, Dale sie im Laufschritt umrunden, dann wurde mir schwarz vor Augen.

16. KAPITEL

»Es ist nicht tief«, hörte ich Dales Stimme. Ich öffnete die Augen und sah ihn neben mir knien. »Kannst du aufstehen?«

»Sicher.«

Die linke Halsseite brannte noch immer, der Geschmack im Mund war ekelhaft, ich war aber nur froh, dass alles vorbei war. Dale reichte mir die Hand und half mir auf, wandte sich dann zu Ronnie, den Jonas noch immer fest im Griff hatte. Er starrte auf den Boden, schien überhaupt nicht anwesend zu sein. Dale zog eine Art Gummiriemen aus der Jackentasche und fesselte ihm die Hände auf dem Rücken.

»Willst du ihn nicht auch knebeln? Er spuckt ja wie ein Lama«, fragte Jonas, und die Erinnerung ließ spontan eine neue Welle der Übelkeit in mir aufsteigen.

Vorsichtig schaute ich an mir herunter. Die alte Jeansjacke sah grauenhaft aus.

»Komm mit, Schätzchen«, sprach mich plötzlich die Frau von vorher an.

Sie hatte sich durch die beiden Männer, die an der Treppe stehen geblieben waren, hindurchgeschoben und legte mir den Arm um den Rücken, führte mich ins Gambrinus-Eck, durch den verqualmten Kneipenraum hindurch in das Frauen-WC. Dort wollte sie mir helfen, die Jacke zu öffnen, ich wehrte sie jedoch ab.

»Bitte, das sollen Sie nicht tun.«

»Was meinst du, bei wie vielen besoffenen Kerlen ich das schon gemacht habe?«

Aus der Nähe sah ich, dass sie älter war, als ich dachte. Eher Anfang 30 als Mitte 20. Mit spitzen Fingern arbeitete ich die Knopfleiste ab, sie machte sich an einem Verschlag in der Wand zu schaffen und brachte einen Müllbeutel zum Vorschein, hielt ihn mir hin. Ich stopfte die Jacke hinein und wusch mir gründlich Gesicht und Hals ab, versuchte, die Wunde am Hals zu begutachten, sah jedoch zu wenig. Mein helfender Engel beugte sich vor.

»Das müssen wir desinfizieren. Warte mal.«

Sie stöckelte hinaus.

»Es ist vorbei«, sagte ich zu meinem blassen Spiegelbild.

An einzelnen Stellen war meine Haut vom Waschen gerötet und glühte ungesund. Nasse Haarsträhnen fielen in die Stirn und sahen sehr dunkel aus. Ich sehnte mich nach einer Dusche, besser noch einem Schaumbad und vielen Stunden Schlaf in frischer, duftender Bettwäsche. Stattdessen stand ich, notdürftig gereinigt, in einem Waschraum, in dem vor Jahrzehnten die Zeit stehen geblieben zu sein schien: Keine Fliesen, stattdessen abgestoßenes PVC auf dem Boden, die Wände mit einer abwaschbaren Farbe gestrichen, alles in Beige-Braun.

Immerhin gab es einen Spiegel. Ich erinnerte mich an meine ersten Monate in Erfurt. Damals war es normal gewesen, dass in den Toiletten von Kneipen und Gaststätten keinerlei Möglichkeit bestand, sich zu betrachten. Ich hatte immer gerätselt, ob das Glas knapp gewesen war oder Eitelkeit als unsozialistisch galt. Vermutlich lautete die Antwort wie immer in solchen Fällen: erst das eine, dann das andere.

»Achtung, das brennt jetzt.«

Meine Helferin war mit einer Flasche Korn zurückgekehrt. Sie gab einen ordentlichen Schwall auf ein zerknülltes Papierhandtuch und tupfte damit die Wunde ab. Ich unterdrückte einen Aufschrei.

»So, nun ein Pflaster, und dann heile, heile Gänschen.«

Mit ihren langen, knallroten Fingernägeln zog sie geschickt die Folie von einem großen Heftpflaster und klebte es mir auf.

»Und innerlich gegen den Schock.« Sie hielt mir die Flasche hin.

Ich schüttelte den Kopf. »Lieber nicht.«

»Komm, ist Medizin.«

»Nicht für Schwangere.«

»Mädchen!« Sie nahm selbst einen großen Schluck aus der Flasche. »Du bist aber eine ganz Harte, was?«

Ich warf noch einen Blick auf mein Spiegelbild und zuckte die Achseln: »Im Moment fühle ich mich eher butterweich.«

Sie lachte. Es klang tief und rau. »Ich bin Madlin.« Sie streckte mir die Hand entgegen, noch bevor ich einschlagen konnte, fiel ihr etwas ein: »Aber nicht von Ronnie, oder? Schwanger, mein ich.«

»Himmel, nein!« Erst, als das raus war, dachte ich an ihre Annäherung auf der Treppe. »Bist du mit ihm zusammen?«

»Himmel, nein«, äffte sie mich nach. »Wir sind schon mal zusammen abgezogen. Siehst ja, wie das Angebot an Männern hier sonst so ist, aber mein Macker muss schon ein paar andere Qualitäten haben, wenn du verstehst.«

Ich nickte, stellte mich endlich auch vor.

»Aber er ist nicht verkehrt, der Ronnie. Also«, sie zog eine Grimasse. »In letzter Zeit hat er wohl ziemlich Trouble, er wirkt wie ein gehetzter Köter.«

»Hältst du es für möglich, dass er richtig Scheiße gebaut hat?«

»Einen Bruch? Wäre eine Erklärung.«

»Sein Großvater wurde ermordet«, sagte ich und verfolgte gespannt ihre Reaktion.

»Du meinst, ob er …« In Madlins Gesicht wechselten sich Ablehnung, Unwillen und zögerliches Mutmaßen ab. »Nein«, beschied sie dann knapp, ich hatte ihr aber angesehen, dass sie es sich vorstellen konnte.

»Komm!«, ich berührte sie leicht am Arm. »Die werden sich schon fragen, wo wir bleiben.«

Gemeinsam gingen wir hinaus, wo gerade ein Mannschaftswagen der Polizei stoppte. Zwei Uniformierte stiegen aus, grüßten in die Runde. Dale ergriff das Wort, gab einen knappen Bericht.

»Nu, dann wollen wir mal.«

Die Schiebetür an der Seite wurde geöffnet, und Ronnie, der noch immer nach unten starrte, hineinbugsiert. Einer der Polizisten löste die Handfessel, drückte ihn auf eine Sitzbank und nahm neben ihm Platz, der andere schloss den Wagen.

»Sie müssten aufs Revier kommen und Anzeige erstatten«, sagte er. »In die Schießgasse. Wissen Sie, wo das ist?«

»Wir kennen uns aus«, antwortete Dale.

Auf dem Weg zum Auto erzählte ich ihm von Madlin. Er nickte nachdenklich, zog sein Handy heraus und wählte, während er die Türen öffnete.

»Herr Hantzsche, Ingram hier. Entschuldigen Sie die späte Störung, aber Ronnie Meyersfeld ist gerade erneut auf dem Weg ins Polizeipräsidium. Ich könnte mir denken, dass es Sinn macht, ihn noch mal richtig in die Mangel zu nehmen.«

*

Der Hauptkommissar erwartete uns schon, als wir das Gebäude betraten. Müde verzog er den Mund zu einem Grinsen, als er mich erkannte.

»Guten Morgen, Frau Bertram. Will ich wissen, warum Sie mit hier sind?«

»Ronnie Meyersfeld hat mich angegriffen«, informierte ich ihn und zeigte auf meinen Hals.

Hantzsche schüttelte den Kopf. »Na, dann gehen Sie mal hoch zum Diensthabenden und lassen die Anzeige aufnehmen. In der Zwischenzeit besorge ich uns«, er wandte sich an Dale, »einen Verhörraum und Kaffee.« Er steckte einen losen Hemdzipfel in den Hosenbund. »Sie will ich dort nicht sehen«, bescheinigte er mir. »Und Sie haben selbstverständlich auch nichts davon mitgekriegt, dass Herr Ingram dabei ist.«

Jonas würdigte er keines Blickes. Der wirkte etwas orientierungslos, guckte von dem gedrungenen Hantzsche zu mir, dann zu Dale. Von uns allen sah er am wenigsten übernächtigt aus. Da machte sich wohl seine Jugend bemerkbar. Ich nickte ihm zu.

»Komm, bringen wir die Sache zum Abschluss. Danke dir übrigens noch, dass du mich vor größeren kosmetischen Operationen bewahrt hast.«

»So ganz ja nicht.« Er begutachtete Madlins Pflaster. »Ich hatte das Gefühl, es hat ewig gedauert, bis ich reagiert habe.«

»Ich auch«, gestand ich.

Nachdem wir die Formalitäten erledigt hatten, legte Dale den Arm um mich.

»Bist du okay? Kann ich dich allein nach Hause fahren lassen? Ich habe keine Ahnung, wie lange das hier dauert.«

»Bring Brötchen mit«, forderte ich ihn auf, dann rief ich für Jonas und mich ein Taxi.

*

Ich schlief tief, traumlos und lange. In dem Bewusstsein, wieder in meine eigene Wohnung zurückkehren zu können, fühlte ich mich paradoxerweise geborgen in Dales Haus, auf der Matratze in meinem ehemaligen Zimmer. Als ich um elf wach wurde, war Dale nirgendwo zu sehen, auf dem Küchentisch lag aber tatsächlich eine Bäckertüte. Also war er erst in den frühen Morgenstunden nach Hause gekommen.

»Kurz nach sechs«, gab er Auskunft, als er mir eine halbe Stunde später mit geröteten, verquollenen Augen gegenübersaß. »Um halb haben wir Ronnie in die Zelle geschickt, bis ich dann losgekommen bin …«

Ich hatte ihn nicht geweckt, sondern mir im Gegenteil Mühe gegeben, den Tisch leise zu decken. Er habe nicht mehr schlafen können, sagte er.

»Und?«, fragte ich.

»Nichts. Egal, wie wir ihn rangenommen haben, mit jedem nur erdenklichen Trick – er ist zwischendurch ausgerastet, hat geheult, gejammert, gemauert, dann wieder erzählt, als wenn er es bezahlt bekäme – aber den Mord an seinem Großvater bestreitet er hartnäckig.« Dale trank einen Schluck Kaffee. »Ich denke, das Alibi stimmt.«

Ich schüttelte spontan den Kopf, eine Bewegung, bei der die Wunde am Hals schmerzte. »Er ist ja nicht blöd. Er wird schon wissen, dass er dabei bleiben muss.«

Dale lehnte sich auf dem Küchensofa zurück, schloss die Augen. »Kirsten, glaub mir, Hantzsche und ich haben ein bisschen Erfahrung im Vernehmen. Wir hätten ihn geknackt.«

*

Ich zuckte zusammen, als ich unsere beschmierte Wohnungstür sah. Natürlich, wer hätte sie säubern sollen? Mit vorsichtigen Bewegungen, voller Abscheu, die Schriftzüge zu berühren, schloss ich auf und schob meine Reisetasche in den Flur, legte den Stoß Zeitungen, Werbung und Post daneben, dann ging ich geradewegs in die Küche, ließ heißes Wasser in einen Eimer laufen, gab Putzmittel dazu, zog Gummihandschuhe an und machte mich daran, die Farbe abzuwaschen.

Nach einer Viertelstunde war ich völlig erschöpft, das Blut unter der frisch verbundenen Wunde pulsierte, das Ergebnis war jedoch kaum der Rede wert. Ich brauchte Terpentin, um den Dreck abzukriegen. Vergeblich klingelte ich bei zwei Nachbarn, dann gab ich auf, kehrte in meine Wohnung zurück und packte meine Tasche aus.

Um drei Uhr stand ich mit einer Tasse Tee an der Balkontür und schaute auf die Häuserfassaden gegenüber, denen die Sonne einen warmen Glanz verlieh. Ich konnte zu Andy fahren, oder erst noch einen allerletzten Versuch machen, Ronnies Alibi zu knacken.

Kurz darauf saß ich endlich einmal wieder auf meinem Fahrrad, genoss die frische Luft und die Sonne auf meiner Haut. Am Bahnhof erstand ich ein paar Stücke Kuchen. Sollte Michaela Kattner nicht zu Hause sein, würde Andreas sich darüber freuen. Noch einmal Sekt für die Nachricht der Elternschaft gab es nicht – wenn ich den Kuchen vorher loswurde, mussten wir in die Klinik-Cafeteria gehen und so feiern.

Direkt nach meinem Klingeln wurde die Haustür aufgedrückt. Oben wartete Leon, er strahlte, als er mich erkannte, vielleicht aber auch wegen des Kuchentabletts in meiner Hand. Die Mama sei im Wohnzimmer, teilte er mir mit.

Ich klopfte leise an den Türrahmen, trat auf ein »Ja« hin ein. Michaela Kattner lag auf der Couch, eine Fleecedecke über den Beinen. Ihr Blick war distanziert.

»Guten Tag. Entschuldigen Sie den Überfall, aber dürfte ich Sie noch einmal einen Augenblick sprechen? Wenn Sie mögen …« Ich hielt das bunt eingepackte Mitbringsel hoch.

»Was wollen Sie denn noch?«, fragte sie müde, richtete sich jedoch auf. »Kaffee?«

»Lieber Tee.«

Ohne ein weiteres Wort nahm sie mir den Kuchen ab und verschwand in der Küche. Ich blieb im Wohnzimmer stehen, betrachtete die farbigen Wände, die Regale, das große Sofa. Ich hatte keine Ahnung, wie ich anfangen sollte.

Als Frau Kattner zurückkam, hatte sie Leon anscheinend in der Küche versorgt, worüber ich dankbar war. Sie deckte für uns den Couchtisch, goss Tee ein, verteilte den Kuchen. Ich aß ein Stück Eierschecke, trank einen Schluck.

»Warum haben Sie erst so spät gesagt, dass Sie zum Zeitpunkt des Todes Ihres Großvaters mit Ihrem Cousin zusammen waren?« Das war es wohl, was Polizisten ›die harte Tour‹ nannten. Mir machte sie es leichter, die sympathische Frau zu belästigen.

»Glauben Sie, ich bin stolz darauf?«, entgegnete sie.

»Es geht immerhin um Mord.«

»Zuerst nicht. Und hinterher wäre ich auch nie auf den Gedanken gekommen, dass jemand Ronnie verdächtigt. Das halte ich für …« Wie aus Reflex schob sie sich ein großes Stück Schoko-Nuss-Kuchen in den Mund.

»Für Sie ist es absolut unvorstellbar?«

Es dauerte eine Weile, bis sie den Mund leer hatte. »Hören Sie, Ronnie ist runtergekommen, er ist fertig, aber er ist kein Mörder!«

»Er gehört zu den Hooligans, gegen die Ihr Großvater etwas unternehmen wollte, und ich habe ihm das hier«, ich wies auf meinen Hals, »zu verdanken. Körperverletzung hatte er auch vorher schon in seiner Akte stehen. Ihr Cousin ist mehr als fertig.«

»Vielleicht, ja«, gab Michaela Kattner zu. »Aber das ändert nichts daran, dass ich, als mein Großvater ermordet wurde, mit ihm zusammen war.« Plötzlich wurde sie lauter. »Ich weiß, wie Ihnen das vorkommen muss! Aber können Sie sich nicht vorstellen, dass auch eine übergewichtige, alleinerziehende Mutter mit wenig Geld und Freunden Bedürfnisse hat?« Und wieder leiser: »Aber es ist gut, dass das jetzt vorbei ist. Ich habe mich so geschämt.«

*

Als ich die Haustür in der Wachsbleichstraße hinter mir zuzog, war die Sonne bereits untergegangen. Langsam schob ich mein Fahrrad auf das Hyazinthus-Gelände. Ich glaubte Michaela Kattner, und sie tat mir entsetzlich leid. Wieso machte sie sich selbst so klein? Nur, weil sie ein paar Kilo zu viel wog, fand sie sich nicht attraktiv, und weil sie für ihren Sohn sorgen musste, dachte sie, die Männer würden davonlaufen. Ich hatte versucht, sie vom Gegenteil zu überzeugen, es jedoch allenfalls geschafft, einen kleinen Samen in ihrem Denken zu hinterlassen.

Ich schloss das Rad vor dem Orthopädie-Gebäude ab und betrat die Eingangshalle, noch immer in Gedanken bei der Frau, die sich aus einem seltsamen Mix an Gründen mit diesem Widerling Ronnie eingelassen hatte. Als ich mich den Aufzügen näherte, kam mir Marianne Gärtner mit vorsichtig gesetzten, kleinen Schritten entgegen. Erst, als ich sie begrüßte, erkannte sie mich.

»Guten Tag. Ich war gerade ganz woanders … Wissen Sie, die Polizei war heute noch einmal bei mir – hier, in der Klinik – und das hat alles wieder aufgewühlt.«

Anscheinend wurde Hantzsche nun endlich richtig aktiv, dachte ich und fragte, ob sie sich ein wenig mit mir in die Cafeteria setzen wollte.

»Gern, nur zu mir nehmen darf ich nichts mehr. Ich werde doch morgen früh operiert.« Es mache ihr aber nichts aus, mir zuzusehen, versicherte sie. »Hauptsache, ich komme ein bisschen auf andere Gedanken.«

Also musste Andy noch ein wenig warten. Ich würde ihm eine Kleinigkeit aus der Cafeteria mit hochbringen, nahm ich mir vor, als ich Kartoffelsalat, Würstchen und ein Mineralwasser aufs Tablett stellte.

»Man ist ja doch immer beunruhigt vor solch einer Operation«, sagte Frau Gärtner, als wir an einem Tisch am Fenster saßen und auf den Park hinausblickten. »Gerade wenn man so allein ist wie ich jetzt.« In ihren Augen schimmerten Tränen.

Ich hoffte, dass das Stationspersonal mitbekommen hatte, dass die Kripo sie besucht hatte. Was wäre schließlich einfacher, als die alte Frau, deren Aussage ihnen schaden konnte, nach dem Eingriff nicht mehr aufwachen zu lassen?

»Wissen Sie was? Ich würde Sie gern morgen nach der OP besuchen. Lassen Sie uns gleich gemeinsam zu einer Schwester gehen, und Sie legen fest, dass ich auf jeden Fall Zugang zu Ihnen bekomme.«

Ihr Blick aus den schimmernden blassen Augen wurde fragend. »Warum wollen Sie das tun?«

»Ich mag Sie«, antwortete ich ehrlich. »Und ich bin doch sowieso hier, um meinen Lebensgefährten zu sehen.«

»Das ist lieb von Ihnen, Kindchen. Und nun lassen Sie es sich schmecken, Ihre Wurst wird ja kalt.«

Wir waren die letzten Gäste, die Bedienung begann schon, die Theke auszuräumen. Der Tag im Krankenhaus ging früh zu Ende. Die Bockwurst hatte einen schrumpeligen Darm und schmeckte wässrig, als habe sie schon stundenlang im Topf gelegen, aber der Kartoffelsalat war okay.

»Auch wenn ich nicht alles wieder aufwühlen will – würden Sie mir noch einmal erzählen, was Sie von Herrn Wachowiaks Familie wissen?«, fragte ich.

Die zierliche Frau legte die Unterarme auf den Tisch, die Hände gefaltet. »Also: Bernhard, der Sohn, ist Oberstudienrat. Historiker. Er hat ein Buch über Dresden-Friedrichstadt verfasst. Heinz war sehr stolz auf ihn, aber Bernhard ist durch und durch konservativ und hat unsere Freundschaft nie akzeptiert. Ebenso wie seine Frau, Elena. Sie war lange arbeitslos. Es müsste jetzt etwa ein Jahr her sein, dass sie wieder eine Stelle bekommen hat. Sie ist Buchhalterin.«

Ich hoffte, dass die Erinnerungen nicht zu schmerzhaft für Marianne Gärtner waren.

»Sie haben zwei Kinder, die«, sie lächelte fein, »die allerbesten Schüler sind, gut im Sport, kreativ, wunderschön und überhaupt perfekt.«

»Die Bilderbuchfamilie.«

»Sie sagen es. Daran gemessen, hatten die beiden Töchter es immer schwer, denke ich. Gisela hat auch auf Lehramt studiert, arbeitet aber heute als Erzieherin, ihre beiden Töchter sind die Dienstmädchen der Familie.« Wieder das ironische Lächeln.

»Sie wissen einiges.« Ich hätte sie viel früher fragen sollen, anstatt immer davon auszugehen, dass sie so wenig erzählen konnte, wie sie behauptete.

»Ich kann ein bisschen zwischen den Zeilen lesen, glaube ich. Natürlich war Heinz auch auf die beiden stolz, und Leon hat er vergöttert, aber sie haben nicht studiert, beide bis heute keine feste Beziehung … Die Aschenputtel eben.«

Ich nickte nachdenklich. Das konnte ich mir gut vorstellen. »Bleibt der Zweig der Schwarzen Schafe.«

»Nu. Über Bettina hat Heinz kaum gesprochen. Ich denke, er war enttäuscht, dass sie so wenig aus sich gemacht hat. Sie muss sehr begabt gewesen sein, hat aber nicht studiert wie ihre Geschwister, sondern in einem Hotel angefangen. Sie wollte wohl unbedingt raus aus der engen DDR – etwas, was Heinz bestimmt verstanden hat, aber niemals akzeptieren konnte – und hat darin eine Möglichkeit gesehen. Geheiratet hat sie einen hohen Funktionär. Fragen Sie mich nicht …« Sie hob die Schultern leicht an. »Die Ehe war nach wenigen Jahren gescheitert, im wahrsten Sinne des Wortes übrig geblieben ist Ronnie.«

»Übrig geblieben, ja.« Ich aß den letzten Bissen Kartoffelsalat. »Gab es Auseinandersetzungen zwischen Herrn Wachowiak und Bettina?«

»Früher bestimmt. In jüngerer Zeit hat sie sehr wenig mit ihm zu tun haben wollen, glaube ich. »Sie rutschte ein wenig auf ihrem Stuhl hin und her. »Ich sollte mich nun wieder auf der Station melden, sonst denken die noch, ich wäre verschwunden.«

Ich warf einen Blick auf die Uhr an der Wand. Nach sieben schon. »Ja, mein Freund wird sich auch schon fragen, wo ich bleibe. Würden Sie mir vielleicht noch sagen, bei welcher Krankenversicherung Sie sind?«

Wenn die Hooligans und die Familie falsche Spuren waren, musste der Mörder aus dem Umfeld des Krankenhauses oder der ›VitalMed‹ kommen. Oder es steckte etwas ganz anderes dahinter …

Ich würde morgen noch einmal herumtelefonieren – und mich nun, bevor ich zu Andreas ging, schnell auf Frau Gärtners Station in Erinnerung bringen. Sie sollten wissen, dass jemand viele Fragen stellen würde, falls der alten Frau etwas passierte.

*

Dramatische Klänge signalisierten das Ende der ›Lindenstraße‹, als ich Andreas' Zimmer betrat. Er lag hoch aufgerichtet im Bett, links neben sich auf der Decke eine Tafel Schokolade, den Blick auf den Fernsehschirm an der Wand gerichtet.

»Hi! Da hätte ich dir ja gar nichts Süßes mitbringen müssen.« Ich zog den Nougatriegel, den ich in der Cafeteria besorgt hatte, aus der Tasche. »Dann wirst du ja viel zu dick.« Ich gab ihm einen Kuss, den er nicht erwiderte.

»Das ist wohl meine Sache.« Er war sauer.

»Na, wenn du so aussiehst wie Klaus Beimer«, versuchte ich es weiter mit einem lockeren Tonfall, »dann brauchen wir ein stabileres Bett.« Er verzog noch nicht einmal die Mundwinkel, obwohl der Witz ursprünglich von ihm stammte. »Kommst du morgen raus? Soll ich dich abholen?«

Der TV-Moderator kündigte einen Beitrag über die englische Stadt Blackpool an.

»Meinst du, du kannst die Zeit erübrigen? Du hast nicht zufällig irgendwelche Pläne mit Dale? Dich einem Schläger ans Messer zu liefern, zum Beispiel?« Er war laut geworden und musste tief Luft holen, zuckte zusammen. Dabei sah er mich nicht an, sondern starrte auf den Fernsehschirm, wo ein hölzener Pier gezeigt wurde.

»Jonas war hier«, sagte ich und ließ mich auf seine Bettkante sinken. Natürlich, er hatte vermutlich darauf gebrannt, Andy von unserem Abenteuer zu berichten, und ich Idiotin hatte ihn nicht extra gebeten, das mir zu überlassen.

»Schon vor Stunden. Er meinte, dass du mich auch nachmittags besuchen wolltest, aber du musstest wohl noch mit Dale feiern. Ich lauf ja nicht weg, bei mir kann man ja abends mal kurz vorbeischauen, das reicht. Der Trottel merkt doch eh nichts.«

»Selbstmitleid muss was Schönes sein!«, entgegnete ich, nun ebenfalls aufgebracht. »Es tut mir leid, dass ich so spät gekommen bin, aber so wie es aussieht, habe ich hier nichts verpasst. Ruf mich an, wenn du dich wieder eingekriegt hast!« Ich stand auf und wandte mich zum Gehen.

»Mache ich gern – vermutlich in der Antonstraße?«, schickte er mir hinterher.

*

»Es war wohl nicht so gelungen, dass ich Andreas von dem Ausflug ins Gambrinus-Eck erzählt habe?«, mutmaßte Jonas am nächsten Morgen in der Redaktion.

»Nicht wirklich«, antwortete ich schlecht gelaunt. Natürlich hatte Andy nicht mehr angerufen. Ich war etliche Male kurz davor gewesen, hatte es dann aber auch nicht getan.

Ein Paartherapeut hätte an uns beiden seine helle Freude, dachte ich.

»Entschuldigung. Aber ich wusste doch nicht …«

»Schon okay.«

Ich würde direkt nach der Konferenz zu ihm fahren, dann müsste Marianne Gärtner auch aus dem OP zurück sein. Jetzt wollte ich noch die geplanten Telefonate erledigen.

Bei der Krankenversicherung gab man sich zugeknöpft, als ich nach Rechnungen fragte, obwohl ich mich als Großnichte Frau Gärtners vorstellte.

»Hören Sie, mir geht es nur darum, dass meine alte Tante nicht betrogen wird. Können Sie nicht schnell nachgucken? Marianne Gärtner, Institutsgasse 4.«

»Haben Sie die Versicherungsnummer?«

»Nein, leider nicht.«

»Gut, dann das Geburtsdatum.«

Verdammt, ich hatte schlecht geschlafen und war entsprechend unflexibel. »Oh je, da erwischen Sie mich auf dem falschen Fuß. Sie ist in diesem Jahr 81 geworden.« Das hatte sie mir in einem unserer Gespräche erzählt.

Die Angestellte murmelte etwas, ich hörte sie jedoch auf ihrer Tastatur herumtippen.

»Hören Sie? Was die Rechnungen angeht, die wir hier erhalten haben, gab es keine Beanstandungen. Ihre Tante hat allerdings unseren Sicher Plus-Tarif gewählt, bei dem sie diverse Sonderleistungen selbst bezahlen muss.«

»Und diese Rechnungen bekommen Sie dann gar nicht zu sehen?« Genau darum ging es mir.

»Nein, die werden komplett privat beglichen und tauchen bei uns nicht auf.«

Ich bedankte mich und legte auf. Dennoch hatte man bei der ›VitalMed‹, als Andy sich dort als Versicherungsangestellter ausgegeben hatte, verunsichert reagiert. Ich vermutete, dass man sich dort nicht so genau mit den Modalitäten auskannte, auf denen der Betrug – wenn es denn einen gab – basierte. Es war einen zweiten Versuch wert.

»VitalMed, Saphörster am Apparat«, erklang eine junge, männliche Stimme.

»SAG-Versicherung, Rudolf. Ich habe eine Frage wegen der Abrechnung einer Prothese von Ihnen, die einer Patientin im Hyazinthus-Krankenhaus in Dresden-Friedrichstadt eingesetzt wurde. Bin ich da bei Ihnen richtig?«

Der junge Mann druckste herum. »Einen Augenblick, bitte«, hörte ich, dann hielt er offenbar die Sprechmuschel zu. Dennoch drang etwas wie ›Nein, ich habe doch gesagt …‹ an meine Ohren. Danach meldete sich eine Frau.

»VitalMed, Wachowiak, kann ich Ihnen weiterhelfen?«

Wachowiak? Es verschlug mir die Sprache. Elena Wachowiak! Die Frau, die lange arbeitslos gewesen war, arbeitete als Buchhalterin für das Unternehmen, dessen Betrügereien ihr Schwiegervater geahnt hatte. Wie in Trance drückte ich die Gabel herunter, wählte direkt danach Hantzsches Nummer.

»Was hat die Schwiegertochter ausgesagt? Was für ein Alibi hat sie?«

»Guten Morgen, Frau Bertram. Hat Ihnen die Verletzung nicht gereicht? Was haben Sie nun noch angestellt?«

»Nur ein bisschen telefoniert.«

Ich berichtete, was ich in Erfahrung gebracht hatte, hörte ihn währenddessen blättern. Nachdem ich zum Schluss gekommen war, gab der Kommissar einen leisen Pfiff von sich.

»Da könnten Sie tatsächlich auf etwas gestoßen sein. Die Frau hat ausgesagt, sie sei in der Stadt bummeln gewesen. Keine Belege, keine Zeugen.«

»Ja!« Ich rief es laut aus. Euphorisch fragte ich, ob ich bei der Festnahme und der Vernehmung dabei sein dürfte.

»Auf gar keinen Fall. Sie wissen, dass ich bei Herrn Ingram

schon riskiere, dass ein findiger Anwalt die Ergebnisse anficht. Aber ich informiere Sie, sobald ich etwas habe.«

Damit beendete er das Gespräch. Ich saß da, starrte aus dem Fenster und wusste nicht, wohin mit meinem Adrenalin, griff wieder nach dem Telefonhörer, rief bei Dale an, landete auf seinem Anrufbeantworter.

»Ich hatte recht!«, hinterließ ich auf dem Band und sprang auf, lief an Martin vorbei aus der Redaktion, hechtete aufs Fahrrad und fuhr, so schnell ich konnte, in die Friedrichstadt.

Intensivstation. Marianne Gärtner war gerade eben aus dem OP gekommen. Sie hatten es nicht gewagt, ihr etwas anzutun! Erleichtert seufzte ich auf. Natürlich schlief sie noch tief und fest, ich durfte trotzdem kurz zu ihr und mich davon überzeugen, dass es ihr gut ging. Danach konnte ich nicht schnell genug die Schutzkleidung wieder loswerden, ich wartete nicht auf den Aufzug, sondern rannte die Treppen hoch in den dritten Stock, stürmte in Andys Zimmer.

»Es war die Schwiegertochter. Hantzsche verhaftet sie gerade.«

Ich schnappte nach Luft.

Andreas wusste ganz offensichtlich nicht, ob er noch beleidigt sein sollte oder nicht. Er lag wieder in der aufrechten Position in seinem Bett, versuchte es mit einem gleichgültigen Blick, konnte jedoch die Neugierde nicht verbergen. Ich stützte mich mit beiden Händen auf das Fußteil.

»Und ich bin schwanger. Wir beide bekommen ein Baby!«

EPILOG

»Ich werde bestimmt ein total fetter Schwangerer«, prophezeite Andreas und balancierte mit der linken Hand eine dritte Portion Coq au Vin auf seinen Teller.

»Bei mir waren es damals acht Kilo«, sagte Martin grinsend.

»Und wie viel bei deiner Freundin?«, fragte ich.

Er zuckte die Achseln. »Nicht viel mehr, glaube ich.«

»Also, wenn du mich überholst, ist Schluss«, drohte ich Andy. »Überhaupt soll es ja werdende Väter geben, die nicht nur mitfuttern, sondern aus Solidarität ebenfalls auf Alkohol verzichten.«

Jonas Michaelis schaute seinen Chef gespannt an, Dale grinste in sich hinein. Es war Samstagabend, die drei waren gekommen, um den Abschluss des Falles, Andreas' zunehmende Genesung und meine Schwangerschaft zu feiern. Wir hatten den ausgezogenen Küchentisch im Wohnzimmer aufgebaut, wo wir nun schon geraume Zeit saßen. Im Hintergrund lief ein Livemitschnitt von ›Naked Raven‹, die vier Männer hatten bereits zwei Flaschen Rotwein geleert.

Andy drückte den Rücken durch, mittlerweile eine vertraute Bewegung. »Da setzt einem die Frau vor versammelter Mannschaft die Pistole auf die Brust«, sagte er und blickte mitleidheischend in die Runde.

»Tja«, ließ Dale sich vernehmen.

»Okay, einverstanden.« Andreas leerte langsam sein Weinglas, schob es von sich. »Aber im Gegenzug ist jeder Kommentar über meinen Schwangerschaftsbauch verboten.«

»Deal!« Ich hob mein Wasserglas und prostete ihm zu.

Martin begann zu applaudieren, die anderen fielen ein.

»Aber für uns hast du schon noch eine Flasche?«, fragte Dale provozierend. Andy setzte zu einer Entgegnung an, wollte wahrscheinlich seine neue Rolle als Abstinenzler herausstellen, ich stand auf und ging in die Küche. Dale folgte mir.

»Andreas ist glücklich«, stellte er fest.

»Ja, nach dem anfänglichen Schock und dem Gefühl, übergangen worden zu sein.«

Ich zog eine Flasche Bordeaux aus dem kleinen Regal auf der Arbeitsfläche, holte den Korkenzieher aus der Schublade. Dale streckte die Hand aus, nahm mir beides ab.

»Ich wäre auch nicht begeistert, wenn ich so etwas als Letzter erführe.«

»Na ja, als Letzter.« Ich hatte schließlich niemandem von der Schwangerschaft erzählt. Andy hingegen wollte gleich, dass die ganze Welt es mitbekam. »Habt ihr denn auch Pläne in der Richtung?«

Mit einem Plopp kam der Korken aus der Flasche.

»Das war theoretisch.« Er machte eine Pause, stellte den Wein ab, legte den Öffner daneben. »Jess kann keine Kinder bekommen.«

»Das tut mir leid«, sagte ich.

»Vielleicht adoptieren wir eins, in den USA ist das nicht so kompliziert wie hier«, sagte er in betont lockerem Ton.

Ich fragte nicht nach, wie weit seine Umsiedlungspläne gediehen waren. Aus dem Wohnzimmer drangen laute Gesprächsfetzen herüber, die die Musik übertönten.

»Komm, geben wir Andreas Gelegenheit, seine neue Standhaftigkeit zu beweisen«, schlug ich vor.

Wir gingen zurück.

»Die Herstellerfirma war der Schwachpunkt des ganzen Betrugs«, erklärte Andy gerade. »Dort gab es die Einkaufsprotokolle für die Materialien, aus denen man ableiten konnte, dass nicht annähernd so viele teure Gelenke gefertigt worden waren, wie hinterher verkauft wurden.«

Ich machte mit dem Bordeaux die Runde um den Tisch und schenkte nach. Andreas warf einen Blick auf das Etikett und seufzte theatralisch. Ich reichte ihm grinsend die Mineralwasserflasche. Dale nahm sein volles Weinglas und verschwand auf den Balkon, um zu rauchen.

»Konnte die Polizei der Chefärztin vom Hyazinthus-Krankenhaus denn jetzt überhaupt etwas nachweisen?«, fragte Jonas. Er sah viel weniger gestylt aus als sonst. Das schwarze Oberhemd war schon ein wenig verwaschen, die Haare lagen nicht ganz so perfekt.

»Es gibt Elena Wachowiaks Aussage«, erinnerte ich ihn. »Sie hatte ja nichts mehr zu verlieren und hat Hantzsche minutiös alles dargelegt. Der ganze Betrug war von dem geleckten Herrn Brueckner und der Ärztin gemeinsam aufgezogen worden. Als alles anfing, vor sechs Jahren, war Frau Wachowiak zwar selbst noch nicht dabei, aber sie wusste aus den Büchern sehr genau Bescheid.«

Martin drehte sein Weinglas in der Hand. »Die Frau hat wirklich ihren Schwiegervater erstickt, weil sie Angst hatte, dass er die Sache mit den falschen Prothesen herausfindet und sie dann ihren Job los ist?« Langsam schüttelte er den Kopf.

»Nicht nur das. Sie ist auch mitschuldig an dem Betrug. Sie hat ihn schließlich mitgetragen als Buchhalterin.« Ich nahm ein Stück Weißbrot, tunkte es in die große Eisenpfanne. »Und wer weiß, was da noch mit reinspielte: Angst ums Erbe, wenn die Beziehung zu Frau Gärtner intensiver geworden wäre, vielleicht. Im Übrigen könnt ihr all das nächste Woche nachlesen. Ich habe endlich das Okay von Hantzsche, über die ganze Geschichte zu schreiben.«

Jonas nickte beifällig, schob sein Glas im Halbkreis um den Teller herum. »Das alles wäre nie aufgefallen, weil bei alten Leuten keiner nachfragt, wenn sie sterben. Also, wenn es dir recht ist«, er wandte sich an mich, »werde ich das in meiner Thesis als Beispiel für die Qualitäten des traditionellen Journalismus anführen.«

Ich neigte mit ironischer Geste den Kopf.

»Dann kannst du die Rechnung der Geschäftsführung dagegensetzen, wie viel so etwas kostet«, sagte Martin. »Vor allem, wenn der Lokalchef deshalb so lange ausfällt.«

Andy hob die Hände. »Ich würde ja am Montag wiederkommen. Aber da gibt es die Drohung einer Flasche Whisky, die ich dann austrinken müsste.« Er zwinkerte mir zu und stand auf. »Wie wäre es mit Käse zum Nachtisch? Oder Eis? Oder beides?«

ENDE

BEATE BAUM
Weltverloren

978-3-8392-1077-2 (Paperback)
978-3-8392-3517-1 (pdf)
978-3-8392-3516-4 (epub)

»Eine Dresdner Journalistin auf den Spuren Erich Kästners.«

Winter in Dresden. Journalistin Kirsten Bertram liegt im Krankenhaus. Dort lernt sie Marianne »Ännchen« Kulka kennen, die von der Familie Erich Kästners abstammt und einer freikirchlichen Gemeinde angehört. Als Ännchen aus der Klinik entlassen wird, beschließt sie ihr Leben radikal zu ändern. Sie schließt sich einer Initiative an, die im Namen Kästners den Ausbau der Königsbrücker Straße in der Dresdner Neustadt verhindern will. Doch dann wird ein Praktikant des Erich Kästner Museums ermordet und Ännchen ist die Hauptverdächtige. Kirsten ist hingegen von ihrer Unschuld überzeugt und beginnt auf eigene Faust zu ermitteln …

BEATE BAUM
Häuserkampf

978-3-89977-775-8 (Paperback)
978-3-8392-3061-9 (pdf)
978-3-8392-3060-2 (epub)

»Eine dichte und spannende Geschichte.«
Freies Wort

Vorweihnachtszeit in Dresden. Die Journalistin Kirsten Bertram und ihr Freund Andreas Rönn, Lokalchef der »Dresdner Zeitung«, freuen sich auf die Festtage. Das ändert sich schlagartig, als Andreas' ungeliebter Bruder Frank auftaucht. Als Geschäftsführer einer Hamburger Baufirma will er im Dresdner Hechtviertel, einem Teil der Neustadt und ausgewiesenen Sanierungsgebiet, im großen Stil tätig werden.

Andreas ist sich sicher, dass sein Bruder dabei mit unlauteren Mitteln vorgeht. Er beginnt zu recherchieren und steht bald nicht nur vor den Abgründen seiner Familiengeschichte, sondern befindet sich mit Kirsten inmitten eines mörderischen Kampfes um die von der Sanierung betroffenen Häuser.

GMEINER SPANNUNG

WWW.GMEINER-VERLAG.DE
Wir machen's spannend

DRESDNER MUT Herbst in Dresden. In der Stadt grassiert ein Magen-Darm-Virus, das auch vor der Redaktion der »Dresdner Zeitung« nicht haltmacht. Kirsten Bertram, die ihren kranken Freund Andreas vertritt, erhält den Anruf eines kleinen Jungen, der sich Sorgen um seinen Urgroßvater macht. Der sofort alarmierte Notarzt kommt zu spät, Heinz Wachowiak ist tot.

Der alte Mann war häufiger Gast in der Redaktion, um verschiedene Missstände anzuprangern. Unter anderem, dass ein Jugendzentrum in Dresden-Friedrichstadt Gelder einer Kampagne gegen Rechtsextremismus dafür verwandt hatte, befreundete Bands auftreten zu lassen. Kirsten glaubt nicht an einen Zufall und beginnt zu recherchieren. Doch was sie herausfindet, bringt nicht nur sie, sondern auch Andreas in höchste Gefahr …

Foto © Thomas Bertrams

Beate Baum wurde 1963 in Dortmund geboren. Nach Abschluss des Literaturwissenschaftsstudiums arbeitete sie bei verschiedenen Tageszeitungen. Mitte der 90er-Jahre zog es sie nach Liverpool; bis heute ist sie nicht nur für Reisereportagen häufig in Großbritannien unterwegs. Ihre Musikbegeisterung lebt sie in ihrer Wahlheimat Dresden auch als Kritikerin aus.

Bisherige Veröffentlichungen im Gmeiner-Verlag:
Tod in Silikon Saxony (E-Book Only, 2015)
Dresdner Geschäfte (E-Book Only, 2015)
Mörderische Hitze (E-Book Only, 2015)
Die Ballade von John und Ines (2015)
Weltverloren (2010)
Häuserkampf (2008)

BEATE BAUM
Ruchlos